江苏省作家协会重点创作扶持项目
淮安市文联签约作品

南船北马

茆佳万 著

江苏凤凰文艺出版社
JIANGSU PHOENIX LITERATURE AND ART PUBLISHING

图书在版编目（CIP）数据

南船北马 / 茆佳万著. —南京：江苏凤凰文艺出版社，2023.12
ISBN 978-7-5594-8063-7

Ⅰ.①南… Ⅱ.①茆… Ⅲ.①长篇小说-中国-当代 Ⅳ.①I247.5

中国国家版本馆 CIP 数据核字(2023)第 198991 号

南船北马

茆佳万　著

责任编辑	万馥蕾
装帧设计	徐芳芳
责任印制	杨 丹
出版发行	江苏凤凰文艺出版社
	南京市中央路 165 号，邮编：210009
网　　址	http://www.jswenyi.com
印　　刷	江苏凤凰通达印刷有限公司
开　　本	880 毫米×1230 毫米　1/32
印　　张	8.375
字　　数	180 千字
版　　次	2023 年 12 月第 1 版
印　　次	2023 年 12 月第 1 次印刷
书　　号	ISBN 978-7-5594-8063-7
定　　价	68.00 元

江苏凤凰文艺版图书凡印刷、装订错误，可向出版社调换，联系电话 025-83280257

目 录

第一章　拉纤木板船　　　／001
第二章　水泥挂机船　　　／030
第三章　钢铁挂机船　　　／081
第四章　钢铁单机船　　　／165

第一章　拉纤木板船

1

唐秉礼第一次拉纤，还是在 1976 年的夏天。

那一年的 8 月伊始，骄阳似火，每一束阳光都如同钢针一般插入人的皮肤，空气也因为高温而显得恍惚不定。

唐秉礼在爸爸妈妈的带领下，顶着烈日来到一处五条河流交界的地方，这里是京杭大运河、黄河故道、盐河、二河、淮河入海水道的交汇处，唐秉礼家的船，便停靠在此处。

唐秉礼家的船是由木头打造，长六米，宽两米，配有风帆和摇橹，可以一次性搭载八吨的货物。此次装载的是盐卤，目的地是安徽颍上县，从江苏淮阴码头镇出发，大约四百公里的路程。

那个时候的唐秉礼还不知道这四百公里是什么样的一个概念，只知道这是一趟漫长的行程，但他怎么也没想到，这一走，便从夏天走到了秋天。

上午九点，货船正式启航，唐秉礼的爸爸戴上一顶竹条编织的遮阳帽，穿着一身麻布衣和一双布鞋，肩膀搭上一块毛巾，将拉船的纤绳嵌在毛巾里，开始了拉纤。

拉纤，就是在岸上用绳索拉着船前进。让货船从静止的状态到运动的状态是最费劲的，就像是骑车，开始起步的时候有点费劲，但等车轮转动起来，便会轻松许多。拉纤也是如此。

唐秉礼的爸爸使出了全身的力气，终于让货船在水中动了起来。唐秉礼和妈妈待在船上，妈妈负责掌舵，控制船的方向。掌舵看起来轻松，却是一个很强的技术活，需要将船体始终与岸边保持平行，这样拉纤的人就能不那么费劲。如果方向一旦偏离，就有可能导致货船撞向岸边，抑或是偏离岸边，导致拉纤的人需要费很多的力气将船拉回正轨。总之，掌舵的人需要尽可能维持船身与河岸的平行，才能确保木船向前顺利前进。

货船启航不久后，唐秉礼的妈妈便让他来掌舵，正式开始学习开船的技巧。只有六岁的唐秉礼明白，虽然自己不能单独拉纤，但只要能学好掌舵，就能把妈妈替换下来，让她去洗衣、做饭，也能让妈妈替换爸爸上船来休息一会儿。

但掌舵并非那么容易，它不像骑自行车，需要转弯直接方向一拐便可以了。由于船只笨重，需要转向的时候，必须提前转方向盘，这时候，提前多久转方向盘以及对时机的把握，便是对掌舵者的考验。

由于河道弯弯曲曲，宽窄不一，不比岸上的道路方方正正，所以还要根据河岸的大小来提前预判。这还只是最基本的要素，遇到大风大浪、起雾下雨、河里的横流漩涡等，都会给掌舵者带来极大的挑战。

庆幸的是，唐秉礼上手掌舵的那天，除了毒辣的太阳，并没有其他太坏的因素。一开始，唐秉礼上手极快，感觉自己完全能够胜任这份工作。妈妈表扬了他，在岸上拉纤的爸爸也是回头给他竖了个大拇指。

唐秉礼在船上看着岸上的爸爸汗流浃背，艰难地行走着，虽然有些心疼，但自己还太过幼小，没有办法用小小的身体替爸爸分担一下拉纤的压力。

从上午九点出发，一直到晚上七点，天色慢慢黑了下来，唐秉礼家的船驶出淮河入海水道，进入了洪泽湖。那一天晚上，他们就停靠在了洪泽湖的古堰旁。

这里的洪泽湖大堤如同长城一般，绵延不绝，这也是唐秉礼这趟行程里，最好走的一段路。唐秉礼在爸爸停好船后，立马跳到岸上，欣赏着大堤上的生态风景。

宽广的湖面、雄壮的大堤、湖边的芦苇、岸上的绿植、纷飞的各色鸟类，搭上这最后的一缕晚霞，真乃人间仙境。唐秉礼沉醉其中，不由得大声感叹：真美啊！

唐秉礼的爸爸指着洪泽湖古堰的大堤对唐秉礼说："听说，这里有一千八百多年的历史，你是第一次见，但我们已经见了很多次了。"

唐秉礼听完感叹不已。这时，唐秉礼的妈妈站在船上喊父子俩上船吃饭。因为要趁着天色彻底黑下来之前把饭吃完，不然就看不见了，所以父子俩听到呼叫后，便赶紧回到船上。

拉纤年代的烧火做饭，大多还是在一个简易的灶台里烧干草和木柴，烧煤炭对他们而言，是极其奢侈的一件事。晚饭是玉米粉熬的粥和红薯，在物资本就匮乏的年代，红薯是唐秉礼一家的主食，偶尔也会蒸玉米面馒头，或者煮一锅米粥来改善一下。

吃完饭，唐秉礼的妈妈就用河里的水洗碗，趁着天色完全黑透之前，还要将换洗的衣服漂洗一番。

此时的唐秉礼想要大便，于是蹲在船边，刚要脱裤子，便被妈妈呵斥道："兔崽子，我在下游洗碗洗衣服，你在上游屙屎，也不怕我去揍你！"

唐秉礼吓得站起来问道："那我去哪里屙屎呀？"

妈妈说道："去船尾屙，小心别掉河里，你还不会游泳。"

"知道嘞，那我啥时候学游泳？"唐秉礼兴奋地问道。

妈妈头也不抬地说："等哪天提前一小时停船，让你爸教你游泳。"

唐秉礼听完开心地点了点头，便跑到船尾去屙屎。对于船上的人来说，吃喝拉撒都离不开河，那时候的水还很清澈，没有什么工业污染，也没有机械船只漏油污染的情况，河里的水烧开后便可以直接饮用，也没有什么大碍。

大便解决完的唐秉礼又脱掉身上的衣服，拿起水桶，从河里舀水上来，直接浇在自己的头上，凉爽的河水立马侵袭全身，冲散一天的汗臭，让唐秉礼舒爽不已。

洗完澡后，唐秉礼和爸爸妈妈在露天的船舱外挂上蚊帐，铺上凉席，便上床睡觉了。

夏天炎热，船上的人只能睡在船舱外；冬天寒冷，会躲到船舱里睡觉。即使是睡在船舱外，也难抵酷热，此时的唐秉礼辗转反侧，只好慢慢地摇着蒲扇，透过蚊帐看向满天繁星的天空，好让自己的心慢慢静下来。

不多久,爸爸的鼾声响起,唐秉礼也随之进入了梦乡,手里的蒲扇也慢慢停了下来。

2

说起唐秉礼的爸爸妈妈,两人全都出生于1950年,爸爸名为唐建国,妈妈名为王树兰。

唐建国和王树兰在1969年结婚,婚后不久便被村里的生产大队安排去拉纤,自此走上了拉纤的生活,而此次拉纤去安徽颍上县,也是他们目前拉得最远的一次。

等到第二天天亮,洪泽湖的湖面上刮起了风,而且是往西北方向吹的风,这让唐建国喜出望外。

一早起来,唐建国喝了几口玉米粥,吃了几块玉米饼,便立马将船帆立起来,开始上岸拉纤。这来之不易的顺风行驶,让唐建国格外珍惜,他希望借着这阵风能多走一点路程。

顺风,对拉纤的人来说是极好的事情,但对于掌舵的人来说,便是一个挑战。

由于河道弯弯曲曲,风对船的影响是飘忽不定的,这就需要掌舵的人识别风帆的受力点,不断调整舵的方向,保证货船始终与岸边保持平行。

这对唐秉礼来说是个很大的挑战,他的妈妈王树兰不得不在一旁指导。

王树兰指挥道:"大毛,你要知道,风虽然向西北吹,但局部的风向是不断在变化的,所以,你要随时感知到风的方向,通过对舵的把握来确保船的稳定,明白吗?"(大毛:唐秉礼的小名。)

唐秉礼认真地点了点头,说道:"妈妈,我知道了,只要盯着风帆,看它移动的方向,我就根据实际情况,反方向打舵,是不是?"

王树兰欣慰地说:"我们家大毛真聪明。"

唐秉礼开心地笑了起来,几个弯曲河道下来,他便逐渐掌握了其中的原理,王树兰在一旁夸奖道:"看来你还真是一个天生开船的料。"

唐秉礼自豪地说:"那是!等我长大了,就帮你们拉纤开船。"

"那不行!"王树兰说,"人生三大苦,撑船打铁磨豆腐,你要好好学习,当个文化人,也不用受这风吹日晒的苦。"

唐秉礼不解地问:"啥是撑船啊?"

王树兰解释说:"撑船就是用撑篙顶到河底来推动船前进。"

"撑篙?撑篙又是什么啊?"唐秉礼接着追问道。

王树兰说:"撑篙,简单来说就是用一根竹竿插入河底或者抵住岸边来推动货船。"

唐秉礼接着说道:"那我知道了,就像我们老家在河边捕鱼的大叔,就拿着一根竹竿,站在竹排上,推着竹排行走的。"

王树兰笑笑说:"没错,就是那个东西,除此之外,大一点的船还有摇橹呢。"

"那什么又是摇橹啊?"唐秉礼问道。

王树兰说:"就是站在船尾摇那根巨大的鸭嘴形状的木棍,一推一回,产生动力,让船前进。"

"这个听起来好像更省力一点,我们为什么不摇橹呢?"唐秉礼不解地问道。

王树兰说:"我们是从河的下游往上游走,河水向下流,船往上走,阻力太大,摇橹很费劲,而且不好控制方向,所以,有句谚语,'去时拉纤夫,归时摇橹还'。"

"那拉纤也很累啊,为什么人生三大苦只有撑船啊?"唐秉礼天真地问道。

王树兰扑哧笑了一声说:"都很苦,撑船只是代表了跑船这个行业,其实,跑船的人都要会的三个本领便是摇橹、拉纤和撑篙。"

唐秉礼接着说:"那是不是像我们家这样的大船已经不用撑船了?"

王树兰笑笑说:"不是你想的那样,船在离开停靠区或经过浅水区时,摇橹有时发挥不了作用,得用上撑篙。左右两边的船舷上,各有一人撑着一根竹篙,将竹篙插入河中,两手用力撑着,使船向前移动。"

唐秉礼说:"那撑篙是最不苦的,只是偶尔使用。"

王树兰又笑了起来,看着天真的儿子说道:"可没你想得那么简单哟。撑篙,在冬天是最为艰苦的,竹篙插入河中,一会儿就结满了冰花,握住竹篙的手,冻得发紫,忍不住颤抖,只有靠顽强的毅力,忍受着刺骨寒心的疼,才能把船推动起来。"

唐秉礼听完大为震撼,叹了口气说:"看来,人生三大苦之首，非跑船莫属。"

唐秉礼感叹完，接着问道："那我们家船上也有竹篙吗？"

王树兰说："那当然了，竹篙是跑船人必备的工具。"

"在哪里呢？"唐秉礼四处张望道。

王树兰指了指船边上一根竹竿说："那个就是。"

唐秉礼顺着妈妈指的方向望去，看到了一根细长的竹竿，起码有三四米长，竹竿的底部装有一个呈虎口状的钩子，用了铁箍让竹竿根部与钩子固定。钩子最尖的一头，成为竹竿底部的延伸段。

唐秉礼指着虎口状的钩子问道："妈妈，这个钩子有什么作用吗？"

王树兰解释说："在竹篙直插河流中时，可以增加竹篙的力度和强度，有时还能起到固定船位置的作用。钩子与竹竿成弯角的部分，是用来钩抓相对固定的物体，诸如竹子啊、树木啊或岸边的石礅什么的，既有拉动船向前移动的功能，也有控制船方向和停靠的作用。"

"看来，撑篙也是门技术活啊！"

"是啊，三百六十行，哪一行都要技术。不管你以后做什么工作，要把技术学好，知道吗？"

唐秉礼点点头说："知道了，妈妈。"

唐秉礼的话音刚落，岸上拉纤的唐建国喊叫了起来："你们两个在胡扯啥呢，船都歪了，赶紧回舵！"

唐秉礼光顾着聊天，忘记了手里的方向盘，但他不知道回舵是什么意思，一旁的王树兰急忙旋转方向盘，将船摆正。

唐秉礼看着妈妈回舵问道:"妈妈,回舵是什么意思?"

王树兰耐心地解释说:"舵呢,就是船控制方向的装备。回舵呢,就是将舵的方向回归到原来的方向。"

"那舵在哪呢?"唐秉礼问道。

"在船尾的底下。"

"那舵是怎么控制船的方向的呢?"

"呃……"王树兰一时也不知道该怎么解释,只好摇摇头说,"这个等你上学了问问你们的老师,你让我具体讲,我也说不清楚,你要是感兴趣,以后做一名造船的工程师,就啥都懂了!"

唐秉礼点点头说:"嗯!那等我以后长大了,就当造船的工程师。"

王树兰看着天真烂漫的儿子,露出了慈爱的笑容。那个时候的唐秉礼怎么也没有想到,自己不仅没有实现儿时的梦想,反而开了一辈子的船。

3

唐秉礼本以为拉纤生活的苦也就是妈妈口中所说的那些,直到他进入安徽省地界之后才发现,真正的拉纤生活,要比这苦得多。

安徽省的地势不比江苏省那般平缓,每走一段路就会遇到一些地势陡峭的岸边,如果遇到附近有山,那岸边的路便会极其难走。

这么多年过去了,唐秉礼已然不记得儿时经过的那个地界,但他在那一年看到的场景,却历历在目。

在安徽中部的某个有山的地界,淮河两岸是被河水冲刷了千百年的峭立石壁。

在攀登石壁之前,唐秉礼家的船赶上了一艘大型的拉纤船,看上去,他们的船要比唐秉礼家的船大上四五倍,三个强壮的男人弓着身子几乎贴近了地面,高声地喊着号子,一步步艰难地前行。他们光着脚板,脚底被锋利的石头划破,穿过丛生的荆棘、高高的芦苇丛,粗粗的纤绳深深地勒进了他们双肩的肌肉里,血水丝丝缕缕地渗透出来,汗水像油珠一样,混合着鲜红的鲜血,顺着他们赤铜色的皮肤往下滴落,在夕阳下显得熠熠闪光……

那一刻,唐秉礼被深深地震撼到了。但还没等他从这样的场景中缓过神来,就轮到了自家的船开始上石壁。为了能顺利翻过石壁,王树兰跳下货船,又拉下一根纤绳,准备帮助唐建国一起拉纤。王树兰对唐秉礼说道:"你好好掌舵,我帮你爸爸一起过这个悬崖。"

唐秉礼认真地点了点头:"妈妈,我一定把舵掌好。"

王树兰欣慰地笑了笑,转身将纤绳放到自己的肩上,开始和丈夫一起用力,步履维艰地向上攀爬,他们整个身子几乎趴在了地上,就像是牲口那般,卖力地拉着纤绳,一步步向前迈进。唐秉礼全神贯注地掌舵,不敢有丝毫的懈怠,他甚至不敢去看自己的爸爸妈妈,那一阵阵粗大的喘气声,像是从地狱传来的声音,钻进他的耳朵……

等悬崖一过,便又轻松了许多,而唐建国的布鞋因为爬悬崖拉纤过于用力而破损,已经不能再穿,王树兰只好拿上布鞋赶紧回到船上，找到针线进行缝合，因为唐建国的布鞋只有这一双，一旦破损，就只能光脚拉纤。

这也是那些拉纤者不穿鞋的原因，登山拉纤对布鞋的损伤极大。唐建国吸取了这次教训，在接下来的爬山中便不再穿鞋。

过完悬崖不久，天色也完全黑了下来，唐建国选了一处平缓的地势，将船停靠了下来。

等唐建国上船，他的脚底已经渗出血来。唐建国坐在板凳上，举起脚来，用温水擦拭。那是唐秉礼第一次看到爸爸的脚底，皮肤皲裂，布满了老茧，加上拉纤渗出的血，让人不忍直视。唐秉礼看着爸爸的脚底，忽然哭了出来，哭喊道："我长大后，再也不让你们拉纤了！"

唐建国露出欣慰的笑容，说道："你有这份心，爸爸就很知足了，不过呢，这对拉纤的人来说，再正常不过了。在你没出生之前啊，爸爸还去过三峡呢，那里的纤夫比爸爸还要苦，每天要攀登的是高达数十米的悬崖，而悬崖下就是奔腾不息的长江，你想想，那得多危险啊！"

"那我长大以后，就要发明不用人拉的船，用机器拉的船，让所有拉纤的人都不用再拉纤了。"唐秉礼坚定地说。

唐建国一下子笑了起来："傻儿子，都有机器了干吗还要拉啊，直接推着跑不就行了吗？"

唐秉礼一拍脑门说："是啊，那我以后就发明机器推着跑的船。"

唐建国依旧笑着说："不用你发明了，早就有这样的船了，只不过我们这边还很少，几乎看不见，但去江南的话，就能看见机器推着跑的船。"

"真的吗,那为什么我们不买一艘呢?"

"买不起啊!"

"那我们什么时候能买得起啊?"

"再过几年吧,等我们这边的船厂开始造了,爸爸就去买一艘。"

"真的吗?"

"当然是真的,"唐建国摸了摸儿子的头说,"你爸爸我也不想拉一辈子的船啊!"

唐秉礼高兴得手舞足蹈起来。

那一晚过后,唐建国身体出现了一些异样,不知道是不是因为爬悬崖拉纤用力过猛,第二天一早起来有些虚脱,王树兰为了让唐建国多休息一会儿,便代替唐建国上岸去拉纤。

唐秉礼不忍让妈妈一人拉纤,要求帮妈妈一起,王树兰知道自己的儿子帮不上什么忙,但为了满足他的孝心,便同意了。

那是唐秉礼人生中第一次拉纤,货船起步前,王树兰让唐秉礼独自一人拉纤。唐秉礼信心满满地拉起纤绳,可怎么拉,船也不动,他"嘿哟、嘿哟"地叫着,货船依旧是纹丝不动。

王树兰在一旁接过纤绳说道:"行了,乖儿子,你还太小,在长身体,可别把身体拉坏了,你还是去多捡点干草树枝吧,留着今天烧午饭和晚饭用。"

唐秉礼点点头,便跑到岸边的田地里去捡拾柴火。他本以为,困难的时期已经过去了,但走着走着,河滩越来越宽。

河滩是指大的河流经过,河边由于泥沙沉积而形成的天然滩涂。河滩泥泞不堪，无法行走，这样一来，拉纤的人就得不断加长纤绳，保证自己走在远离河边且干燥的土地上。

随着河滩越来越大，拉纤也越来越吃力，最远的时候，拉纤的纤绳已经达到了二十多米。这个时候，唐秉礼抱着一堆柴火也没有办法送到船上，只能一路抱着，跟在妈妈的身后。

烈日当空，唐秉礼和妈妈都大汗淋漓，王树兰看儿子抱着柴火十分吃力，便让他扔掉一半。唐秉礼看着自己辛辛苦苦捡来的柴火，拒绝道："没事的妈妈，我还能坚持。"

王树兰看着儿子坚定而稚嫩的脸庞，露出了欣慰的笑容。经过一个多小时的路程后，河滩终于越来越小，又走了十多分钟，河边的深度终于能让船靠在岸边上，唐秉礼这才得以上船，将柴火抱到自家的船上。

转眼到了中午，妈妈在拉纤，爸爸在掌舵，唐秉礼便担任起了做饭的责任。他将灶膛里的草木灰清扫出去，把捡来的柴火堆放在灶台边，用火柴点燃柴火，让柴火燃烧起来。

按照妈妈的嘱咐，唐秉礼将做好的玉米面馒头蒸熟就可以了。于是，他将锅里倒上水，放上蒸屉，摆上玉米面馒头，再盖上锅盖，然后看着灶膛里的火焰，等水慢慢烧开，便基本好了。

对于唐建国和王树兰来说，船上多一个人，才会特意去蒸一下馒头，放在以往，中午两个人都要干活，这种冷馒头，直接拿来啃是再正常不过了。蒸过的玉米面馒头要比冷的柔软蓬松，吃起来也更可口些。

玉米面馒头蒸好后，唐秉礼把锅里烧开的水舀了一杯，又拿出两个馒头放在盘子里，再从坛子里夹出两根腌好的萝卜条放在盘子里，一起给爸爸端了过去。

正在掌舵的爸爸看到儿子端来的饭菜，高兴地说道："有你在帮忙，爸爸天天都能吃上热馒头啊！"

唐秉礼自豪地说："那我就帮你们跑船拉纤，不去上学了！"

唐建国立马冷下脸来，教训道："不管以后干什么，都要念书，不然到哪里，字也不认识，账也不会算，卖苦力都没人要！"

唐秉礼立马回答道："知道了爸爸，我会好好念书的！"

唐建国满意地点了点头说："行了，去给妈妈送饭吧。"

"嗯！"唐秉礼转身又去把水壶加满水，用布袋子装好五个馒头，带上五根萝卜条，跳到岸上，给妈妈去送午饭。

唐秉礼来到妈妈的身旁，将馒头递给她，王树兰接过玉米面馒头，一边拉着纤一边啃着说道："什么时候能每天中午吃上白面馒头就好了，晚上再喝上一碗白米粥，我也就知足了。"

唐秉礼也拿起一个馒头，一边吃一边说："等我长大挣钱了，就给你们买白面馒头、白米饭吃。"

王树兰笑着说："吹你的牛吧，我们的大队书记家都没天天吃上白面馒头，你还能比书记厉害了？"

唐秉礼笑着说："妈妈，那我就争取让您每隔一天吃上一顿白面馒头，你看能行不。"

王树兰高兴地说："好好好，那就听儿子的，等你长大了，让你妈能每隔一天吃上一顿白面馒头，我就心满意足了。"

看到自己的妈妈开心，唐秉礼也变得高兴起来，那个时候的唐秉礼虽然承受着比同龄人更加艰苦的考验，但他却感到了无比的幸福。

4

八月末的一天晚上，唐秉礼家的货船终于提早靠岸休息了，于是，唐秉礼想起了自己要学游泳的事情，便对王树兰说道："妈，今天提早靠岸休息，我能学游泳了吧。"

王树兰说："当然能了，但你要找你爸学。"

"你不能教我吗？"唐秉礼问道。

王树兰说："我游泳的技术也不咋地，勉强能狗刨几下罢了，你要是真想学，就学得透彻一点。你爸什么游泳姿势都会，可是个游泳的好手。"

唐秉礼嘟着嘴说："那好吧，我就怕我学得慢，他骂我。"

王树兰笑了笑说："骂就让他骂几句，老子教训一下儿子，算得了什么！其实你爸就是刀子嘴豆腐心，他还是很乐意教你这些的，你又懂事又好学，他心里美着呢。"

唐秉礼一听这话，立马咧开嘴笑了起来："真的吗？"

"那还有假！"

"那我多久能学会啊？"

"这东西嘛，看天赋，有的人不用教，下水就会游泳，天生的游泳好手，有的人呢，怎么学也学不会，就像你妈我，学了好久，也只能勉强漂在水面上。"

"那我肯定能学好，我不信比学习还难！"

王树兰点点头说："世上无难事，只要肯攀登，我家大毛这么聪明，这点小事肯定不在话下。"

王树兰话音刚落,唐建国抱着从岸上捡回来的柴火问道:"什么无难事啊,需要攀登一下。"

"你儿子要学游泳呢。"王树兰说。

"哟,是吗?"唐建国走到船尾,将柴火放下。

唐秉礼点点头说:"是的爸,我想学。"

唐建国笑着说:"好事啊,技多不压身,走吧,现在就去学。"

唐建国兴奋地问:"真的吗?"

"那还有假?"唐建国一边说,一边从卧室的抽屉里找出一根两指粗的绳子。

唐秉礼在一旁问道:"爸,我要去拿救生圈吗?"

唐建国摆摆手说:"不用,有绳子就行。"

"用绳子学游泳吗?"唐秉礼惊讶地问。

唐建国摇了摇手里的绳子说:"没错,我把绳子系在你的胳膊下面,你直接往水里跳就行了,我包你今晚就能学会游泳。"

唐秉礼一听,立马有些胆怯。唐建国笑着说:"怎么,怕了?我还以为我大儿子男子汉大丈夫,顶天立地,啥也不怕呢!"

"我才不怕呢!"唐秉礼内心多少有些胆怯,但他不愿意让爸爸看笑话,只好硬着头皮上了,一旁的王树兰似乎看破了一切,不禁微微笑出了声。

唐秉礼将上衣和裤子全部脱掉,只剩下裤衩,随后,唐建国将绳子系在唐秉礼的胳膊下,边系边说:"其实人天生就会游泳,就看你能不能把它激发出来,我这个方法呢,就是将你的本能激发出来。一会儿,你捏着鼻子跳进河里,只要不喘气,人就会浮上来，那个时候你再换气。换气的同时，手脚并用，保持头在水面上就行，这样游泳就算学会了一半，之后再谈用什么样的方式来游泳。"

"那这绳子有什么用啊？"唐秉礼问。

唐建国笑着说："防止你跳下去猛喝水，那就浮不上来了，我不得把你拉上来。"

"我才不会喝水呢！"唐秉礼坚定地说。

"先别吹牛，我还没见过几个学游泳不喝水的呢。"唐建国系好绳子后，拍了一下唐秉礼的屁股说，"好了，去船边吧！"

来到船边，唐秉礼捏住鼻子，膝盖弯曲，想要往下跳，但双腿好像不怎么听指挥，身体往前动了几下，但双腿就是抬不起来，甚至还有些抖动。手里握着绳子的唐建国笑着说："怎么，连跳下去都不敢？"

虽然唐秉礼不甘示弱，但人类对深水恐惧的本能是没办法轻易克服的，特别是对第一次学游泳的人来说。而且，还是在淮河的水里学游泳。

这时，王树兰也来看热闹，她笑着说道："大毛，没啥好怕的，你爸不是握着绳子了吗，你要是跳下去喝水了，就赶紧拽绳子，你爸就知道把你往上拉了。"

唐秉礼受到妈妈的鼓舞后，再次鼓起勇气，猛吸一口气，捏住鼻子，大喊一声："我来了！"

随即，扑通一声，唐秉礼跳进了河里。

水面上的波纹四散开来，唐秉礼沉入水中，只看见一根绳子插入水中，不时有几个水泡浮出水面。唐建国紧紧抓住绳子调侃道:"这小子,还是呼气了,这样就很难浮上来了。"

过了一分钟左右,水下没了动静,王树兰急忙说道:"快拉上来,到现在都没反应。"

唐建国也有些慌,赶紧拉绳子,等唐秉礼被拉出水面,只看到他弓着身子,捏着鼻子,一动不动。唐建国直接将唐秉礼拉到了船上,唐秉礼这才松开捏住鼻子的手,大口喘着气问道:"爸,为什么我没有浮上来啊?"

唐建国笑着说:"你呼气了,浮力就不够了,当然浮不上来,怎么样,喝没喝水啊?"

唐秉礼支支吾吾地说:"应该没喝。"

唐建国大笑了起来:"应该没喝,那就是喝了。"

看到爸爸开心地大笑,唐秉礼忽然有些高兴,他看着爸爸咧嘴大笑的样子,觉得喝点水也没啥。

那一刻,他忽然觉得爸爸老了很多,拉纤的这些年,风吹日晒,让唐建国的皮肤干燥且乌黑,倒是那两排牙齿异常地雪白。

"爸,再来一次吧!"唐秉礼站起来说。

唐建国点点头说:"好小子,像你爸我,不服输,那就再来一次。"

这一次,唐秉礼没再那么害怕,一下子便跳了下去。夏天酷热难耐,而水中却清凉无比,唐秉礼捏紧鼻子,没呼出一口气,他蜷缩的身体被河水包围着,整个人就像是一个未出生的婴儿,被妈妈腹中的羊水所包裹着,整个世界也都安静了下来,除了微弱的水流声,没有任何的杂音。

那一刻,唐秉礼没有感到慌张,而是感到了无比舒适,他开始慢慢、慢慢地上浮,直到蜷曲的后背浮出水面,唐秉礼感受到了露出水面的感觉,他立马抬起头开始换气。

可是,一换气,人便开始下沉,唐秉礼着急忙慌地挥动四肢。在船上的唐建国急忙喊道:"儿子,手脚轮换向下踩水,就能保持人漂在水面上。"

唐秉礼急忙听从爸爸的指导,果不其然,整个人浮在了水面上,可以自由换气了。

"好样的,儿子。"王树兰在一旁夸奖道。

唐建国也不禁发出了表扬的话语:"好小子,比你爸当年学得还快,两次就掌握了浮水。"

唐秉礼也感到无比自豪,问道:"那接下来怎么游呢?"

唐建国说:"你先多跳几次,完全掌握如何浮水后,再学游泳,不然不扎实。等浮水学扎实了,都不用教,你便明白怎么游泳了。"

说罢,唐建国将唐秉礼拉上了船。接下来,唐秉礼跳了十多次,直到天色暗淡了下来,河水急剧降温,唐建国才停止让儿子继续跳水。

虽然是夏天,但到了晚上,河水还是会很凉,很容易吸走人的体温,导致发烧感冒。

唐建国深谙此道,便不让唐秉礼再跳。许多年后,唐秉礼总是回想起这次学游泳的经历,那是他和爸爸之间最愉快的互动,也是他唯一一次得到爸爸的表扬与肯定。

而在水中悬浮的那种感觉,总在唐秉礼成年后的梦中出现……

5

转眼间,来到了9月末,唐秉礼一家的货船终于来到了目的地——安徽省颍上县。

到达码头后,唐建国和卸货的工人将铺在船舱上面的防水布掀开,露出了白花花的盐卤,那是唐秉礼第一次见到盐卤,他向王树兰问道:"妈妈,我们家装的是什么东西啊?看起来好像是盐巴泡在水里一样。"

王树兰解释道:"海水用来制造食盐后,残留于池子里的液体就叫盐卤,一般只有沿海的城市有,内陆的城市没有,所以,我们要把这些盐卤拉过来,卖给这里的人使用。"

"可是,这有什么用呢?"唐秉礼不解地问。

王树兰反问道:"有句话叫卤水点豆腐,听说过吧?"

唐秉礼点点头:"这个我听说过。"

王树兰解释说:"我们常说的卤水呢,就是盐卤,我们吃过的豆腐呢,都要靠这个东西才能做成。"

"那为什么做豆腐要用盐卤呢?"

"这个我也不知道,妈妈又不是科学家,哪能知道这么多,我们老百姓呢,只知道卤水点豆腐,至于为什么要叫卤水点豆腐,那就要等你上学,问问老师了,他们一定知道。"

"嗯,我知道了,我要把这个问题留着,等明年上学了,就去问老师。"

王树兰笑着说:"我家大毛真棒,有什么事情都能一问到底,虽然没找到答案，但这是个很好的习惯。"

"嗯嗯，"唐秉礼说，"那我们今晚能去买点豆腐吃吗？好久没吃到豆腐了。"

"当然可以啊，不过今晚不行，要等货物卸完了，拿到钱，妈妈就去买豆腐。"

"再买点白菜吧，白菜烧豆腐，我最喜欢吃呢。"

王树兰摸了摸儿子的头说："当然可以。"

"太好啰！"唐秉礼开心地叫了起来。

这时开始卸货，卸货的工人每个人拎着桶，一桶一桶地往岸上搬运。两天后，盐卤彻底卸完，王树兰拿到了一百二十块钱的运费。她拿出五块钱，其他的放在船上，自己独自去了附近的街上，去买一些粮食储备在船上，留作回去的口粮。

当天晚上，王树兰做了白菜烧豆腐和一份红烧肉。唐秉礼闻到猪肉的香味后，不敢相信这是真的，急忙跑到灶台旁，看着锅里的猪肉问道："妈妈，不是只有过年才能吃猪肉吗？"

王树兰笑着说："我们家大毛陪我出来一趟，又是烈日炎炎的夏天，吃了这么多苦，这趟的运费里也有你的一份，所以妈妈买了猪肉犒劳犒劳你。"

"谢谢妈妈，可是，要花不少钱吧？"唐秉礼十分高兴，但又有些难受。

"没买多，只买了五毛钱的猪肉，这五毛钱就算是给你的奖励了。"

"那这肉算我的，我请你和爸爸吃肉，对吗？"唐秉礼天真地说道。

王树兰扑哧笑出了声："对对对，算你的，一会儿告诉你爸爸，你请我们吃肉了！"

　　唐秉礼高兴地说："那我现在就去喊爸爸来吃饭。"

　　"你爸爸人呢？"

　　"在岸上捡树枝呢，说是回去开始摇橹不拉纤了，就多捡一点。"

　　"那好，你去吧，我这饭菜也快做好了。"

　　"嗯！"

　　说罢，唐秉礼飞一般地跑到了岸上，去找拾柴的爸爸。

　　看到爸爸在拾柴，唐秉礼也加入其中，等到夕阳快要西下，两个人一起抱着柴火回到了船上。这时候，时间已经过了六点，唐秉礼一家也开饭了，今晚不仅吃了肉，还有白面馒头，堪比过年的场景。

　　唐秉礼自豪地夹起一块肉给爸爸，又夹了一块肉给妈妈，然后给自己也夹了一块，说道："我请爸爸妈妈吃肉，以后长大了，我要请爸爸妈妈吃更多的肉。"

　　唐建国和王树兰看着懂事的儿子，不禁会心一笑。

　　那一晚，是唐秉礼这辈子吃过最香的一顿饭，那顿饭里，融入了他儿时的汗水，以及对未来生活的向往。

6

　　等到唐建国家的船卸完货，已经是10月初，天气变得凉爽起来。就在唐建国准备联系货物带回淮阴的时候，他遇到了一个问题，也是所有木板船都会遇到的问题——船体渗水。

由于船身是木板打造，船体长期浸泡在水中，多少都会有些渗水，船舱一旦渗水，就会导致船体下沉。虽然渗水不是很严重，但如果装载货物，就会有很大的风险。

如果强行装载货物，半路出现严重的漏水，就得再把货物卸掉，等修好船才能再出发，那样不仅耽误时间，还要花费很大的费用。

在这人生地不熟的地方，唐建国一时也不知道去哪里补漏，打听一番后，最近的修船厂也要到上游的阜阳。为了稳妥起见，唐建国决定空船回去，回到淮阴修船。

回去的路，不再拉纤，加之刮了西北风，唐建国又扬起了风帆，让货船得以一路顺流而下。唐秉礼高兴地站在船头，享受着习习秋风带来的惬意。

虽然回去的路程轻松了不少，但由于船体渗水，需要人每过一两个小时下到船舱里，将渗进去的水舀出来。这项任务主要交给了唐秉礼，虽然有些辛苦，但比起拉纤，唐秉礼觉得轻松得多。

颍上县到淮阴市这条路线上，只有一道船闸，位于安徽省蚌埠。唐秉礼一家拉纤上来的时候便从这里经过，那时候的唐秉礼在睡午觉，导致错过了这沿途唯一的船闸，这次回去，他特意告诉爸爸妈妈，要让他见识一下船闸是什么样子。

唐秉礼并不理解船闸的工作原理，于是去问妈妈，王树兰于是解释道："船闸呢，就相当于两道门的水闸。"

"那什么又是水闸呢？"唐秉礼追问。

023

王树兰接着解释道:"水闸呢,有很多种,简单来说呢,就是在河流的中间筑造一道大门,在枯水期呢,可以关门蓄水,这样一来,就可以保证河水不流向大海,也能保证上游水位足够高,让货船通行。汛期呢,就开门放水,让河水流向下游,再流入大海。始终保持河流的水位在一个合理的范围。"

唐秉礼似懂非懂地点了点头说:"我明白了,那为什么还要有船闸啊,每次等我们船到了,水闸直接开门放我们过去不就行了。"

王树兰笑了笑说:"傻儿子啊,哪有你想得那么简单,你想啊,要是直接开门,那水闸的水不得急流而下,那河里的船不得一头从上游栽到下游去,多危险啊!再说了,那每次经过一条船,就得开门,不就把上游的水全给放下去了吗。"

唐秉礼摸了摸后脑勺,咧着嘴说:"是哦,那船闸是怎么解决这个问题呢?"

王树兰耐心解释道:"我不是和你说了吗,船闸有两道门,如果我们的船要去下游,那就先把两道门关上,然后向两道门之间的河里加水,一直加到和上游水位一样的高度,这时候呢,就把挨着上游的那道门打开,然后把船拉进去,接着关上上游的那道门。随后呢,开始抽水,将两道门之间的河流水位降低,降到和下游的水位一样高,之后就把挨着下游的那道门打开,再把船拉出去。"

唐秉礼听完后还是有些发蒙,似懂非懂,想要发问,也不知道如何提问。

王树兰看着一脸疑惑的唐秉礼,笑了笑说:"听不懂也没关系，等过船闸的时候，你亲身体验一下，就会一下子明白的。"

唐秉礼点了点头说："还是要亲眼见识一下，才能明白。"

等唐秉礼一家的货船来到蚌埠，回家的路程便走过了一半，这一半的路程只用了十三天。

到达蚌埠船闸的时候，是个下午，天气晴好，唐秉礼站在船头，远远地就看到了河道被一个对开的大铁门拦住。

那个时候，船舶过闸需要上去登记，唐建国将船靠在岸边，带着唐秉礼去船闸办公的地方登记，还要交一笔过闸费，和陆地上的过路费差不多一个意思，毕竟船闸的修建以及维护是很大的一笔费用。

登记完后，唐建国便又带着唐秉礼回到船上，等待开闸门。闸门开启时，大铁门的中间向两边推开，里面的河道大概有二十米长，五六米宽。河道的两侧都修建了坚实的堤坝，便于注水、泄水。

与唐建国一同开进去的还有其他两条船，他们一同停靠在河道的右侧，等待着关闭闸门，泄水。

上游船只去往下游，水位下降，所以要泄水来降低船闸内的水位，与下游持平，这样船舶才能安全通过。

船闸内泄水，里面的船会出现剧烈的摆动与碰撞，为了保持船舶的稳定，需要用一根粗壮的绳子将船与岸边的铁柱绑在一起，每当船闸泄一点水，绳子就松一点，一直等到泄水结束，再把绳子拿掉。

在船上，人们将这种绳子称为缆绳。相比于普通的绳子，缆绳是由多股绳索编织而成，具备抗拉、抗冲击、耐磨损、柔韧轻软等性能。

作为一名合格的船民,将缆绳精准地套在岸边的石桩或者铁柱上,也是一项必要的技能。

唐秉礼在船闸未泄水前,拿起缆绳开始套岸边的铁柱,扔了五六遍,就是套不进。

船闸上的人拿起喇叭喊道即将泄水,王树兰从唐秉礼的手中接过缆绳,圈了几下,双手一挥,缆绳有圈的那一头,精准落入了铁柱上。

在一旁的唐秉礼惊讶地直拍手道:"妈妈好厉害。"

王树兰笑笑说:"熟能生巧,等你长大点,有力气了,也能做到的。"

王树兰和唐秉礼在船头,唐建国在船尾系缆绳,一头一尾,才能保证船只紧紧拴在岸边。

等泄水完成,唐建国与王树兰一人一边开始撑篙,将船撑出了船闸,一家人开始了接下来的行程。

唐秉礼经过这一次的过船闸之旅,基本明白了其中的原理,在他的大脑里,他把船闸看作是一个蓄水池,上下游两端的船想要过闸,就要进入这个蓄水池,蓄水池通过蓄水、放水来调节水位的高度,然后让里面的船只顺利通行。

这样的想法,是很多人没有办法解释出来的,而唐秉礼能如此深刻地理解船闸的原理,也是身临其境,才得以理解。

此次的经历一直深刻地保存在唐秉礼的大脑里,等到后来上学,他在书本上学到了陆游的一句诗——"纸上得来终觉浅,绝知此事要躬行"。

这首诗让他回想起了这段儿时的往事,一段他终身受益的经历。

7

10月的最后一天上午,唐建国的船终于抵达了他们三个月前出发的地方——淮阴地区码头镇。

那一天,也是唐秉礼的生日,但他因为几个月都待在船上,已经模糊了时间的概念,忘记了自己的生日,包括唐建国和王树兰,也没有想起。

不过,这对跑船上的人来说再正常不过了,他们几乎没有过生日的习惯。

回到淮阴的那一天,唐秉礼站在船头,看着运河上来来往往的船只,不禁感叹道:"还是这里的船多啊,我们一路上,在淮河上看到的船加起来也没有这里的一天看到的船多。"

王树兰在一旁笑着说:"那当然了,这里可是大运河,而且有好几条河在这里汇聚。从码头镇开船出发,一路北上可以到首都北京,一路南下可以到浙江杭州。沿着淮河一路向西,可以到达河南;一路向东,便能开到大海。"

"那为什么所有的船都在这里卸货呢?"唐秉礼不解地问。

王树兰接着说道:"因为啊,我们这里盛产食盐,而南方呢,盛产粮食,所以啊,南方运粮食过来的货船在我们这里卸货,然后装着食盐回到南方。再然后,北方或者西部的地区需要粮食和食盐了,就通过盐河啊,大运河啊,淮河啊等等,送到北方和西部各个地方去。用公家的话来说，叫什么南粮北调、北盐南运，大概就是这么个意思。也因此，我们这里也被称为南船北马之地。"

"什么是南船北马啊？"

"就是指南北交会的地方，在以前啊，南边来到这里的人，就要改成骑马北上，而北边南下的人，到了这里就得乘船了。"

"那这么说，我们这里肯定是中国南北分界的地方啦！"唐秉礼问道。

王树兰笑笑说："我们的大毛还真是聪明呢，我们这里啊，确实是中国南北分界的地方。"

"那分界点在哪呢？"唐秉礼接着问道。

"就在北面的那条河。"王树兰指着不远处的一条东西走向的河流说道，"很久以前，那是淮河的入海口，后来黄河夺淮入海，成了现在的故黄河，而那条河就是中国的南北分界线上的一小段。"

"那是不是我跳到河那边就是中国北方，跳到河这边就是中国南方啊？"

王树兰笑着说："理论上可以这么说吧，但那河还是挺宽的，你可跳不过去啊！"

唐秉礼摸着后脑勺说："我知道，不过，妈妈，你怎么会知道这么多啊，每次我问爸爸，他都说让我别说废话，要么就让我来问你。"

王树兰笑了笑说："因为啊，你姥爷是个教书先生，懂得很多东西，我知道的这些啊，都是你姥爷告诉我的。"

"是这样啊,那你为什么没有当教书先生啊?"

王树兰苦笑了一声说:"哪有女人当教书先生的啊?"

唐秉礼不解地问:"那我念书了,就没有女老师了吗?"

"当然会有啊,时代在变化嘛!"

"那我以后就当老师,把船上的苦难告诉我的学生们。"

"你不是说要当造船工程师的吗,怎么又变成老师了。"

"都可以,或者我可以当一个教别人造船的老师,这样就行了。"

王树兰欣慰地笑了起来:"我的好儿子,你只管好好念书,以后有的是机会,从事什么样的职业不重要,重要的是当好一个人。"

唐秉礼认真地点了点头:"妈妈,我以后要当一个正直善良的人。"

王树兰听罢,露出了欣慰的笑容。

此时,唐建国将船开进了船坞,开始了维修。维修大概需要一周的时间,在这期间,唐秉礼被送回了老家,因为唐建国在淮阴地区接到了一趟前往南通地区的货运,此次货运路途遥远,也有可能一直待在南边运货,所以,唐秉礼不得不留在老家,等待来年的开学季。

至此,唐秉礼的拉纤生涯也宣告结束。

第二章 水泥挂机船

1

1980年，唐建国所在的淮阴地区清江市需要大量的黄沙用以工程，为此，计划建造了第一批水泥机动船，一共十六艘。

水泥机动船，就是用水泥钢筋混凝土打造的机动船，是水泥打造的船体，相对于木板船而言，强度更高，而且不会出现船体渗水的情况。

而机动船呢，就是用机器带动螺旋桨驱动的船，和汽车用机器带动车轮滚动的原理是一样的。

那个时候，机动船用的机器叫"挂桨机"，顾名思义，就是搭载船桨的机器，简称挂机船。这挂桨机上的机器就是农村常见的手扶拖拉机上的机器，烧的是柴油，动力强劲，适合大型器械，有的运输车也用这种机器。

唐建国听闻这个消息后，四处打听，最终，在大队书记的介绍帮助下，获得了从淮阴造船厂买一艘水泥机动船的资格。

拿到购船资格后，唐建国卖掉了木板船，加上借来的钱，顺利地从淮阴造船厂开走了一艘可以载货十五吨的水泥机动船。

这在当时可以说是惊天动地的事情，唐建国所在的涟水县都没有一艘水泥机动船。

唐建国将买来的水泥机动船开回老家的盐河边，引得同村的人全部来围观，那一刻，唐建国感到无比自豪。

那个时候的唐秉礼正好十岁，正在上小学三年级。还在学校上课的他，不知道自己的爸爸已经买了水泥机动船，还是一个同村的小孩跑到学校来，大喊着告诉他："秉礼哥哥，你爸爸买大船了，快回去看看吧。"

唐秉礼难以置信地问道："真的吗？"

小男孩十分坚定地点点头说："当然是真的，我都在河边看到了，不用人拉的，自己会跑的船，而且还不是木头船。"

唐秉礼兴奋地叫了起来，直接无视上课铃声，旷课跑出了学校，向盐河边跑去。当他看到船的那一刻，他不敢相信，自己的梦想实现得那么快，自己的爸爸妈妈终于不用再拉纤了。

等唐秉礼来到岸边的时候，自家的水泥船上已经站满了人，他也爬上了自家的货船，来到妈妈的身边。

此时的王树兰挺着大肚子，这已经是唐家的第五个孩子。王树兰看到大儿子后，立马质问道："你今天不用上学的吗？"

唐秉礼嘿嘿一笑，说道："这不听说我们家买新船了，赶紧过来看看。"

王树兰左手叉着腰，右手直接一巴掌拍在了唐秉礼的后脑勺上，训斥道："你这浑小子，自家买的船，什么时候不能看，还能跑了不成,赶紧给我上学去!"

唐秉礼摸着后脑勺说:"妈妈,您怀着孕呢,可不能生气,再说了,这节课已经开始了,回去了也是罚站,您就让我看看我们家的新船,下节课上课之前我肯定回去。"

王树兰知道自己大儿子成绩好,也不差这一节课,于是也没多责怪,便同意了唐秉礼的请求。

唐秉礼征得妈妈的同意后,便跑向了水泥船的后面,去看看可以推着船跑的大机器,他来到船尾,看到两台柴油机赫然地坐在那里,左右两边,一边一个,这机器看着甚是眼熟,唐秉礼定睛一看——这不就是手扶拖拉机上面的机器吗!

唐秉礼的内心不禁天真地感叹道:没想到这玩意儿不仅能拉着拖拉机跑,还能推着船跑!

于是,唐秉礼摸着右边的机器自言自语道:"这将是20世纪最伟大的发明!"

"你在说什么呢?"王树兰也来到了船尾,看着自言自语的大儿子问道。

唐秉礼说:"没什么,妈妈,我想知道,这铁家伙怎么推着船跑的?"

王树兰走到机器旁,指着机器旁边的洞洞说:"你看,从这可以看到水面,水面下有螺旋桨,这机器和螺旋桨连着一根转轴,转轴插入水中,螺旋桨也进入水中,随后机器发动,带着螺旋桨一起转动,就能推着船跑了。"

"哦!"唐秉礼似懂非懂地点点头说,"那怎么控制方向呢?"

王树兰接着解释道:"你看螺旋桨的后面,有一个立在水中的大铁片，可以通过改变大铁片在水中的方向，来控制水流的方向，继而控制船行走的方向。"

唐秉礼越听越迷糊，他目前的知识量完全无法理解这其中的原理。但他也不想再深究，毕竟现在最重要的是，他们家再也不用拉纤了。

"那怎么控制这个大铁片？"唐秉礼接着问道。

王树兰指了指位于货船尾部三分之一处的驾驶室说道："就在那个小木屋里，有个方向盘，转动方向盘，就可以控制大铁片的方向。"

唐秉礼又跑到驾驶室，里面挤满了人，他挤了进去，来到方向盘前。这个方向盘对唐秉礼来说巨大无比，都快赶上他的身高了。

唐秉礼试图去转动方向盘，才发现根本转不动。一旁的大人看着唐秉礼趴在方向盘上，笑着说道："大毛，你还太小了，等你长大了，再来开这船吧。"

唐秉礼不服气地说："周叔叔，我以后可是要造船的，以后你们都得开我造的船。"

此话一出，引得众人哄堂大笑。另一个大人说道："那好，我们就等着开你造的船！"

众人又是一阵大笑。唐秉礼不明白他们为什么要笑，只好灰溜溜地离开驾驶室。

唐秉礼离开驾驶室来到船头，碰上了爸爸，唐建国看到唐秉礼在船上，立马撸起袖子质问道："你这小兔崽子怎么来了？"

唐秉礼吓得直接跳下船，向学校跑去。王树兰笑着走到唐建国身边说:"你没事老吓孩子干吗?"

唐建国抹下袖子说:"这小兔崽子,我一看就知道逃课了。"

"你儿子听说你买大船了,高兴呗,来看看怎么了。"

"那也不能逃课来看啊,反正是自家的船,什么时候不能看。等寒暑假,直接来船上帮忙,让他待个够。"

"行了,你儿子刚才在驾驶室里对着一帮人豪言壮语呢!"

"说啥了?"

"说以后长大了,要造船给他们开。"

唐建国笑了笑说:"这小子,口气倒是不小,要是真能去造船也算是给老唐家光宗耀祖了。"

王树兰说:"你儿子在学校可是年级第一啊,说不准还真能当个造船工程师呢!"

"拉倒吧,村里的小学算个球啊,再说了,我说的是当个船厂的造船师傅,也算门手艺,就你说那个什么造船工程师,那得多高的文化水平,我想都不敢想。"

"那我大儿子就这么优秀,等以后挣到钱送他去县城里读书,考个大学什么的,还不是想干什么就干什么。"

"行了、行了,净扯些有的没的,你赶紧让那帮人下去,我都联系好货了,需要马上开到码头去。"

王树兰哼了一声说:"那都是你们村的,和你一起长大的一大帮人,你怎么不去赶他们下去?"

唐建国皱着眉头摆摆手说:"好好好,我去我去,还真是说不过你这识过几个字的嘴。"

王树兰说:"你也知道识字的好处,那你怎么就不能跟着我认几个字呢?"

唐建国立马双手捂着耳朵,扭动着身体向船尾跑去,嘴里嘟囔道:"不听不听,王八念经。"

王树兰扑哧笑出了声,她摸了摸自己怀孕的肚子,不禁叹了口气。

那一年的夏天伊始,也就是1980年的6月初,唐家的第五个孩子出生,是个女娃,取名为唐秉信。

2

唐秉信是唐建国的第五个孩子,等她出生后,唐建国一家便停止了生育后代,之所以非要五个孩子,这得追溯到唐秉礼出生的那一天。

唐秉礼出生那一天,唐建国还在帮隔壁村的一家人盖瓦房。唐建国已经去世的爷爷曾经是个瓦匠,所以唐建国多少会点瓦匠的活,邻近几个村哪家要是盖房子了,都会请他过去帮忙。

王树兰在家快要生产了,唐建国的父亲便让人去通知唐建国赶紧回来,知道老婆快生的唐建国,急忙丢下手里的活,往家里赶去。在回村的路上,他遇到了一个游历四方的和尚,和尚看见唐建国行色匆匆,一把拉住了他,说道:"阿弥陀佛。"

唐建国急忙停住脚步,回礼道:"阿弥陀佛,请问大师有什么事?"

和尚说道:"施主,看您满面红光,岁运并临,定是子嗣降生。"

唐秉礼一头雾水，问道："什么降生？"

和尚说："您这是家里有孩子要出生了，对吗？"

唐建国先是一愣，继而连连点头："大师如何得知？"

和尚微微一笑，接着说道："此乃天降之子，天机不可泄露也！"

"您说我生的是儿子？"唐建国惊讶地问道。

和尚邪魅一笑道："天降之子自然是男儿之身。"

唐建国一听这话，立马瞪大了双眼："那大师，您觉得我儿子应该起什么名字？"

和尚一听这话，立马站直了身板，眯起眼睛，右手的拇指、中指以及无名指来回对点起来，口中念念有词，装模作样一番后，和尚说道："所谓礼义仁智信，天降之子，当以礼为先，所以应取名为秉礼。"

唐建国皱着眉头问道："大师，我也不识字，敢问是那两个字？"

和尚掏出一支铅笔，在一张小纸片上写了"秉礼"两个字，递给了唐建国。唐建国刚要接过手，和尚又收了回去说道："此乃天机，当以财物献祭上天，否则将会遭受灾难。"

唐建国立马了然，便把身上的干粮全部拿了出来。和尚看着唐秉礼手里的玉米面馍馍，无奈地摇了摇头。

唐建国见大师不同意，立马哀求道："大师，我这出门急，也没带什么像样的东西，要不您跟我去趟我们村里，我把家里的白面给您装点。"

和尚一听要去村里，立马连连摇头："此乃泄露天机之事，岂能让他人知晓。"

"那怎么办，大师？"唐建国焦急地问道。

和尚对着唐建国上下扫视了一番，说道："施主这布鞋貌似是新做的？"

唐建国看了一眼布鞋，立马脱了下来，递给大师说道："是新做的，我刚穿几天，也不知道合不合您的脚。"

和尚接过布鞋揣在怀里说道："施主此言差矣，此布鞋乃是献给上天，用以表达您的诚意，与合不合贫僧的脚是没有关系的。"

唐建国立马点点头，接过纸条说道："是是是，大师莫怪，我是个粗人，不会说话，千万不要怪我。"

和尚斜嘴一笑，摆了摆手，便准备离开。刚要走，唐建国一把拉住和尚说："大师，我以后肯定不止有一个孩子，要不您给我多写几个名字，留给我备用嘛。"

和尚一听这话，有点蒙，未承想还有这样的人，但为了早点抽身离开，便又假装掐算了起来，随即又在唐建国的纸片上写下"义仁智信"四个字，还顺便说了句："我替你算过了，你以后正好有五个子嗣，我又给了你四个字，按照顺序起名即可。"

唐建国如获至宝，捧着纸条，光着脚跑回了村里。

等回到家，唐建国看到自己的老婆果真生了一个儿子，以为自己真的有了个天降之子，便立马按照和尚给的名单，给儿子起了名字，张口说道："我的第一个儿子，就叫唐秉礼了。"

唐建国的母亲夸赞道："这个名字起得好啊，听起来大气，是哪两个字啊？"

唐建国说:"我也不知道,是一个路过的和尚帮我起的名字。"

母亲不解地问道:"哪来的和尚,为什么会帮你起名字?"

于是,唐建国便把刚才的经历说了一遍,母亲一看唐建国的双脚,果然是光着脚板,这才明白,自己的儿子被骗了一双鞋子,气得大骂道:"败家的玩意儿,那可是你的新鞋,就为了几个破字,你把鞋子给了骗人的和尚,你以后穿什么?"

唐建国挠挠后脑勺说:"把之前那双破掉的布鞋拿出来补补再穿呗,反正又不是过新年,穿不穿新鞋都无所谓了。"

王树兰听说自己的丈夫竟然为了几个字把鞋子给了人家,气得差点晕过去,躺在床上也大骂道:"我在家生孩子,疼得死去活来,你还有心思在路上和一个和尚闲扯,还被骗了一双新鞋子,就换来一个名字?"

唐建国委屈地说:"不是一个名字,是五个。"

说罢,唐建国从口袋里掏出了那张纸条,说道:"这上面,大师给我写了五个名字。"

王树兰真是又好气又好笑,苦笑着说:"你这意思,还指望我给你生五个了?"

唐建国笑笑说:"和尚算出来的,说我们家要有五个孩子。"

王树兰冷哼了一声说:"要生你自己生吧。"

说完,王树兰便闭上眼睛休息,不想再理会这个"迷信"的丈夫。

不过,事情已经发生了,和尚也难再找到了,王树兰不得已,便同意给自己的大儿子取名为唐秉礼。

以至于后来,王树兰经常对唐秉礼说:"大毛啊大毛,你的名字可是你爸用一双鞋子换来的呢。"

等到二十年后,唐秉礼长大,每当他回想起妈妈说过的这事,便觉得,当年的爸爸用一双鞋子换来的这五个名字,还是值得的。

唐秉礼出生后,唐建国对那个和尚说的话依旧是深信不疑,非要让老婆必须生满五个孩子。

王树兰倒也不是不想生,那个年代,哪家没有三四个孩子,生五个也没啥不行。

于是,在唐建国的不懈努力之下:

1972年,王树兰生下第二个儿子,取名唐秉义。

1975年,王树兰生下第一个女儿,取名唐秉仁。

1978年,王树兰生下第三个儿子,取名唐秉智。

1980年,王树兰生下第二个女儿,取名唐秉信。

3

唐家第五个孩子唐秉信出生后,王树兰需要带着孩子一起上船,要一直等到哺乳期结束,才能交给孩子的爷爷奶奶照顾。

那年暑假的8月,王树兰过了月子期,十岁的唐秉礼正好也放了暑假,便主动要求上船,跟随爸爸妈妈一起跑船,这样一来也能照顾一下还在哺乳期的妹妹。

比唐秉礼小两岁的弟弟唐秉义也嚷着要去,但船上的空间有限,只能让更大一点的唐秉礼上船。

唐建国联系到了一趟货物，是将一批烧碱运到扬州，那是唐秉礼第一次见到烧碱，白花花的片状，像是食盐凝结的块状。

唐秉礼不知道这是什么，便问王树兰："妈，这是什么东西？"

王树兰解释说："这是烧碱。"

"什么是烧碱啊？"

"这个我也不清楚，我只知道是从食盐水里弄出来的。"

"那这个有什么用吗？"

"用处可多了，什么造肥皂啊，造纸啊，造衣服啊，等等，都要用到烧碱。"

唐秉礼惊讶地说："这么厉害的吗，这是谁发明的啊？"

王树兰笑着说："这个东西不能叫发明，应该叫发现，这是大自然本就存在的东西。"

"那发现这个东西的人，也很厉害啊，我怎么也想不到，吃的盐巴中，竟然可以弄出这么厉害的东西。"

"所以说啊，要学好文化知识，不然大自然存在的东西都发现不了，更别谈发明创造出东西来了。"

唐秉礼咧着嘴笑着说："妈，您真是的，不管什么事情都要扯到学习上。"

"我说得不对吗？"王树兰反问道，"没有文化知识，只能卖苦力，看着白花花的烧碱都不知道哪里来的。"

唐秉礼只好连连点头，表示一定好好学习。说罢，唐秉礼就要伸手拿船舱里的烧碱，王树兰急忙呵斥道："你干什么！"

唐秉礼吓得缩回了手，问道："怎么了，妈？"

王树兰一脸严肃地说："刚才没和你说，现在你要记住，无论什么时候，都不能用身体的任何部位去直接碰烧碱，知道吗？"

唐秉礼皱着眉头，不解地问道："为什么啊？我看爸爸和那些工人不都碰了吗？"

王树兰解释道："那你没看到他们都戴着橡皮手套吗？这烧碱有很大的危险，人的皮肤只要一沾上，就立马烧起来，要不然你以为为什么叫烧碱呢？"

唐秉礼看着舱里的烧碱，半信半疑地说："有这么恐怖吗，那盐为什么能吃啊？"

"盐是盐，烧碱是烧碱，就像水一样，同样都是水，烧开的水能立即喝吗？"

"妈，您这意思我懂，但这用凉水和开水来比较，是不是有点不太对啊？"

"哼，你妈我还不是吃了没文化的亏，要不然还用得着在这开船？所以说，你要好好念书，等以后学有所成了，应该是你告诉我，这烧碱到底是怎么从食盐里生产出来的。"

唐秉礼鼓着嘴说："我知道了妈，我不问了还不行吗，总之一句话，好好学习，天天向上！"

王树兰笑着说："就你嘴贫，货物快装好了，你不是要看机器怎么推着船跑吗，赶紧去船尾，看看你爸怎么操作的。"

"嗯嗯嗯。"唐秉礼连连点头，飞奔到船尾。

来到机器旁，唐秉礼先是上下研究了一番，不过也没研究出个所以然来。等唐建国装完货来到船尾，看到唐秉礼趴在机器上瞎琢磨，便问道："大毛，你干吗呢？"

唐秉礼立马站起来回答道："爸爸，我在研究机器呢，为以后当造船工程师做准备。"

唐秉礼笑了笑说："那你研究出个啥？"

"暂时还没有。"

"那就先看看你老爸怎么把它弄发动起来的。"

"好。"

说罢，唐建国右手拿起一个铁制的摇把，将摇把的另一头塞进机器的一个孔里，左手按住机器尾部的一个小铁棒，随后快速摇动，让机器运转起来，没几圈下来，机器发出了轰隆隆的声音，唐建国立马抽出摇把，松开小铁棒，机器另一侧的转轮也快速转动了起来。

唐建国如法炮制，又将另一个机器转动了起来。唐秉礼站在一旁问道："爸爸，这机器和手扶拖拉机是不是一模一样的？"

唐建国说："是一样的机器，只不过船上机器的马力要大一些，其他的都一样。"

随后，他带着唐秉礼来到船头，将拴在岸边的缆绳收回，这样，货船与岸边失去了连接，船也就能离开码头了。

之后，唐建国带着唐秉礼回到驾驶室，王树兰已经坐在驾驶室里哄孩子了，唐秉礼站到方向盘的旁边，看着爸爸驾驶。方向盘的右侧有四根立杆，只见唐建国一边操作一边对唐秉礼说道："这四根铁杆子，一三挡杆控制两台机器的前进和后退，二四挡杆控制两台机器的油门大小。"

说罢，唐建国将第一根和第三根立着的铁杆推向前面，然后说道："你看，这样就代表两台机器全部向前推进，在中间的挡位代表暂停，往后拉，就代表往后倒。"

唐秉礼听完连连点头，唐建国随即用双手同时推动第二根和第四根铁杆，船尾的机器立马"嘶吼"了起来，也能听见螺旋桨在水中搅动的声音。

此时，货船开始慢慢向前移动，唐建国迅速将方向盘向右转，船头开始向运河的中间驶去。

唐秉礼见到这一幕激动地高呼起来："哦，船自己动啦！"

唐建国与王树兰看着兴奋的唐秉礼，相视一笑。那时候的唐秉礼还是不明白螺旋桨的原理，便问道："爸、妈，这真的太神奇了，我还是不明白螺旋桨是怎么推着船跑的？"

唐建国有些不耐烦地说："你这个小兔崽子，我会开船，但又不会造船，你问这么多，我要是都能解释得上，都可以去当教授了！"

王树兰打断道："你干什么？孩子勤学好问是好事，你要是不懂就说不知道，没人会嘲笑你。"

"好好好，你们聊，我不说话了。"唐建国被说得没脾气了，便认真开船，不再吱声。

王树兰说："这个原理呢，还需要你以后自己在学校里寻找，我们也解释不上来，不过你可以去船尾看看，兴许你能明白一些。"

"嗯嗯。"唐秉礼点了点头，跑出驾驶室，来到船尾，看见了船尾在翻腾浪花，就像是水在推着船往前跑一样。

那一刻，唐秉礼似乎明白，这螺旋桨就像是人的脚，这河水就是大地，这船身就是人的身体，螺旋桨踩着河水，将船身向前推动。

这样的理解，不禁让唐秉礼露出了会心一笑。

4

唐秉礼家的船顺利离开码头，从淮沭河驶入京杭大运河。刚进入大运河，位于河流的北岸，是盐河与大运河的交汇处，再往前不到一公里，便是故黄河与京杭大运河的交汇处。

唐秉礼站在驾驶室的门外，看着这些河流，挨个地问着，王树兰也站在他的身后，耐心地为唐秉礼讲解。

唐建国开着船又向前开了不到两公里，唐秉礼看到大运河的北面又有一条河与之交汇，于是对身旁的王树兰问道："妈，这又是什么河啊？"

王树兰说："那是里运河。"

唐秉礼不解地问道："妈妈，为什么大运河在我们这里会分成两条河啊？"

王树兰解释道："在新中国成立之前啊，是没有这条东西走向的运河的。新中国成立后啊，里运河由于太窄而且弯曲，不利于运输货物，所以就直接挖了一条又宽又直的新河道，这样一来，不仅避开了城区，而且运输效率也提高了。"

"那这新的运河是怎么挖的呀？"唐秉礼接着问道。

王树兰说："就是人挖的呀，以前啊，每个生产大队都要负责自己片区的河流疏通工作，挖河道的工人就叫挖河工，你爷爷奶奶以前都当过挖河工呢。"

"那这全靠人来挖，不是很累啊！"唐秉礼感慨道。

王树兰说："是啊，以前挖这个新河道的时候，成千上万的人同时动工，有的负责挖泥土，有的负责挑扁担，就这样靠着一个个铁锹，挖出了现如今这条宽阔的新运河航道。所以老一辈的人，真的很辛苦啊，吃尽了苦头，才换来我们今天运河上的儿女通行便利啊！"

唐秉礼意味深长地点了点头说："那我以后还要发明专门挖河道的船！"

唐建国在一旁开着船说道："大毛啊，这挖河道的船也有了，只不过数量有限，在我们这里很难见到罢了，等以后有机会去苏南，你就能见到专门挖河道的船了。"

"啊？"唐秉礼失落地说，"怎么我一想到要发明什么，这世界上就有了呀。"

王树兰笑着抚摸了唐秉礼的额头说："这说明啊，这世界上有很多和你一样聪明的人呀，所以啊，你更要好好学习，以后才能超越他们，发明出更有用的东西啊。"

唐秉礼苦着脸说："妈，咱能不能别什么事情都往学习上扯啊，我都听烦了。"

说罢，唐建国和王树兰都哈哈大笑起来。王树兰说道："好好好，不提了，我们家大毛懂事，不用我提，也能明白这个道理的。"

此时，唐建国的船从码头镇沿着大运河的主河道穿城而过，那个时候的淮阴城区主要分布在里运河的两边，后来挖的运河两边还比较荒凉。从运河上看两边的建筑物，运河的北面是一片片低矮的房屋,而运河的南边则是农田为主。

淮阴城区这段十几公里的运河,连接南北的只有一座位于城市中轴上的运河大桥,位于运河南边的居民,想要前往市区,只能走这一座大桥。因此,运河上有许多的渡船分布在运河上的各个节点,有的时候,坐渡船要比绕道去运河大桥方便得多。

唐秉礼无比自豪地站在船头,看着运河两岸的居民以及各种拉纤船、渡船,这些船都是人力船,而他们家的水泥机动船,在苏北的运河上是极其罕见的。

从淮阴运河大桥下穿过时,桥上的一群孩子竟然冲唐秉礼扔小石子和泥土块,唐秉礼左闪右躲,还是被一个泥土块砸中了脚。

气愤的唐秉礼捡起他们扔下来的石子反击回去,可是,从上往下扔东西容易,但要从下往上扔,那就费劲了。唐秉礼连续扔了好几个,都没击中,反而引得桥上的小孩哈哈大笑。

此时,船已经驶过大桥,唐秉礼已经没有机会再反击,只好悻悻地回到驾驶室,向王树兰抱怨道:"妈,你看见那帮小鬏(淮阴地区方言,意为小孩子)了吗?他们向我们船上扔石头,还砸到我脚了。"

王树兰笑了笑说:"谁让你臭显摆,非要站在船头,给人当活靶子。"

"哼,下回我要准备好弹弓,非好好教训他们一顿。"唐秉礼噘着嘴说。

王树兰略带生气的口吻说:"那不行,弹弓的威力太大了,这要是打到人,把人家眼睛打坏了,就得坐牢!"

"那凭什么他们可以砸我？"唐秉礼不服气地说。

王树兰说："妈妈我管不了其他人家的孩子，但我不能让你随性而为，你要是不站在船头臭显摆，人家会砸你吗？你都已经是十岁的孩子了，又是弟弟妹妹们的大哥，要做个沉稳有担当的人，懂吗？"

唐秉礼略带委屈地说："我知道了，妈妈，我以后再也不任性了。"

王树兰欣慰地点点头说："不愧是我们家大儿子，就是懂事。"

此时的唐秉礼得到妈妈的夸奖后，也已经消了气，便主动提出去做饭。

王树兰抱着唐秉信站起来说："我和你一起吧，现在不用拉纤了，开船也就轻松了，开船的时候，有你爸一个人就够了。"

"嗯。"唐秉礼高兴地点了点头。

虽然现在的伙食相比拉纤的时候并没有好太多，但是可以经常吃到白面馒头和大米饭了，而且做饭不用再烧柴火，而是用煤球和炉子，这样做饭、烧水也就方便得多。

唐秉礼先是用一些稻草在火炉下引燃，然后放上一块煤球，等最底下的煤球烧起来之后，再放上两块煤球，这样，一个煤炉就可以正常烧火做饭了。

用煤炉做饭，可以在厨房内进行，再也不用顶着大太阳做饭了，虽然夏天依旧很热，但相较于烧柴火做饭，已经是非常舒服了。

此刻的唐秉礼，看着煤炉上蒸着热气腾腾的米饭，感到无比幸福，一想到自己的爸爸妈妈再也不用那么辛苦地拉纤，便觉得，以后的日子会越来越好！

5

唐建国这趟货物的目的地是扬州地区的施桥镇，这也是唐建国买来水泥船后的第一次长途货运。这一次从淮阴到扬州，近两百公里的水路路程，只要两天的时间便可以到达，这比人力拉纤快得太多。

沿着大运河一路南下，出了淮阴地区后，就到了中国十大淡水湖之一的高邮湖。这也是唐秉礼第一次来到高邮湖，虽然它的面积只有洪泽湖面积的一半大，但站在大运河的岸边，看向高邮湖，依旧是一望无垠。

唐秉礼站在船边，开始欣赏着高邮湖的风景，此时，他看到高邮湖上成百上千只的鸭子在游泳觅食，他惊讶地呼喊道："妈妈，快看，好多的鸭子啊！"

王树兰此时正在洗衣服，抬头看了一眼高邮湖，说道："这是麻鸭，你平时吃的咸鸭蛋，都是它们下的蛋。"

唐秉礼一听咸鸭蛋，口水都快流了出来，追问道："那我们可以去抓几只鸭子吗？这样就可以放在船上养了。"

王树兰无奈地笑了笑说："傻儿子，那是人家饲养的鸭子，你去抓鸭子，岂不成了偷鸭贼了吗？"

唐秉礼尴尬地笑了笑说道："我还以为这是野鸭子呢。"

王树兰忍俊不禁地说："你呀，就知道吃，快到晌午了，你来把你自己的衣服洗一洗，然后去做饭，我要先哄妹妹睡觉了。"

"好的，妈妈。"唐秉礼坐到搓衣板前，一边看着湖上的美景，一边揉搓着自己的衣服。

过了高邮湖，便离扬州不远了，这一趟货运只用了两天的时间便到达了目的地。相比于以前的拉纤，不仅时间上急剧缩减，而且，货物的承载量也比拉纤的时候多得多。

到了目的地后，卸货工人两天便卸完了货，货物卸完之后，唐建国拿到了两百块钱的运费，除去烧油的钱，唐建国用四天的时间，便挣到了一百五十块钱。尝到甜头的唐建国开始马不停蹄地寻找新的货源。

而此时的唐秉礼还并不知道这条水泥机动船会给他们家带来怎样的改变，他听妈妈说，他们卸货的地方，离长江只有五公里左右的距离。

扬州地区的施桥镇是京杭大运河与长江的交汇处，隔江遥望，便是大运河在苏南的入河口——镇江地区。

这是唐秉礼第一次这么近距离地接近长江，那可是唐秉礼一直梦寐以求想要去见见的地方。在学校的课本里他学习到，长江是中国的第一大河，也是亚洲的第一大河。

每每想到这里，唐秉礼内心便会翻腾起来，他多想去看看长江的雄伟壮阔，毕竟，在他们村里的学校，还没有人见过长江呢。于是，唐秉礼去找王树兰问道："妈妈，我们可以去长江里运货吗？"

王树兰笑笑说："当然不行，长江的水流太过凶猛，我们家的船太小了，而且两台机器也根本推不动我们的船在长江里行驶。"

唐秉礼追问道:"那我可以自己走过去看吗?"

王树兰摇了摇头说:"那太危险了,长江边大多都是滩涂,你是走不到长江边上的。"

唐秉礼瞬间失落起来。王树兰看着失落的儿子,安慰道:"等我们家以后开上四台机器的船,就能横跨长江了,虽然不能迎流而上,但也能看到长江了。"

"真的吗?"唐秉礼瞬间又充满了希望。

"当然是真的,你妈妈我也没在长江里开过船,我也希望有一天能在长江里运货呢。"

"那你见过长江吗?"

"见过,以前拉纤去南通地区的时候,在沿江的岸边见过长江。"

"长江怎么样?"

"很宽。"

"就很宽吗?"唐秉礼瞬间又失去了期待。

王树兰笑了笑说:"妈妈没啥文化,也不知道怎么形容,但我见到长江的时候,就觉得人类多么渺小,在这长江里,就如同一滴水那般渺小,看着长江水疯狂地奔向大海,感觉无比壮观。"

唐秉礼的眼神里再次充满了期许:"那长江上的船是不是都很大很大。"

王树兰点点头说:"那当然了,很大很大,是我们这条水泥船的一百倍都不止。"

唐秉礼再次发出了惊叹,追问道:"那些大船是不是要用很多台机器啊?"

王树兰摇了摇头说:"不是的,它们只有一两台机器,但每台机器都很大,而且都藏在船舱里,从外面看不见。这些我也都是听你爸爸说的,他说他去那些大船上参观过。你要是好奇,可以去问问你爸爸。"

"我才不去呢。"

"为什么不去?"

"爸爸不喜欢别人唠叨,我的问题一问多,他就有些不耐烦了,感觉就要打我。"

王树兰听完笑了起来:"你爸那人吧,就这样,不喜欢听废话,我一说他,他就捂耳朵,或者就假装听不见,你以后长大了,估计和你爸一样。"

"我才不会呢。"

"那可不一定哟,男人嘛,都这样,就怕女人唠叨,一说多了,就嫌烦。"

"我就喜欢听妈妈唠叨,能长见识。"

王树兰欣慰地笑着说:"那是我们家大儿子懂事,等我们家条件好了,我就把你送到县城里读书,按照我们家大毛这样的脑子,考个大学肯定没问题。"

"嗯,我一定能考上。"唐秉礼自信满满地说。

虽然没能见到长江,但唐秉礼跟着爸爸妈妈在船上待了一个半月,基本跑遍了苏北的各个城市,在徐州,见到了江苏境内第四大淡水湖——骆马湖;在连云港,见到了孙悟空的老家——花果山;在盐城,眺望了大海,见到了在海边湿地公园里奔跑的麋鹿。

不仅如此，唐建国的货船还顺着大运河一路北上，从徐州装运煤炭，去往山东济宁卸货。顺着大运河，刚驶出徐州北面地区，便来到了山东境内的微山湖，唐秉礼一开始并不知道它的名字，便指着微山湖问道："爸爸，这条细长的湖叫什么？"

唐建国说："这就是北方最大的淡水湖——微山湖。"

唐秉礼惊讶地问道："就是歌曲里唱的那个微山湖吗？"

唐建国说："没错，就是老家镇上放的露天黑白电影——《铁道游击队》里面的插曲，歌名叫《铁道游击队》嘛，你不记得了吗？"

"哦哦哦，我记得，我记得。"唐秉礼激动地来到驾驶室的外面，对着不远处的微山湖歌唱道："西边的太阳就要落山了，微山湖上静悄悄，弹起我心爱的土琵琶，唱起那动人的歌谣……"

唐建国看着自己的儿子开心地唱着歌，不禁露出了微笑。等到暑假快结束时，唐建国装了一趟回到淮阴地区的货物，唐秉礼跟着自己家的船又被送回了老家。

6

水泥机动船要比拉纤挣钱快太多，尝到赚钱甜头的唐建国则开始了日夜不停地跑船，只要货船装上货，哪怕是半夜，也要出发，夜晚开船开累了，就和王树兰轮换着开。

借钱买船的魄力和踏实苦干的精神，让唐建国成了苏北跑船人里第一批富裕起来的人。

从 1980 年买船到 1982 年，不到两年的时间里，唐建国将借来的钱全部还清，并且有了一笔不小的积蓄，此时的唐建国已经不安于这十五吨载货量的小船。

1983 年，国家撤销了淮阴地区，将清江市改名为淮阴市，成为江苏省的一个地级市，市区由清河区、清江浦区组成，下辖 11 个县——淮阴县、淮安县、涟水县、洪泽县、盱眙县、金湖县、宿迁县、沭阳县、泗阳县、泗洪县、灌南县。

唐建国看到这个消息后，对正在织唐衣的王树兰说："以后市区就叫淮阴市了，归江苏省直接管辖了。"

王树兰若无其事地说："改就改呗，反正涟水县还在，我们还是涟水人。"

唐秉礼笑着说："你爸你妈不是灌云县人吗？"

"是啊，怎么了？"王树兰好奇地问。

"灌云县被划给了连云港市了，以后你娘家就是外市的咯，啧啧啧。"唐建国一副得意扬扬的样子。

王树兰撇了撇嘴说："外市就外市呗，反正也没多远，还能不给出市探亲了？"

"不不不，我不是那意思，我的意思是说，你以后只能跟着我了，不然回娘家都成了外地人了。"唐建国贱兮兮地笑了起来。

王树兰将手里的毛线球砸向了唐建国说："滚你的，净在这里说些没用的屁话。"

唐建国一把接过毛线球说："那我就和你说点正经事，国家都在不断改革，我们也要紧跟步伐啊，虽然我不知道这样改动有啥变化，但我感觉内河的船舶运输会越来越重要啊。"

王树兰点点头说:"你这说的倒是真的,这改革开放好几年了,到处都在开始盖楼房了,这以后乡下人都要去城里生活,肯定会越盖越多啊!"

唐建国说:"是啊,这楼房盖得多,就得用到石子啊,水泥啊,钢铁啊,这些都需要船来运。所以,我决定卖掉现在的小船,加上存款,再贷点钱,买条更大点的船,你看怎么样?"

一说到贷款,王树兰犹豫了起来,叹了口气说:"好不容易还清了贷款,又要贷款买大船,我这心里啊……唉……"

唐建国安慰道:"我亲爱的老婆啊,我们家五个孩子呢,就靠这条小船,恐怕不够他们以后上高中上大学的费用啊!"

王树兰嗔怪道:"还不是你,非要信什么野和尚的话,生这么多。"

唐建国耸了耸肩说:"那孩子都已经生出来了,我能怎么办?"

王树兰翻了个白眼说:"随便你,反正你是当家的,你说买就买呗。"

唐建国一听,立马喜笑颜开地说道:"那我去联系卖船的了!"

王树兰点了点头,唐建国立马跑了出去。王树兰看了一眼唐建国在岸上奔跑的身影,不禁露出了欣慰的笑容。

不多久,唐建国便卖掉了十五吨载货量的小船,加上存款和贷款,买下了一艘载货量为六十吨的水泥机动船。

从那个时候开始,唐建国家每天三顿的主食全部变成了白面和白米饭,但配菜还是以各色咸菜为主,偶尔靠岸能买到蔬菜,便会买几个土豆和青椒来炒着吃，抑或是炒几个鸡蛋来改善一下伙食。

那年暑假，唐秉礼再次来到船上，还没等他感慨完自家的新船多令人震撼，他便被一个发出声音的盒子给吸引了，此时的盒子里正在讲故事。

原来，唐建国为了消磨船上无聊的开船生活，特意给自己买了一台收音机，而那次，正是唐秉礼第一次见到收音机。

唐秉礼完全被收音机里的故事所吸引，而第一次听到的故事便是《岳飞传》，当他听到岳飞被秦桧设计杀害时，直接痛哭了起来。也是那个时候，唐秉礼便把岳飞的《满江红》完整地背诵了下来。

在唐秉礼彻底背下来的那天傍晚，他站在船头，看着夕阳西下，河岸两边的树林向身后远离，唐秉礼举起一根木棍，宛如一个出征的战士，对着远处的如血般的残阳，吟唱出了岳飞的那首《满江红》：

怒发冲冠，凭阑处、潇潇雨歇。抬望眼，仰天长啸，壮怀激烈。三十功名尘与土，八千里路云和月。莫等闲、白了少年头，空悲切！

靖康耻，犹未雪。臣子恨，何时灭！驾长车，踏破贺兰山缺。壮志饥餐胡虏肉，笑谈渴饮匈奴血。待从头、收拾旧山河，朝天阙。

此时，坐在驾驶室的王树兰对着正在开船的唐建国问道：

"你儿子这是怎么了,站在船头大吼大叫的。"

唐建国笑着说:"估计是《岳飞传》听多了,在那'精忠报国'呢!"

王树兰扑哧一声笑了出来:"这不和你年轻时候一模一样吗,天天在村里骑个树枝,以为自己是个大将军。"

"行了,行了,说儿子也能说到我身上。"唐建国瞬间有些脸红,"这些话,你可别当着儿子的面说。"

王树兰这下笑得更加开心,说道:"怎么,怕你儿子笑话你啊?"

这时,在船头感慨完岳飞命运的唐秉礼回到驾驶室,他刚进驾驶室,便听到王树兰的话,于是问道:"妈,什么东西怕我笑话啊?"

王树兰大笑着说:"刚刚你在船头仰天长啸,我提起了你爸小时候骑树枝假扮将军骑马呢。"

唐秉礼一听哈哈大笑起来,说道:"原来老爸小时候也和我们一样啊,喜欢幻想自己是个驰骋沙场的将军。"

唐建国瞬间有些羞红了脸,为了终止这个话题,便转移话题道:"天色不早了,你们去做饭吧。"

王树兰笑着说:"知道了,将军大人。"

唐秉礼也跟着"捧场",敬礼道:"遵命,将军大人,卑职立马协助母亲大人完成您交代的任务!"

唐建国忍俊不禁,大笑了起来,说道:"去去去,别瞎闹了,快去做饭吧。"

在一阵欢笑声中,唐秉礼陪着王树兰来到后面的厨房,开始做饭。

　　这一次的暑假上船,由于唐建国的货船动力还是不够,只能在长江以北运货,所以唐秉礼还是没能去到长江,而苏北的这些河流,唐秉礼已经全部看了个遍,也就没有见到多少新奇的事物。

7

　　白驹过隙,唐建国为了能快速攒钱买更大的船,他与老婆王树兰日夜兼程,省吃俭用,在不到两年的时间里,又攒下了一大笔钱。

　　1985年的夏天,唐建国卖掉载货量六十吨的水泥机动船,用了三万块钱买下了一艘载货量为一百二十吨的水泥机动船,搭载四台挂桨机,成了苏北为数不多过百吨的个体户货船。

　　这一年,唐秉礼十五岁,他已经考上县里的高中,等暑假结束便去寄宿上学。在听说自家买了四台机器的大船后,唐秉礼第一时间嚷着要去船上过暑假。

　　船变大了,也能睡下更多的人,这一次,比唐秉礼小两岁的弟弟唐秉义和只有十岁的妹妹唐秉仁也要跟着去。

　　难得这么多孩子一起能上船过暑假,王树兰也很高兴,便同意了三个孩子一起上船。

　　买下第一艘四台机器的货船后,唐建国第一时间开始联系去运往苏南的货物,这样便有机会横跨长江。

　　横跨长江,对于一个苏北跑船的人来说,是一种自豪般的存在，这不仅是唐秉礼一直以来的愿望，也是唐建国心底的一种夙愿。

也是从买这条船开始，唐建国一家的生活有了全新的变化。这也是唐秉礼人生中最幸福的一个暑假。

唐秉礼第一次踏上自家的大船，不禁发出了惊叹，这艘船起码是原来船的二倍大，他带着第一次上船的弟弟妹妹在船上挨个介绍。

唐秉礼先是带着弟弟妹妹来到船尾，指着船尾的四台机器解释道："这就是挂桨机，顾名思义，就是挂着螺旋桨的机器。"

唐秉义是个闷葫芦，不爱说话，听着大哥在讲解只会点头，唐秉仁的性格却和二哥截然相反，她是个喜欢喋喋不休的小姑娘，听完大哥的讲解后，便直接问道："这和我们老家地里的拖拉机上的机器是一样的吗？"

唐秉礼摸了摸唐秉仁的小脑袋说："三毛毛真聪明，这就是拖拉机上的机器，只不过那个挂的是轱辘，这个挂的是螺旋桨。"

"大哥，那你能让这机器动起来吗？"唐秉仁问。

唐秉礼尴尬地笑了笑说："我还不能，这个要有很大的力气才能点着机器，而且很危险，爸爸一直不让我碰。"

"那你会开船吗？"唐秉仁追问道。

"会开，以前爸爸教过我一点，但不太熟练。"

"那你会游泳吗？"

"这个当然会，你大哥我可是天生的游泳好手。"

"那我和二哥不会游泳，掉河里了，你会救我们吗？"

"当然了，还有，你们俩在船上一定要小心，可千万别掉到河里,就算我能救你们上来,但你们要喝很多的河水,喝多了,就会肚子疼。"

"为什么掉到河里要喝水呢?"

"呃……"唐秉仁被问得有些难以应对了,于是转移话题道:"这样吧,我们先去看看其他地方,好不好?"

唐秉义和唐秉仁双双点头。

于是,唐秉礼带他们来到离船尾最近的厨房,一进厨房,唐秉礼就看见一个燃气灶具摆在桌面上,但他并不知那是什么,他也是第一次见到这个东西。

还没等唐秉礼说话,唐秉仁就指着灶具问道:"大哥,这个是什么啊?"

唐秉礼犯难道:"这个……我也不知道,我也是第一次见。"

说罢,唐秉礼开始研究这个玩意儿,他摁住黑色的旋钮,左右扭动着,忽然一束火焰冒了出来,吓了唐秉礼一跳。

唐秉仁吓得大叫了起来:"着火了!着火了!"

王树兰闻声赶来,推门问道:"怎么了,哪里着火了?"

唐秉仁指着灶具说:"刚才这里面在冒火。"

王树兰笑着说道:"这是液化燃气灶,可以直接放火出来烧饭。"

"哇,这么厉害的吗?"唐秉仁惊叹道。

唐秉礼瞬间对这个东西产生了好奇心,问道:"妈,这东西怎么放火的?"

王树兰指着桌子底下的液化气罐子说:"看见那个大铁罐子没有,那里面藏着一种神奇的空气,通过和桌子上的这台灶具的连接,就能将这种空气点燃,然后放出火来。"

唐秉礼难以置信地问道:"这是什么空气啊,这么厉害?"

"大哥,妈妈不是说了吗,叫液化气。"唐秉仁在一旁说道。

王树兰笑着说:"我们家三毛毛还真是人小机灵,大哥都没反应过来,你都知道了。"

唐秉礼有些尴尬地说:"我知道叫这个名字,我就是想知道,这是从什么地方找到的一种空气,竟然可以变成火。"

王树兰说:"那我就不知道了,这都是科学家发明出来的,我们老百姓就只知道用,哪能知道怎么来的啊。所以说,你要好好学习,等你暑假结束,上了高中,这些肯定都会学到的。"

"妈,你别什么都要扯到学习嘛。"唐秉礼挠着头皮说。

王树兰说:"好了,好了,那就不说了,你们去看看电视,我给你们做饭吃。"

"电视?"一直没说话的唐秉义忽然冒出了一句话。

王树兰笑着说:"怎么,二毛,你知道电视?"

唐秉义点点头说:"我在隔壁镇上的一个大户人家看到过,我还和狗蛋哥趴在人家的房顶上看过,不过太远了,看不太清楚,就只能看到有几个人在电视里跳舞。"

"你还爬人家房顶了?"王树兰厉声质问道。

唐秉义知道自己说漏嘴了,便解释道:"是狗蛋哥非要带我去的,说是有好看的东西。"

王树兰说:"以后可不许爬房顶了,危险得很,知道吗?"

唐秉义连忙点点头,不再说话。王树兰说完便带着孩子们去看电视。王树兰打开电视后,是黑白的画面,里面正在放《霍元甲》。

电视机里能说会动的人物，着实吸引了兄妹三人的眼球，炎炎夏季，屋里闷热，但这完全没有阻挡兄妹三人看电视的热情。三个人排排坐，坐在床上，目光直视电视机上的画面，一秒也无法挪开。

王树兰看着三个浑身冒汗的孩子，打开了电视机旁的电风扇。电风扇呼哧、呼哧慢慢地转了起来，不多久一阵凉风向兄妹三人吹去。

唐秉礼惊喜地问道："妈，电风扇也买了啊？"

王树兰笑了笑说："就知道看电视，电风扇就在电视机旁边你们也没看见。"

唐秉礼摸着后脑勺说："妈，这你不能怪我们，这电视机上的东西，可比电风扇吸引人，你看弟弟妹妹，眼睛都不眨的。"

王树兰说："你还好意思说别人，你的眼珠子也快掉出来了。厨房有切好的西瓜，你去端过来，和弟弟妹妹一起吃。"

"好嘞！"唐秉礼一跃而起，向厨房跑去。

唐秉礼端来西瓜，先是捧到王树兰的面前说："妈，你先吃。"

王树兰脸上露出了一丝笑容，说道："还是你会来事（方言，指头脑灵活，待人处事机灵），知道先孝敬你老妈。"

"那必须的！"唐秉礼咧着嘴笑道。

此时，唐建国买了菜回来，为了迎接三个孩子上船，唐建国特地买了三斤猪肉。王树兰接过蔬菜和猪肉，开始为一家人准备午饭。

唐建国看到三个孩子在看电视,便去帮王树兰择菜,他拿过白菜问道:"今天中午烧猪肉粉条白菜怎么样?"

王树兰笑着说:"你买的菜,你说怎么做就怎么做。"

唐建国也笑着说:"看你今天心情不错嘛!"

王树兰一边洗猪肉,一边说道:"这个暑假有三个孩子陪我们,我能不高兴吗?"

唐建国说:"等以后再换更大的船,就把五个孩子全接过来过暑假。"

"那得多大的船才行啊!"

"慢慢挣呗,我听说苏南那边有很多跑船的,都已经开上两三百吨的铁船了,等我们下次再换船,就换铁船开!"

"对了,你去苏南的货物联系好了吗?"

"联系好了,去苏州的货。"

"哪里的货?"

"连云港。"

"什么货?"

"盐。"

王树兰笑了笑说:"终于有机会去长江上看看了,你大儿子也一直想去呢。"

唐建国也笑着说:"我也是第一次开船过江,心里面还有些害怕和期待呢。"

王树兰将洗好的猪肉放到案板上,擦擦手说:"又不是我们一家船过江,到时候问问扬州附近的船,看看哪家船也要过江,带带我们就是了。"

"你说得也是。"唐建国点了点头。

说罢,王树兰开始切猪肉,厨房里传来刀切菜板的声音。

而此时卧室里,电视机里发出霍元甲和别人打斗的声音,唐秉仁大声叫喊起来:"霍元甲加油,霍元甲加油!"

唐建国伸头看了一眼,摇了摇头,笑了起来,哼唱道:

万里长城永不倒

千里黄河水滔滔

江山秀丽叠彩峰岭

问我国家哪像染病

冲开血路,挥手上吧

要致力国家中兴

……

8

为了能顺利过江,找到大运河在苏南的入河口,唐建国在扬州的大运河上四处找船,询问有没有去苏南的船。

找了许久,终于找到一艘水泥船正好当天也要去苏南。于是,唐建国买了两包烟,给船主送去,船主坚决不要,说自己反正要去苏南,带着唐建国的船也只是顺道的事情。

唐建国自己不抽烟,只好将烟硬塞给船主,船主盛情难却,只好将烟收下。

当天下午,唐建国的船正式启航,跟着另一艘船,过江去苏南。唐秉礼和弟弟妹妹也都异常兴奋,纷纷来到驾驶室。

一出了大运河的出江口,便是一眼看不到边的宽阔江面,长江上来来往往的船只特别多,而且大多都是铁皮船,还有很多的巨轮,唐建国的船在这些巨轮面前就像是玩具船。

今天的天气也格外晴朗,江面上没有什么风浪,这对行船来说是最好的情况。唐秉礼和弟弟妹妹都趴在驾驶室的窗户边上,四处张望着,唐秉仁每看到一艘大船,都要惊呼一下。

唐秉礼看着窗外的景色,从未有过的壮观。他本以为自家的船已经是数一数二的了,可一到长江里,感觉自家的船就像是一片叶子,随波逐流,再与长江里的大船相比,更是微不足道。

长江上除了往来的货船,还有许多的渡船,用以搭载长江两岸的人和汽车过江。唐秉礼看着长江上的渡船,想起了大桥,于是向王树兰问道:"妈,我在课本上学过,长江上有一个南京长江大桥,是我们中国人自己设计建造的大桥,你见过吗?"

王树兰笑笑说:"没见过,况且你都说了,那是南京长江大桥,我们现在在扬州和镇江的中间呢。"

"那扬州和镇江的中间没有大桥吗?"唐秉礼问道。

此时,开着船的唐建国说道:"长江上拢共三座大桥,能分给江苏省会一座大桥已经不得了了,你还指望有几座大桥?"

"就三座!哪三座啊?"唐秉礼问道。

唐建国想了想说:"第一座是武汉长江大桥,不过,那是苏联老大哥帮忙造的桥。第二座好像是叫什么白沙沱长江大桥,在重庆。第三座便是南京长江大桥了。"

唐秉礼两眼放光地问道:"爸爸,你怎么知道这么多啊?"

唐建国笑了笑,自豪地说:"要谈其他的,你爸我可能有点摸不着头脑,但要说和开船有关系的东西,那你爸我算得上数一数二的。"

王树兰在一旁扑哧一声笑了出来:"得了吧你,这还不是你从别人那里听来的,但凡长江里跑过船的,还不知道有哪几座桥了?"

唐建国撇了撇嘴说:"我这听来的也是本事,那我儿子怎么没听老师说过?"

唐秉礼被爸爸妈妈这样的拌嘴也给逗乐了,说道:"三人行,必有我师焉,况且我爸爸本来就很厉害啊!"

唐建国得意地说:"你看,儿子都认为我厉害。对了,大毛,你说的什么三人、我师的,什么意思?"

唐秉礼解释说:"就是三个人在一起,必定有一个能当我的老师。"

"那不太可能,"唐建国摇摇头说,"这老师多稀缺,我估计一千个人里能有一个当老师的就不错了!"

唐秉礼解释道:"爸,这句话的主要意思是,每个人的身上总有值得别人学习的东西。"

唐建国点点头说:"这话说得还差不多,俗话说,三个臭皮匠还顶个诸葛亮呢。"

"行了,和你爸讨论起学问来了,我听着头皮都发麻了,驴唇不对马嘴的。"王树兰在一旁说道。

于是,唐秉礼换个话题问道:"妈,这造个长江大桥是不是很贵啊?"

王树兰说:"那是自然的,我听说,要花几十个亿呢!"

"几十个亿?"唐秉礼惊讶地说,"那得是多少钱啊!"

唐建国接过话说:"我估计,够买五万条我们家这样的船。"

"五万条?"这样的数字着实惊到了唐秉礼,难怪这么长的长江上只有三座长江大桥。唐秉礼接着问道:"爸,我们什么时候能从长江大桥下穿过啊,我想看看!"

唐建国说:"你小子,刚实现进长江的愿望,又开始想长江大桥了,再等几年吧,等你老爸挣够钱换铁皮船的时候,另外再加两台机器,应该就能沿着长江逆流而上去南京了。"

唐秉礼听完立刻又对未来充满了期待。不多久,唐建国的船跨过长江,顺利进入了镇江市的范围内。不过,大运河在镇江的入河口比较难找,需要沿江往下游走,才能找到。

而对第一次过江南下的货船来说,必须要牢牢记住入河口,为以后独自过江找入河口做好准备。于是,唐建国和王树兰都打起了十足的精神,张望四周的环境,记住一些重要的标识。

在前船的带领下,唐建国的船也顺利地进入了大运河苏南的入河口。

刚进入苏南的大运河后,唐秉礼便被彻底地震惊住了,这里的船只多如牛毛,整个大运河上几乎挤满了各色各样的船只,而且,这里的货船大多是钢铁打造的挂机船。

到了苏南,唐秉礼立马感受到了什么叫人外有人,天外有天。

唐秉礼来到驾驶室的外面,看着外面来来往往的船只,有渔船,有货船,还有许多像火车一样连接起来的船队。这些船几乎一条挨着一条,向两个方向移动。

唐建国也是第一次来到苏南的运河,看着这四周的货船,感叹道:"这苏南的发展就是和我们那里不一样啊,你看这船多的,都快堵档了。"

唐秉礼在一旁问道:"爸爸,堵档是什么意思啊?"

唐建国说:"堵档就和堵车一个意思。"

"那为什么不叫堵船呢?"

"叫堵船也可以。"

"那为什么会有堵档这个说法呢?"

唐建国摇摇头说:"我也不知道,船上的人都这么叫,堵船就叫堵档,就像船上两侧的防撞轮胎,在船上叫'皮靠把'一样,这叫各行各业的行话,不用管它为什么这么叫。"

唐秉礼点了点头,继续看向外面的运河,这时,他看到了一艘巡逻艇,上面站着水上交通警察,在指挥航道里的船。这还是唐秉礼第一次在水上看到交警,兴奋地喊弟弟妹妹一起过来看。

这些景象对孩子们来说是一种乐趣,可在唐建国和王树兰的眼中来说,却是一种折磨。由于苏南的货船太多,大运河上行驶起来十分缓慢,开了两个小时,才行驶了二十公里。然而,等到了无锡地区,运河上的船只越来越多,可以说是堵得水泄不通,前后的船只只能是一个挨着一个。

为了能够尽早到达目的地,唐建国只好和王树兰轮换着开,一刻也不敢停下。从无锡地区到苏州地区,这短短的五十公里的路程,唐秉礼一家硬是从前一天晚上开到了第二天下午。

次日下午,等到了苏州地区,货船的数量稍微少了一点,但依旧无法开得太快,只能以每小时七八公里的速度在前进。

进入苏州没多久,坐在船头的唐秉礼便看见船的西边有一大片宽广无比的湖面,他指着湖面问道:"妈妈,这是什么湖?"

坐在一旁的王树兰回答道:"那是太湖。"

"这就是太湖吗?"唐秉礼欣喜地说,"我在课本上学过,和我们淮阴的洪泽湖都属于中国的五大淡水湖!不过,太湖要比洪泽湖更漂亮一点。"

王树兰说:"那是自然,南方气候要更加温暖湿润一些,所以景色也更好。"

唐秉礼点点头,看着河两岸的景色,遍地都是绿色的植物,还有盛开的花朵,时不时地有各种各样的鸟类从头顶飞翔而过。唐秉礼第一次感受到了书本上描绘的江南景色——"江南好,风景旧曾谙。日出江花红胜火,春来江水绿如蓝。能不忆江南"?

等过了太湖,便开始进入苏州城区,唐秉礼看着苏州城两边的风景,既有古城的韵味,又有新城的繁华。

而当天傍晚,唐建国的货船就停在了寒山寺的对面。站在船顶上,隔河相望,便能看到寒山寺的顶部。

起初,唐秉礼并不知道那是寒山寺,当他站到船顶眺望之时,隔壁船上的一个小姑娘也在远眺。这个小姑娘大概十四五岁,与唐秉礼的年纪相仿,她看到唐秉礼后,轻声细语地问道:"你在看什么?"

唐秉礼回过头,看到了一个长相十分清秀的小姑娘,身穿淡绿衫子,一张白净的瓜子脸,秀丽动人,一双清澈的眼睛在凝视着他。

唐秉礼笑了笑说:"我在看那座塔。"

"那不是塔,是一座寺,叫寒山寺。"小姑娘说道。

"你怎么知道那是寒山寺?"

"因为我去过,我就是在这里长大的。"

"是不是书本里学过的那首诗里的寒山寺,叫《枫桥夜泊》。"

"是的,就是那首诗,你会背吗?"

唐秉礼笑了笑说:"当然。"

"那你背给我听听。"小姑娘不相信地说道。

唐秉礼吟诵道:"《枫桥夜泊》,唐,张继,月落乌啼霜满天,江枫渔火对愁眠。姑苏城外寒山寺,夜半钟声到客船。"

小姑娘有些惊讶地说:"算你厉害,你是哪里人?"

"我是从淮阴过来的。"

"淮阴在哪里?"

"就是江苏的北部。"

小姑娘摇摇头说:"江苏的北部我还没去过,也不知道淮阴这个地方。"

"没关系,现在你知道了,对了,你叫什么名字?"

"我叫苏云云,苏州的苏,云朵的云。"

"真好听的名字,生在苏州也姓苏。"

苏云云问道:"你叫什么名字?"

唐秉礼说:"我叫唐秉礼,唐朝的唐,秉烛夜谈的秉,礼貌的礼。"

苏云云说:"你的名字也很好听,听着就像一个当大官的名字。"

唐秉礼哈哈笑了起来，说道："那你的名字就是大家闺秀。"

苏云云也笑了起来，就在这时，王树兰在屋里喊道："大毛，下来吃饭！"

唐秉礼回应道："知道了，马上就来。"

苏云云一听，又笑了起来："你的小名叫大毛？"

"是的，我是老大，叫大毛。"

"那还有三毛吗？"

"有啊，我的妹妹就叫三毛，就在屋里，你想见见吗？"

"不了，你们要吃饭了，我就不去了，马上我就要走了。"

"去哪里？"

"去城里，奶奶病了，爸爸妈妈正在收拾东西，要连夜带我回去看看。"

唐秉礼忽然有一些失落，他知道，这一别，他们将再没有见面的机会了，他不舍地说道："那好，我先去吃饭了，如果还有机会，再和你聊天。"

"嗯，再见。"苏云云挥了挥手。

"再见。"说罢，唐秉礼离开了船顶。

等唐秉礼迅速吃完饭出来，苏云云一家已经收拾好东西，回到了岸上，唐秉礼急忙爬上船顶，这时，苏云云回过头看了一眼，唐秉礼立马挥了挥手。

苏云云也看到了唐秉礼，微笑着向唐秉礼挥了挥手，然后转身离去。

唐秉礼看着苏云云远去的背影，挥动着的手也慢慢放了下来，但他却一直站在那里，一直等到苏云云的身影彻底消失在眼前。

那一刻，唐秉礼人生中最美好的年华与激情，还有那未开始便已经消散的青春悸动，伴随着黑夜的降临，一同揉碎在了江南的梦里。

9

转眼之间，时间来到了1987年的秋天，那时的唐秉礼还在学校读书。忽然一个噩耗传到了唐秉礼所在的学校——唐建国落水身亡了。

等唐秉礼知道这个消息时，他家的船已经开到了涟水县的盐河旁，唐秉礼的爷爷奶奶带着他的弟弟妹妹们已经来到了他的学校门口。

班主任告诉唐秉礼这个消息的时候，他不敢相信这是真的，急忙跑到学校门口，见到了爷爷奶奶，焦急地问道："爷爷奶奶，我爸爸他……"

爷爷叹了口气说："是你妈托人传话到村里，让我们立马去盐河旁的码头边上，船就停在那里。我想着，反正要路过县里，就顺道来带上你。"

唐秉礼还是不敢相信这是真的，一路狂奔，向盐河边跑去。唐秉礼的学校距离盐河边有五公里的路程，他就这么跑着，一步也不敢停歇。等到了船边，唐秉礼看到了自家的水泥船，上面挂着一杆长布条白旗，他瞬间哭了出来。

唐秉礼步履沉重地登上自家的水泥船,来到卧室,他看到妈妈头戴着白布,瘫坐在床边。而此刻的唐建国,面色惨白,一动不动地躺在床上。

唐秉礼跪倒在床边,号啕大哭起来,他一边哭一边问道:"妈,我爸这是怎么了,他不是游泳的好手吗?怎么会被淹死呢?"

王树兰的眼睛通红,很明显是哭了太久而导致的红肿,她有气无力地对唐秉礼说道:"你爸连续熬夜开船,那天晚上,我换他开了一会儿,他说去卧室休息一下,可他刚走出驾驶室,就一头栽进了河里。我一看你爸掉进了河里,就急忙停船,可你爸是晕过去的,到了河里一点反应都没有,直接沉到了河底。我拿上救生圈下河去找,可那是晚上,怎么也找不到。后来,我连夜去了当地的警察局,他们连夜安排人去打捞,一直等到第二天天亮,警察才把你爸爸给打捞上来。"

唐秉礼听完哭得更加猛烈,他知道,自己将永远失去父亲了。有好几次,唐秉礼哭晕了过去,被家里人拉起来,喂了点水,只要唐秉礼处于清醒的状态,他便止不住地哭泣,一直哭到虚脱为止。

五天后,唐建国被火化埋葬后的当天晚上,唐秉礼和弟弟妹妹们还有母亲王树兰,在爷爷奶奶家开始讨论那个不得不面对的现实——全家人的生计问题。

来参加这次家庭会议的,还有唐建国的弟弟唐卫国和他的老婆章小梅,也就是唐秉礼的二爷和二娘。

一家人坐在一起,谁也不愿先开口,沉默了许久,直到唐卫国先开了口:"妈、嫂子,今天下午呢,我和爸商量了一下,我和小梅呢,也是跑船出身的,现在开着一艘十几吨的小船,就这小船呢,也是我哥赞助我们两口子的,所以呢,为了报答我哥和我嫂子,我打算把我的小船卖了,去开你们家大点的船。一来呢,嫂子可以下来带带孩子们;二来呢,我和小梅也能帮衬着点,把五个孩子都养大成人。"

"我不同意!"还未从悲伤中走出来的王树兰忽然怒喊道,"你家什么样的想法我不知道?这船到了你们手里,还有我们家什么事情?你哥在的时候,帮衬着给你弄了条船,也没看你挣出个什么样子来,还动不动向你哥要钱,你说,你们两口子挣的什么钱?这船要是到了你们手里,我和孩子们还能有饭吃,有书念吗?"

唐卫国站起来反驳道:"嫂子,你说这话什么意思?我日子过得难点,问我哥要点钱怎么了?我们不是一家人吗?"

"呸,谁和你是一家人,你哥刚走,你就想着霸占他的家产,你是什么样的人,我还不清楚?懒得和猪一样,你看看你,和你同一批买十几吨船的人,早已经换了五六十吨的船了,你呢?不仅没挣下钱,还欠了钱,你说你是什么样的人?"

唐卫国气得指着王树兰的鼻子骂道:"你骂谁呢?你算什么东西,我哥在世的时候都没说过我,还轮到你对我说三道四的?"

"行了!"爷爷忽然拍了一下桌子,发话道,"卫国,你嫂子不同意,你在这较什么劲?毕竟那是人家的船,你有那份好心,人家不乐意,你就闭嘴别说话,今天喊你过来,也就是让你来参谋参谋,不是让你来吵架的!"

章小梅冷嘲热讽道:"哼,丈夫都死了,也不知道张狂些什么?"

"够了!"爷爷又拍了一下桌子,怒斥道,"我大儿媳还轮不到你来说三道四的,你们俩的心思,是个人都能看出来,我再说一次,让你们来参谋,不是让你们来抢财产的!"

唐卫国冷笑了一声说:"行,听您的,爸,您看着办,我看他们有什么好办法。"

爷爷对着王树兰问道:"树兰,你说吧,你有啥想法?"

王树兰也不知道该如何是好,眼泪簌簌地往下流,抹了半天眼泪说道:"要不,就卖了吧,加上这两年存款,我再去打打零工,够养活他们几个了!"

奶奶在一旁劝说道:"这样也不是个法子啊,大毛成绩这么好,马上就要高考了,上大学要花很多钱的,你这还有四个孩子,这以后要是都念高中、念大学的,如果没有钱去给他们念,那可怎么办啊?"

"是啊,嫂子。"唐卫国看准时机,又冒出来说,"嫂子,这船要是给我们,我把小船一卖,再挣个几年,买个更大的船,养活你们一家子完全没有问题!"

"你死了这条心吧,我就是把船卖了,也不会给你们开的,船到了你们手里,恐怕我一分钱也看不着!"王树兰回怼道。

唐卫国冷笑着说:"哼,行,我们看着瞧,我看你这没男人的日子怎么熬?"

奶奶这时忽然说道:"这样吧,树兰,你要是不放心,我和你爸来开这船,你负责在家带孩子。我和你爸还有几年才到六十,身子骨还算硬朗,先帮衬着你们开几年,等大毛二毛开始工作了,家里的光景也就好起来了。"

王树兰叹了口气,摇了摇头。

"怎么,你不相信我和你爸吗?"奶奶问道。

王树兰摇摇头说:"不是的,妈,您都这么大岁数了,哪能再去开船,船上的生活又苦又累,您和爸的身体肯定吃不消,再说了,您和爸只拉过纤,还没开过机动船呢,这一下哪能运转起来。"

爷爷无奈地摇摇头,叹了口气说:"那你下定决心了,卖船?"

王树兰犹豫了良久,终于缓慢地点了点头。此时,一直在一旁没有说话的唐秉礼站出来说道:"妈,我和您上船吧!"

此话一出,震住了所有人,王树兰义正词严地拒绝道:"不行!"

"为什么啊?我已经十七岁了,再过不到一年,就成年了,我该为家里承担起责任了!"唐秉礼说道。

"我也不同意,"爷爷说道,"老师说了,你是班级第一,年级前三名,考大学是一点问题都没有的,眼看就要高考了,你哪能不念了?"

唐秉礼说:"爷爷,大学还要四年,等我毕业再找工作,再补贴家里,起码要五年,弟弟妹妹们难道就不念书了?"

王树兰满眼泪水地说:"那也不行!"

"那就让我去吧。"此时,一向少言寡语的唐秉义站出来说道,"妈,我成绩差得很,留级都留了两年了,高中肯定是考不上了,虽然我只有十五岁,但我身体最好,也最壮实,干活肯定没问题。"

此时，唐秉仁也站了出来："妈，我和二哥一起上船陪您，我的成绩也很一般般，不如让大哥念下去。"

与此同时，最小的两个孩子唐秉智和唐秉信也喊道："妈妈，我们也要陪您上船。"

王树兰看到自己的孩子们都要上船，眼泪止不住地往下流，她抱住最小的两个孩子痛哭了起来。

奶奶在一旁实在是不忍心看下去，安慰道："树兰啊，你也别难过了，孩子们都这么懂事，你得拿个主意啊！"

唐秉礼走到王树兰的身旁，坚定地说道："妈，我作为老大，必须承担这个重担，不然我就算念书也念不踏实。"

"大哥，要不还是让我去吧，正好我也不愿意念书。"唐秉义说道。

唐秉礼说："二毛，你的意思我懂，但你爱不爱念书，那是你的选择，毕竟这家里还有其他的弟弟妹妹们，他们的未来，不能全压在你的肩膀上，我作为大哥，此时此刻，必须为这个家挑起这个重担。"

唐秉礼说完，所有人都不再说话，房间里，唯有王树兰惨烈而沙哑的哭声……

10

最终，唐秉礼还是陪母亲上了船。

从唐秉礼踏上船的那一刻，他仿佛瞬间长大了，他再也没办法依靠任何人，他将继承父亲一往无前的精神，成为这个家的支柱。

唐建国在世的时候，唐秉礼几乎每年暑假都会陪伴父母，所以对开船多少有点了解，在母亲王树兰的指导下，唐秉礼很快熟练掌握了开船的技巧。

不过，开船对一个船长来说，只是最基础的，最重要的是熟悉河流航线，这样才能找到目的地。在那个年代，除了河流两岸的指示牌以及指南针，没有任何可以导航的设备。

所以，熟悉河流航线，是一个船长最重要的能力，而这种能力需要常年在航线上奔波，才能积累下来。

唐秉礼上船的第一天，就要学会如何将挂桨机启动，这是一个很需要力气和技巧的动作，而且存在一定的危险。唐秉礼将摇把插进机器的孔内，用尽了吃奶的劲，也没能将机器点着。

王树兰只好亲自上手，吃力地将四台机器点着，虽然王树兰常年生活在船上，但一般这种体力活都是由唐建国完成，所以启动挂桨机对她来说，也是比较吃力的。

唐秉礼站在一旁看着，在心中默默发誓，要在三天内学会启动挂桨机。白天，唐秉礼就在驾驶室跟着母亲学开船，晚上开始做俯卧撑，增强臂力。刚开始的两天，唐秉礼的臂膀因为做俯卧撑而酸痛无比，到了第三天，根本提不起摇把，更别提启动机器了。

王树兰安慰道："大毛啊，别着急，等你哪天肌肉不酸了，便能启动机器了。"

不出王树兰所料，一个星期后，唐秉礼明显感觉臂力大增，肌肉也不再酸痛，拿起摇把感觉十分轻盈。当他摇起机器的那一刻，他感到无比兴奋。随着机器越转越快，唐秉礼同时松开双手，挂桨机的出烟口吐出一口黑烟，一阵嘟嘟嘟之后，挂桨机运转了起来。

唐秉礼露出了自豪的笑容，向身后的母亲看去，王树兰欣慰地笑了笑，并竖起了大拇指。

接下来的日子里，唐秉礼跟着母亲努力学习开船技巧，以及掌握江苏内河水路的分布。

一年后，唐秉礼已经完全掌握了开船的技巧，便准备去考取轮船驾驶证。和开车需要考取驾照一样，开船也需要驾照，不过，那个年代里，内河流域没有人专门教开船，所以，大多跑船的人都是子承父业，在自家船上学习，然后去考驾照。

在20世纪80年代的跑船人里，大多数人都没怎么念过书，所以，考取轮船驾驶证主要为实践操作，像唐秉礼那样念过高中，还选择跑船的人，屈指可数。哪怕是和唐秉礼差不多年龄的跑船人，也几乎都是初中毕业。

早期的内河驾照考试也很简单，在运河里插上一排竹竿，每根竹竿之间留有空隙，考试的人开着考试专用的船，绕竿而行，只要船体不碰到竹竿，即为过关。

基本功扎实的唐秉礼一下子便考过了，当天便拿到了货船"三类驾驶员"的驾驶证。三类驾驶证在内河航运中，属于最低要求的驾驶证，上面还有二类驾驶证和一类驾驶证。

次年，也就是1989年，唐秉礼又顺利升级为"三类船长"驾驶证，这就意味着唐秉礼终于可以用船长的身份，单独驾驶一条货船远行了。

时光飞逝，转眼便来到了 1990 年，那一年，唐秉礼的大妹唐秉仁十五岁，虽然她和二哥唐秉义相差了三岁，却在同一年参加了中考，一同名落孙山。这也是唐秉义第二次参加中考。

虽然唐秉礼只有二十岁，但他却不得不为自己的二弟和大妹考虑一下他们的未来。

成绩出来的当天晚上，王树兰和她的大儿子、二儿子、大女儿一起在船上开了个会。

初中一共三年，唐秉义一直是年级倒数十名之内，初一到初三，分别读了两年，唐秉礼一直坚持让他读书，希望能考个高中，哪怕最后只是高中毕业也行。

然而，唐秉义仿佛完全没有学习的天赋，整日里，虽然一节课没少上，却一点知识都没学进去。加之性格木讷，不爱交际和说话，没有人知道他在想些什么。

面对母亲王树兰和大哥的询问，也只是点点头，永远只有一句话："听你们安排。"

王树兰早就想让唐秉义上船学跑船，但唐秉礼坚持要让二弟起码混个初中毕业，现如今，初中已经念了六年，总算勉强拿了个毕业证，唐秉礼也只好同意二弟上船，跟着学手艺。

再谈唐秉仁，虽说成绩还算中等，但从镇里的初中考进县里的高中，必须处于年级的上游水平才行。唐秉礼想让妹妹去读个技术类学校，学个手艺，在岸上生活，但唐秉仁却不乐意，非要跟着二哥一起上船学跑船的手艺。

唐秉礼深知船上生活的艰苦，虽说挣的钱比在岸上要多一点，但付出的辛苦却难以言说，况且，唐秉仁还是个女孩子。

所以，当唐秉仁提出这个想法的时候，立马被唐秉礼和王树兰拒绝了。但唐秉仁铁了心要上船，说道："大哥，你为这个家付出了太多，等我学两年开船的手艺，我来挣钱养弟弟妹妹，还有你和咱妈。"

唐秉礼笑着说："你来养我们，我不过才二十岁，哪里需要你来养活。"

唐秉仁说："大哥，你最有学习天赋，虽然你已经二十岁了，但还不晚，你还可以去考大学，我相信你一定能考上的。"

唐秉礼被妹妹的这番话给触动了，上大学，他何尝不想，但他哪能真的让弟弟妹妹们养活，抛下这个大家庭去安心念书呢？

沉默了一阵后，唐秉礼欣慰地说："三毛毛啊，你的心意，大哥收下了，但我没办法放下这个家。再说了，人生不一定非要上大学才能成材，我能好好开船，为祖国的内河运输事业增添一份力，再养活一大家子，为祖国减少一个贫困家庭，不也是一种成功吗？"

唐秉仁说："那我也要为祖国的内河运输事业增添一份力！"

说罢，唐秉礼和母亲王树兰都沉默了。最终，拗不过唐秉仁的倔强，唐秉礼还是带上二弟和大妹一起上了船。

也正是唐秉义和唐秉仁上船的这一年，一个意外的事故，让唐秉礼彻底告别了水泥机动船。

第三章　钢铁挂机船

1

1990年的夏天,唐秉义与唐秉仁跟着大哥上了船,然而,他们运的第一趟货,便出了事故。

与唐秉礼对向行驶的一条水泥船,在会船之际,突然失控,船头撞向了唐秉礼正常行驶的货船,导致唐秉礼自家的船身破了个大洞。所幸的是,船体受损不算严重,船舱漏水还能控制,但导致唐秉礼的这趟货要被延误,他们只能先将船上的货物运回码头,等船修好,才能继续出发。

肇事的船主赔了一笔钱给唐秉礼,用来弥补修船的费用和延迟运货的损失,当唐秉礼开着损坏的水泥船进入船舶修理厂时,他萌生了卖船的想法。

首先,就是要为弟弟妹妹和母亲的安全着想,水泥打造的船,最大的缺陷便是韧性太低,一旦发生较大的碰撞事故,就很容易被撞开一个大窟窿,如果这种事故发生在长江里,后果将难以想象。

其次，唐秉礼考虑到现在的船上有四个人，要有更大一点的船来供四个人住。除此之外，大一点的船也能挣更多的钱，为以后给二弟买条新船做好资金准备。

于是，唐秉礼和母亲商量后，便决定将破损的水泥机动船卖给修理厂，加上这几年的存款，又从两个舅舅还有姑妈那里借了一点钱，花了二十万买下了一艘装载量为两百吨的钢铁机动船。

钢铁机动船便是用铁打造的船体，强度高、韧性高，而且船本身吃水浅，同样的尺寸，相较于水泥机动船，也可以装更多的货物。

唯一的缺点——比较贵。

历时三个月，唐秉礼人生中的第一艘钢铁机动船造好了，依旧是四台挂桨机，但每台机器的马力都提升了一倍，足够带动两百吨载货量的货船。

船造好了，还需要上牌，和汽车一样，河流中的货船也要挂牌才能行驶。那时候上牌也很简单，船造好了，带着证明材料到内河海事办事处办理即可。

在内河海事办事处，唐秉礼经过登记交费之后，他拿到了自己新船的号牌，上面的号码是——苏淮货217。

苏，代表江苏；淮，代表淮阴；货，代表货船；217，代表江苏省淮阴市第217条货船。

唐秉礼拿到这艘船的号牌后，又去买了最新的国旗，插在货船的最高处，这不仅仅是跑船人的一种精神象征，也是写进法律里的规定。

接下来便是新船下水，这也是唐秉礼第一次见到新船下水。造船厂的工人在新船的底部安放十多个充满气的橡胶气囊，然后拉动船只，使得新船缓缓滑入河里。这些橡胶气囊就像是临时安装在货船底部的轮胎，利用滚动的原理，将新船送到河里。

当货船的尾部落水的一瞬间，船体与水面发出剧烈的撞击，发出的声音震耳欲聋，河面上也激起了巨大的水花，轮船仿佛要沉下去一般，随着整个船身入水，货船就像是一头巨大的鲸鱼，一下子便浮在了水面上。在场的唐秉义和唐秉仁都发出了惊叹，唐秉礼也是第一次见到如此壮观的场景，只有母亲王树兰，见识得多，淡定如常。

新船下水后，唐秉礼便带着一家人上了船，此时，唐秉礼的第一个愿望便是去一趟南京，见识一下他一直想见的大桥——南京长江大桥。

于是，唐秉礼联系到了一趟从扬州市到马鞍山市的货物，马鞍山市就在南京市的上游，正好可以路过南京长江大桥。

确定好航程后，唐秉礼开着新下水的钢铁机动货船，直奔扬州。不过，出发的时候，已经接近傍晚，等货船开到淮安与扬州的交界处时，天色已经完全黑了下来，唐秉礼便决定将船靠在岸边休息。

唐秉礼停靠的地方是一处较为偏僻的乡村，向岸上望去，不远处可以看到一排排的房屋，还有袅袅炊烟。唐秉礼本以为有人烟的地方会比较安全，便决定在此停靠一晚。

唐秉礼一家睡到半夜的时候，他忽然被一阵翻箱倒柜的声音惊醒，他刚要起身去查看，却被王树兰一把拉住，并捂住了他的嘴巴,轻声在唐秉礼的耳边说:"不要出声。"

唐秉礼也确实被吓到了,不敢胡乱吱声,听声音好像有三个男人,一边在翻找东西,一边在嘀咕,具体说了啥,也听不清。

庆幸的是,唐秉义和唐秉仁都睡得比较沉,没有被吵醒。

十多分钟后,王树兰听见他们离开了,这才把唐秉礼的嘴巴给松开。

三个窃贼走后,王树兰急忙起床,打开电灯,来到客厅,查看家里是否少了什么物件。唐秉礼也跟着起床去检查,一番检查后,王树兰松了口气,说只是少了一些零钱。

唐秉礼看了一眼挂钟,已经是凌晨三点,于是和母亲商量,直接起航,离开这个地方,防止再来其他的不速之客。

那时候的唐秉礼,虽然还不太懂,但他知道,这是三个蟊贼。毕竟那个年代,物资匮乏,岸上的人来船上偷东西是很常见的,虽然那是唐秉礼第一次遇到这样的情况,但他在跑船人的口中多少也听到过这些事情。

这些蟊贼一般都是当地的居民,三五成群地来,船上的人根本不敢招惹,只能任由他们翻箱倒柜。一旦出去制止,便会惹恼他们,等他们叫来同村的人,被打一顿都没办法报警,毕竟那个时候根本没有可以报警的通信工具。

就算等天亮后去报警,警察也无可奈何,不仅找不到任何证据,甚至连蟊贼是哪些人都无法确认,最后也还是不了了之。

唐秉礼喝了点水后,便来到驾驶室,启动了货船,熟睡中的唐秉义和唐秉仁也都被惊醒,唐秉义被惊醒后,看了一眼窗外,乌黑一片,便接着倒头又睡。唐秉仁彻底没了困意,只好揉了揉惺忪的睡眼，从床上爬了起来，她转头看了一眼二哥唐秉义，无情地嘲讽道："真是比猪都能睡！"

唐秉仁来到驾驶室，对着唐秉礼问道："大哥，怎么半夜就启航了呀？"

唐秉礼解释说："这里太危险了。"

"哪里危险了？"唐秉仁接着问道。

"船上来了小偷。"

"啊！我怎么都不知道。"

"你不知道也好，让人家知道我们醒了，说不定会直接从偷东西变成抢劫了。"

唐秉仁难以置信地问道："大哥，这也太可怕了，他们为什么要这样啊！"

唐秉礼看着天真的妹妹，摇了摇头说："偷盗之人，自古就有，毕竟总有一些人想要不劳而获，胆子小的就去偷盗，胆子大的就去抢劫，这是没有办法的事情。"

"那我们可以去告诉警察叔叔啊。"

"警察叔叔很忙的，就算他们愿意相信我们，我们又没有证据，甚至连人家长什么样都不知道。"

"那就没有办法了吗？"

"从目前来看，没有什么太好的办法。"

这时，王树兰走进驾驶室，说道："别烦你大哥了，晚上开船视野不好，需要格外小心，你回房间睡觉去吧。"

唐秉仁撇了撇嘴说："船后面的机器声太吵了，根本睡不着。"

王树兰说:"我看你二哥不睡得好好的吗,你咋就睡不着?"

唐秉仁说:"二哥就是个猪,地球就算爆炸了,都阻止不了他睡觉。"

此话一出,引得王树兰和唐秉礼哈哈大笑起来。王树兰抹了抹笑出的眼泪说:"行吧,那你坐在你大哥身边,帮着你大哥一起瞭望,仔细观察四周的情况,我去烧水做饭。"

"好的,妈妈,保证完成任务。"唐秉仁笔直地站着敬了个礼。

王树兰笑了笑,便离开了驾驶室。唐秉仁坐到唐秉礼的身旁,看着窗外的星空,如水的月光洒满了大地,虽然是黑夜,月亮却如同指路的灯塔,照亮河岸的轮廓,倒映在河水中。

唐秉仁不禁用甜美的嗓音哼唱起了儿歌:"让我们荡起双桨,小船儿推开波浪,海面倒映着美丽的白塔,四周环绕着绿树红墙……"

唐秉礼看着身旁的妹妹,觉得有这样可爱活泼的妹妹陪伴,也是一种难得的幸福。

2

随着天边露出了鱼肚白,天色也逐渐明亮了起来。唐秉礼的货船也开进了扬州的装货码头。货物装载需要一天的时间,唐秉礼便趁着午休,又休息了一会儿。

不过,钢铁船由于全身都是钢铁,吸热能力强,在炎炎夏季,钢铁船上的气温要比岸上高出五六度。人站在船上,顶着烈日,就如同站在烧热的铁锅里,让人汗如雨下。

唐秉礼躲在屋里,吹着电风扇,身上依旧是黏糊糊的,于是,他只好脱掉上衣,跳进河里,洗了一把澡。站在船上的唐秉义和唐秉仁看到大哥跳进河里洗澡,也嚷着要玩水。

唐秉礼在水中说道:"那正好,趁这个机会,我教你们游泳。"

"好啊!好啊!"唐秉仁兴奋地喊道。

说罢,唐秉礼便爬上船,找来一个救生圈备用,然后又找来一根绳子,来到唐秉义和唐秉仁的面前说:"谁先来?"

"我先来!"唐秉仁举起手说。

唐秉礼说:"那好,你转过身,我把绳子绑在你的身上。"

唐秉仁转过身,一边歪头看着大哥系绳子,一边问道:"大哥,绑绳子是干什么用啊?"

唐秉礼笑笑说:"我当年学游泳,咱们老爸就是这样教我的,等会儿我系好绳子,你捏着鼻子直接往河里跳,不能喘气,一直等到浮上来再换气,懂吗?"

唐秉仁点点头说:"我知道了,就是将肺里憋足了气,像河里的鱼,将鱼泡里鼓满了气,就能浮上来一样。"

"你可真聪明,你还知道这个。"唐秉礼夸赞道。

唐秉仁自豪地说:"是村里卖鱼的沈大娘告诉我的。"

"卖鱼的大娘怎么会和你说这个?"

"我去帮奶奶买鱼,我看着沈大娘杀鱼的时候问的,我还问了她很多关于鱼的问题,在哪抓的鱼啊,怎么抓的啊,全都问了一遍。"

"你可真厉害,和杀鱼的大娘都能聊起来,人家没嫌你话痨啊。"

"没有啊,沈大娘可喜欢我了,看见我就和我打招呼,她说她最愿意和我插呱(淮阴方言,意为闲聊)呢。"

"我们家三毛毛啊,啥都好奇,就是在学习上不能多好奇一点呢?"唐秉礼在唐秉仁的身上系好绳子,又在她的头上拍了一下。

唐秉仁噘着嘴说:"我就喜欢听和说,不喜欢写,听老师讲课的时候,我可兴奋了,但一看见字就犯困,好像得了一种'见字困'的病,看见密密麻麻的字就迷糊。"

唐秉礼笑着说:"行了,哪有这种病,我看就是你不想学。先不谈这个了,反正你也不念书了,现在说这个也没啥用了,记住我刚才说的话没有,捏住鼻子,往下跳。"

唐秉仁点了点头,捏住鼻子,毫不犹豫地跳进了河里。唐秉礼差点没反应过来,急忙握紧绳子。

随着扑通一声,唐秉仁沉入了水底。令唐秉礼惊讶的是,水底竟然没冒出一个气泡,也就是说,唐秉仁真的第一次学游泳就做到了完全地憋气。

等了不到一分钟,唐秉仁慢慢漂了上来,她急忙抬起头换了口气,然后又沉入水底,这样一来,人就能一直漂浮在水面上。

虽然这样操作只能永远漂在水面,不能移动,但对新手来说,能一下子做到憋气,且在水面上换气,已经是非常了不得了,这比唐秉礼当年学游泳的时候都要厉害。

唐秉礼欣慰地笑了笑，冲着水面喊道："三毛毛，上来吧，再跳一次。"

唐秉仁在水中，捏着鼻子点了点头。随后，唐秉仁被拉到了船上，又跳了一次，再次浮起，跳了三次后，唐秉礼将绳子解开，说道："行了，三毛毛，你跳得很好，比你大哥当年都厉害。"

"真的吗？"唐秉仁惊喜地问道。

唐秉礼微笑着点了点说："当然是真的，一会儿，先让你二哥跳两次试试，然后我再教你怎么游泳。"

"嗯嗯！"唐秉仁点了点头。

站在一旁一直没说话的唐秉义看到大哥要给自己套绳子了，立马慌了起来，说道："大哥，我能不能不学了，看着好怕人啊！"

唐秉礼说："你都十八岁了，一米七五的大个，竟然还不如妹妹勇敢。"

唐秉义狡辩道："三毛毛个子小，容易浮起来。"

唐秉礼皱着眉头说："你可真是白上学了，这又不是跑步举重啥的，和个子大小有什么关系。只要是个人，不管高矮胖瘦，只要在水里能憋住气，都能浮上来。"

"可是……"唐秉义支支吾吾起来。

唐秉礼看着二毛这般软弱，气愤地说道："二毛毛，你已经十八岁了，过不了几年就要独自承担起一个家庭，你说你连游泳都害怕，以后怎么跑船？你听说过哪个跑船的不会游泳？要是哪天真出了意外，掉进河里，你还指望等别人来救你吗？"

唐秉义被大哥说得不敢吱声,只好勉强点了点头说:"大哥,那你把我捆上吧。"

说罢,唐秉礼将绳子系在唐秉义的身上。唐秉义颤颤巍巍地走到船边,捏住鼻子,双腿弯曲,嘴里念叨着"一二、一二、一二",可就是念叨着,却不往下跳。

唐秉礼不耐烦地说:"二毛毛,你倒是跳啊。"

唐秉义略带哭腔地说:"大哥,我害怕!"

唐秉仁在一旁看不下去了,直接走到二哥的身后,双手一推,将唐秉义推了下去。唐秉义大叫了一声,随即扑通一声掉进了河里。

唐秉义掉进水里后,完全失去了理智,疯狂喘气喝水,只见他在水面上挣扎了几下后,便沉入了水底,随即,水面上便是咕嘟、咕嘟地冒着大气泡。

唐秉礼手里的绳子也一直在下滑,他感觉唐秉义是浮不上来了,就赶紧往上拉,等他把唐秉义拉出水面后,他在水中一边挣扎,一边大喊道:"大哥,救我啊!"

这一幕,着实把船上的唐秉礼和唐秉仁给逗乐了。

唐秉礼将二毛拉上了船,问道:"怎么样,大运河的水好喝吗?"

唐秉义疯狂地摇了摇头说:"还行吧,挺凉爽的,就是有点土腥味。"

唐秉礼直接大笑了起来:"看来,你还是没喝饱啊,那就接着跳!"

"大哥,能不能不跳了?"唐秉义委屈巴巴地说。

唐秉礼严词拒绝道："不行，为了你以后的安全着想，今天起码要学会憋气上浮。"

说罢，唐秉礼将二毛推到船边说："你自己跳，还是我帮你跳？"

唐秉义摆摆手说："别别别，我自己跳。"

说完，唐秉义猛吸一口气，捏住鼻子，双腿抖动了两下，终于鼓足勇气，跳了下去。

当唐秉义跳下去的瞬间，水面上又开始冒大气泡，一旁的唐秉仁叹了口气说："唉，看来二哥今天晚饭是吃不下了，光是喝水就喝饱了。"

唐秉礼笑着说："三毛毛，你这可是幸灾乐祸啊。"

唐秉仁撇了撇嘴说："哼，我就幸灾乐祸了，谁让他这么胆小。"

唐秉礼无奈地笑了笑，开始将唐秉义往上拉，等唐秉义再次被拉上来，又是一通乱叫。就这样，唐秉义来来回回跳了四次，在尝试了第五次后，唐秉义终于勉强能憋气了，他自己也有了信心，终于在第六次跳水后，浮了上来。

唐秉仁在一旁笑着说道："二哥，我看你是喝饱了，肚子撑大了，才浮上来的吧。"

唐秉义挠挠头说："也许是吧！"

说罢，唐秉礼和唐秉仁相视而笑……

接下来，唐秉礼开始亲自示范，如何在水中游泳。唐秉礼跳入水中，浮出水面，手脚并用，开始蛙泳，这种泳姿对新手来说更容易学会。随后，唐秉礼又简单展示了自由泳和蝶泳，唐秉义和唐秉仁都在船上认真地看着，不时地发出惊叹。

唐秉仁可以说是天赋异禀，在学习了几遍后，便能自己游了起来，虽然还不规范，但勉强能游几米远。唐秉义尝试了几次，虽然手脚都在动，身体却只在原地打转，像个水中陀螺一样。

唐秉礼和唐秉仁站在船上，看着唐秉义滑稽的样子，都忍不住大笑了起来。

不过，学游泳并不是一蹴而就的事情，接下来，唐秉礼便带着弟弟妹妹，各自带上救生圈，在水中玩耍起来，三兄妹在水中嬉闹了很久，在一片欢声笑语中度过了整个下午。

等到第二天一早，唐秉礼的船已经满舱，正式启航。货船驶出了大运河，沿着长江制定的航道，一路向东驶去。

长江就像是内河里的高速公路，水面宽阔，弯道又少，天气晴好、没有大风大浪的时节，在长江上行驶的船舶沿着江面上的引航浮标行驶，要比在大运河上行驶还要轻松，只要简单地控制一下方向即可。

时隔五年，唐秉义和唐秉仁再一次来到长江上，这一次不再是横渡长江，而是直接逆流而上，向着长江上游出发。

五年后，再次见到长江，唐秉义和唐秉仁依旧兴奋无比，因为这一次要在长江里行驶很长时间，看到的事物也就更多。唐秉义和唐秉仁站在驾驶室的外面，看着来来往往的海事巡逻艇、货轮、游轮、渡船、渔船、水上一条龙（相当于水中的火车，只有第一条船有动力装置，后面拖拽的船只没有动力装置，只负责装货）等等，各种船只，往来穿梭，这让兄妹俩不时地发出惊叹。

就这样，沿着长江一直往上游开进，唐秉礼不到半天的时间，便开进了南京市的地界，唐秉礼一家都坐到了驾驶室，等待着穿越南京长江大桥。

当唐秉礼家的货船一过南京八卦洲的岔河口，便远远地就能看见大桥的身影，如同一条巨龙，悬浮在空中。

唐秉礼不禁感叹道："真的是一桥飞架南北，天堑变通途啊。"

唐秉仁问道："大哥，你说的啥意思啊？"

唐秉礼笑了笑说："你看，不好好念书，显得没文化了吧。这是我们高中语文老师教给我们的一首诗词，是毛主席写的，不过我现在只记得这一句了，意思就是一座桥连接起了长江两岸，宽阔的长江也变成了畅通无阻的大路。"

唐秉仁崇拜地说道："毛主席真厉害，能写出这么壮阔的诗句来，而我看见这雄伟的大桥，只能哇、哇地叫着。"

唐秉礼笑着说："所以啊，没文化，真可怕，要不，大哥把你送回去再念一年，争取考个高中？"

唐秉仁摇摇头说："不不不，我都说了，我一看见字就犯困，还不如跟着大哥学开船，早点出师，当个女船长，多威风啊！"

唐秉礼苦笑了一声，无奈地摇了摇头。

随着唐秉礼的船越开越近，南京长江大桥的真面目也逐渐显露在唐秉礼一家人的面前。

大桥上面有行人，有汽车，大桥下面有疾驰而过的火车，桥桩上是一个个倒三角，如同一个个优美的小亭子。两边的桥头堡是鲜艳的三面红旗雕塑，从远处看去，如同两只红发的雄狮矗立在桥的两侧。

唐秉仁激动地冲到驾驶室的门外，站在门口大声地惊叹道："哇！这桥也太长了，太漂亮了吧！"

唐秉礼也有些激动，想要站到外面欣赏，便对母亲王树兰说道："妈，你帮我开一会儿吧，我想带弟弟和妹妹去船头看看。"

王树兰慈爱地说："去吧，小心点。"

唐秉礼点了点头，便拉着弟弟妹妹一起来到了船头。夏日炎炎，但长江水面上的微风，夹带着水汽，吹得人舒爽无比。

看着越来越近的南京长江大桥，唐秉礼的内心无比激动，随即便流下了泪水，他内心缅怀道：爸，您要是在世，看到这座大桥，一定会很高兴吧……

3

转眼之间，来到了1991年2月8日，距离春节只剩下一个星期，王树兰为了能赶上回涟水县老家过年，要求唐秉礼直接空载从苏州开回去。

唐秉礼不明白母亲为什么这么着急，但王树兰坚持要回去，唐秉礼也不好反对。

春节前的倒数第二天，唐秉礼的船开进了盐河，停在了离老家最近的码头。等到了家，唐秉礼才明白，母亲这么着急回来，是为了趁过春节，给他找一个老婆。

春节一过，唐秉礼便二十有余了，是该找个老婆过生活了。但唐秉礼听闻这个事情后，还是害羞了起来。

唐秉礼勤劳能干，又念过高中，靠着一条船养活了一大家子，在村里那可是美名远扬，加之唐秉礼家的大铁船在那个时候，可以说是财富的象征，所以，当王树兰传出要找儿媳妇的时候，唐秉礼所在的村镇都热闹了起来，消息瞬间就传开了。

唐秉礼回到家的第二天，便一下子来了十几个姑娘，最大的二十三岁，最小的才十六岁，他一大早便被王树兰拉起来见客，王树兰让每个姑娘挨个去唐秉礼的房间单独见上一面。

一上午，唐秉礼把每个姑娘全都见了一面，等所有来相亲的人走后，王树兰去问唐秉礼是否有相中的，唐秉礼叹了口气，摇了摇头。

王树兰焦急地问道："这十几个姑娘你都没看上？我觉着有几个长得还挺俊的，性格也不错嘛！"

唐秉礼说："不是这些原因，主要是这些女孩都不同意我的要求。"

"要求？什么要求？"

"不分家！"

"不分家？什么不分家？"

"我和她们说，我要把我的四个弟弟妹妹供养到成家立业为止。"

王树兰一听，猛地拍了一下唐秉礼的后脑勺说："哎呀，你这个小兔崽子，这第一次见面，你和她们说这些干吗！这姑娘家听说你结婚了还要养这么多人，谁能受得住，人家是来找你过好日子的，又不是来吃苦。再说了，二毛、三毛都不念书了，再过个两三年，给二毛也娶个老婆，买条小船，再给三毛找个婆家嫁出去，这过日子是没有问题的，也用不着你养家了。"

"那四毛毛和五毛毛怎么办?"唐秉礼问道。

王树兰说:"他们俩还在上学,也花不了多少钱,等你们三个都成家立业了,你们每人一起照应点,足够他们俩吃喝用的了,再说了,你老妈不还在吗,也不是就不挣钱了。"

唐秉礼说:"那也不一样,二毛毛虽然性格软弱,不爱说话,但是个能吃苦耐劳的人,我继承了老爸给我的一条船,决不能只给二毛毛买一条小船,在我能力范围内,能买大一点就买大一点的船。三毛毛嫁人嫁妆更不能少了,不然到婆家受人欺负。四毛毛和五毛毛要是以后能考上大学,花钱的地方多着呢!"

王树兰听罢,既感到欣慰又感到无奈,叹了口气说:"都怪你老爸走得早,要不然哪,你现在都快大学毕业了。"

唐秉礼瞬间流出了泪来,抹着眼泪说道:"妈,您别说这些了,念不念大学的,对我来说也不重要,对我们这样的家庭来说,能健健康康地活着,把日子过好了,已经是最好的结果了。"

这时,三弟唐秉智和二妹唐秉信突然跑了进来,唐秉礼急忙擦干眼泪,笑着问道:"四毛毛、五毛毛,你们俩来干什么啊?"

唐秉智和唐秉信双双举起手中的奖状说:"大哥,我们都拿了三好学生的奖状。"

唐秉礼高兴地说:"真的吗?让我来看看。"

唐秉智和唐秉信将三好学生的奖状递给唐秉礼,唐秉礼仔细看了看说:"四毛毛、五毛毛真棒,说吧,想要什么奖励,大哥带你们去买。"

"我要球鞋!"唐秉智说。

"我要新衣服!"唐秉信说。

唐秉礼放下奖状，分别摸着两个人的头说："这样吧，马上过春节了，大哥带你们去县里买点年货，然后带你们每人买两套新衣服，包括鞋子，随便挑，既是给你们的新年礼物，也是给你们的奖励，好不好？"

"好啊，好啊！谢谢大哥！"俩兄妹高兴得手舞足蹈起来。

唐秉礼笑着对王树兰说："妈，那我先带他们去买东西，中午就在县里下馆子了，你有什么要我带回来的吗？"

王树兰摇摇头说："没啥要买的，你爷爷奶奶都准备得差不多了，你带他们去县城里，一定要注意安全！"

"放心吧，妈。"唐秉礼点了点头，带着弟弟妹妹离开了房间。

唐秉礼带着四毛和五毛刚出大门，就撞上了唐秉义和唐秉仁。三毛唐秉仁看着满面春光的四毛和五毛，立马预感到了什么，质问道："大哥！你是不是要带四毛和五毛去下馆子？"

唐秉礼尴尬地笑了笑说："三毛毛啊，你是不是偷听我们说话了，这你都能知道。"

唐秉仁冷哼了一声说："大中午的往外跑，再看看四毛和五毛满脸得意的笑容，我就知道，大哥偏心了！"

唐秉礼笑着说："哪里偏心了，四毛毛和五毛毛得了三好学生，这是要奖励他们，知不知道？"

唐秉仁噘着嘴说："我不管，我和二哥也要去！"

唐秉礼连连点头说："好好好，那我们兄弟姐妹五个人，正好一起去县城！"

唐秉仁立马喜笑颜开，一行人向着县城的方向出发。

唐秉礼一家所在的村镇离县城并不是很远，步行一个小时左右便能到。来到县城，他们先是找了一家饭馆，吃了烤鸭，又去县城的安东路上，逛了许多商店。

当唐秉礼路过一家照相馆的时候，便拉着弟弟妹妹们进去拍了一张照片。黑白照片，一共洗了五张，每张照片的后面写上各自的名字。

那是兄弟姐妹五人的第一次合照。

随后，唐秉礼带着弟弟妹妹们去买衣服，给他们每人都买了两套新衣服，然后便拎着大包小包，回到了家里。

1991年的大年三十，是唐秉礼上船后第一次在老家看春节联欢晚会，因为跑船人时间的不确定性，每年几乎很难正好准时赶上回家过年。

那一年的春晚，也让唐秉礼记忆最深。他买了一台黑白电视机，爷爷奶奶家的房子就在隔壁几家，但还没有电视机，便接过来一起看春晚。唐秉礼的二叔唐卫国家也买了一台黑白电视机，便没有一起过来，但出于礼节，唐秉礼还是提着礼物去拜访了二叔一家。

唐卫国当年虽然有那么一点心思想要霸占亲哥哥的家产，但看到自己的侄子如此有担当，硬是撑起了一个家，还是从内心欣赏自己的这个大侄儿，就连他这个跑了十几年船的人，都不得不佩服唐秉礼吃苦耐劳的精神。

唐秉礼在二叔家寒暄完后，便回到家帮母亲一起包饺子。那一年的春晚，唐秉礼记忆最为深刻。

除夕，在一阵阵的鞭炮声中度过……

4

那一年春节，唐秉礼一直待到了元宵节，过完元宵节，唐秉礼带上唐秉义和唐秉仁继续上船，开始了新一年的征程。

新年的第一趟货，唐秉礼联系到的是去灌南县装货，然后运往苏南的一趟货物。沿着淮沭河一路北上，不到半天的时间便可到达灌南县。

由于这趟货比较着急，到达码头后，码头的老板第一时间便给唐秉礼的货船安排装货。工人们用扁担挑着货物，一趟一趟地通过跳板（搭在车、船等的边沿，便于人上下的长条状木板），将货物运到船舱里去。

唐秉礼站在岸上，看着工人挑货，每上一趟货，便记下一笔，便于和码头老板对账。这时，码头老板走到了唐秉礼的身边，递给唐秉礼一支烟说道："船老大，这趟货要得急，麻烦你加班加点地开船啊！"

唐秉礼摆摆手说："谢了刘老板，我不抽烟，您放心，我经常开夜船，保证用最快的时间给您送到。"

刘老板微笑着说："那我就放心了，不抽烟好啊，你还年轻，抽烟对生孩子不好。对了，刚才来收钱的是你母亲吧？"

唐秉礼点点头说："是的！"

"那你父亲呢？"刘老板问道。

唐秉礼哽咽了一下，平静地说道："掉河里，去世了。"

"这……不好意思啊！"刘老板尴尬地说。

唐秉礼微微一笑说:"没关系,刘老板,这也没啥,我爸因为脑卒中失足掉进河里,没来得及救,所以,我只能上船跑船了。"

刘老板叹了口气说:"唉,岸上的人都羡慕跑船的人挣得多,但他们哪知道跑船的辛苦和危险。我是跑码头的,认识的跑船人多,就说这落水身亡的跑船人,我听说过的,起码十之一二。"

"谁说不是呢。"唐秉礼听着刘老板的话,苦笑了一下。

刘老板接着说道:"在我这里有个给工人做饭的小姑娘,才十九岁。她的父母前两年开船进洪泽湖,因为超载,又遇到大风大浪,导致船直接沉了。虽然夫妻俩套了救生圈,但奈何是冬天,又是晚上,附近路过的船又少,导致他们在湖水里被活活冻死了!这个跑船的夫妻呢,生前和我比较熟,又都是同一个乡里的,所以我就让他家唯一的女儿在我这儿帮忙做饭,维持一下生计。"

"那她还有亲人吗?"

"基本上没有了,爷爷奶奶去世得早,外公前两年也去世了,就剩下体弱多病的外婆,也没办法照应她,这小姑娘呢,又是他们家唯一的孩子,连个兄弟姐妹都没有,算是一个人孤零零地活在这世界上了。"

"那她没有叔叔舅舅啥的吗?"

"哎哟,这父母都死了,那些个亲戚哪里还管得着这孤儿啊,很多人家都好几个孩子的,就算有哪个亲戚想要收留她,她也不愿意去啊,这寄人篱下的日子不好过啊!况且,她已经满十八岁了,她宁愿自己打工养活自己,也不愿意住在别人家里不是?"

唐秉礼听罢，瞬间对这个小姑娘有了同病相怜的感觉，他本以为自己已经是世界上最不幸的人，早早失去了父亲，承担起了生活的重担，但他没想到还有因为跑船失去双亲的，这让他立马产生了怜悯之心。

唐秉礼愣在原地，出了神，刘老板拍了拍唐秉礼的肩膀问道："船老大，怎么了？"

唐秉礼这才缓过神，摆摆手说："没事，我就是忽然想到了我父亲，他也是夜间掉进了河里，因为没人能及时发现，所以才……"

刘老板叹了口气说："算了算了，咱们不说这些不高兴的事情了，刚才过去了一个工人，你记下了没有？"

唐秉礼看着自己手里的笔记本说道："没事，刘老板，我安排我弟弟妹妹在船上也记着呢。"

刘老板说："你这个小伙子心蛮细的，而且这么年轻就开两百吨的大铁船，真了不起啊！"

唐秉礼被夸得都不好意思了，笑了笑说："刘老板，您就别夸我了，您的货，我保证日夜兼程给您送到，我们家船上人多，我弟弟妹妹们也都能上手开了，白天让他们开，晚上我开，基本可以日夜不停地开。"

"不不不，船老大，你误会我的意思了，我夸你可不是让你不要命地去开，只要按照我们约定的时间到达就行了。"

"那一点问题没有，我这新买的船，机器都是大功率的。"

刘老板笑了笑说："我听你母亲说，你还没找到老婆？"

唐秉礼的脸瞬间红了起来，说道："我妈这是干吗呢，怎么什么都跟外人说。"

"船老大,你别误会,我和你母亲也就是闲聊了几句,听说你这么能吃苦,还开着大船,竟然没老婆,我想这不应该啊,所以就多问了几句。听你母亲一说啊,原来你有个条件,就是要供养你的弟弟妹妹们直到成家立业,是不是?"

"不是,这,刘老板,您打听这么多什么意思啊,我都被您搞糊涂了。"

"是这样的,船老大,你有这样的想法,我觉得你肯定是个有情有义的男子汉,试问有几个做大哥能做到像你这样的呢?不过呢,绝大多数的女子,肯定不愿意自己嫁进来了还要供养自己的小叔子、小姑子的,这也是人之常情,就算结婚前答应了,结婚后也会和你闹的,毕竟看着自己挣的钱往外拿,那谁又能甘心不是?"

唐秉礼被越说越糊涂了,疑惑地问道:"刘老板,您就直说吧,是不是想让我帮您多载点货?我这人也不是死板的人,只要超载得不多,我也能同意的,但超载太多可不行,我得为我们的安全着想不是。"

刘老板立马笑了起来,摆摆手解释道:"船老大,你误会了,我绝对不让你超一点载的,安全绝对是第一位。我想说的是,呃……就是把这个失去双亲的孤儿介绍给你当媳妇咋样?"

唐秉礼瞬间被怔住了,他万万没想到,这和刘老板第一次见面,就给人介绍老婆。

"这……刘老板,我们这才第一次打交道,您这上来就给我介绍个老婆,我都不知道这人怎么样,再说了,她毕竟是个孤儿，我怕她性格上会不会……"

"这你不用担心，这女娃我了解，在我这两三年，勤劳肯干，从不偷懒，关键是，长得还挺俊俏的。虽然她是孤儿，但她那长相倒也不愁找个男人，但这孩子犟得很，说是要找个有责任心，能吃苦的男人，不然没娘家的庇护，嫁过去也是受婆家人的欺负，所以，这一直也没找到合适的。"

唐秉礼一听这话，立马对这女孩起了兴趣，毕竟能有这样想法且能吃苦的女孩不多，于是唐秉礼问道："那这女孩就能同意我的要求吗？"

刘老板若有所思地说："要是换作一般家庭的女孩，确实不太能接受，但这女娃毕竟没娘家，她最想要的是一个男人的庇护，钱财什么的，她倒不是很在乎，像你这样有情有义，有担当的男娃，她听了说不准就同意了。"

唐秉礼思忖了一番，问道："那这，你和我妈说了吗？"

刘老板摇摇头说："这我没说，毕竟第一次见面，上来就给人家的孩子介绍个孤儿，好像显得你家找不到儿媳妇似的，再说了，这找什么样的女人当老婆，还不是你说了算，所以我刚才试探地问了你几句，确实如你妈所说，你是个好后生，这才敢和你介绍这个女娃的。"

唐秉礼犹豫了片刻说："这样吧，刘老板，你帮我问一下那个女孩，我呢，也确实没什么特别的要求，只要年龄差不多，答应我的那个要求就行，其他的，我倒是不在乎。"

刘老板一听这话，立马喜笑颜开起来："那就这么说定了，我马上回去和那女娃说，看她什么意见，要是她也愿意，我就在

103

你装完货之前,安排你们见上一面,互相了解一下。"

唐秉礼有些害羞地点了点头。

5

令唐秉礼没有想到的是,当天下午,刘老板就安排了他和那个姑娘相见,地点就在码头的账房里。

唐秉礼接到消息后,忽然有些紧张起来,他换了身干净的衣服,洗了把脸,准备过去。王树兰看到大儿子换了干净的衣服,问道:"大毛啊,你这是要干吗去啊?"

唐秉礼笑了笑说:"妈,刘老板说要和我核对一下货物,让我去账房一趟。"

"对货能用多久时间啊,还特地换身衣服。"王树兰疑惑地问道。

唐秉礼说:"毕竟要见人,邋里邋遢的,不是对人不尊重嘛。"

王树兰半信半疑地说:"那你仔细点,别和人家对错数目了。"

"我知道了,妈。"说罢,唐秉礼便出了门,跳到了岸上,向账房走去。

来到账房门口,刘老板已经站在门口等候,见到唐秉礼走来,便笑脸相迎地走上前说:"船老大,你来了,她就在账房里呢,我打发算账的去买东西了,一时半会儿回不来,你进去和她好好聊,我替你看着门,就算县太爷来了,我都不让进!"

唐秉礼笑着说道："应该要不了多久的，毕竟第一次见面，说太多也不好。"

"啧啧啧，"刘老板发出赞叹声说，"果然是个好后生，做事果断，有魄力，要不是我的两个女儿都嫁人了，我都想把女儿嫁给你！"

唐秉礼嘿嘿笑道："刘老板，又扯远了，那我就直接进去了，辛苦您在这晒晒太阳了。"

"去吧去吧。"刘老板急忙让出身位，让唐秉礼走了进去。

唐秉礼推开门，发现这是个套房，外面是客厅，摆了几把座椅，左手边还有一道门，门牌上面写着"会计室"，唐秉礼关上身后的门，又推开了会计室的门。

门一推开，里面坐着一个姑娘，这个姑娘见到有人进来，立马站了起来。这个姑娘穿着一身藏青色的麻布衣服，一双黑色的布鞋，头上包裹着白色的头巾，低着头拽着衣角，不敢抬头。

唐秉礼看到这个姑娘，瞬间也局促了起来，虽然这个姑娘穿着十分朴素，但遮掩不住她俊俏的外形，一米六五左右的身高，标准的鹅蛋脸，嘴唇的右侧有一颗痣，皮肤看着有些干燥，但干净白皙，此时由于紧张，脸蛋上还微微透着红晕。

唐秉礼就这样愣在门口，也不说话，里面的姑娘脸也越来越红，只好先说道："进来坐吧，别站着了。"

唐秉礼这才意识到自己愣神了，尴尬地笑了笑，将门关上，坐到了这个姑娘所在对面的凳子上，随后这个姑娘也坐了下来。

虽然这并不是唐秉礼第一次相亲，但他这次却感到无比紧张，心脏疯狂地跳动着，想要说话，却怎么也说不出口，从一进门见到这个姑娘的那一刻,唐秉礼就已经知道,自己是喜欢上这个朴素的姑娘了。唐秉礼从不相信什么一见钟情,但此时此刻,他与这个姑娘第一次见面,却有着非同寻常的感觉,就好像他们前世早已经相识,而今生在茫茫人海得以相见。

就这样,两个人也不说话,坐了许久,初春的残阳透过窗户,洒满了房间,映照在两个人的脸庞上。

终于,姑娘开口了:"你为什么不说话?"

唐秉礼这才有些许的放松,长吸了一口气说:"对……对不起,我太紧张了,见到你的时候,感觉你太美好了,就说不出话来了。"

姑娘笑了起来:"我听刘叔叔的描述,还以为你是个很老实的人,没想到,嘴这么会说。"

"不……不是的,"唐秉礼急忙辩解道,"我说的是真心话,我从来没对女孩子这么说过话。"

姑娘听了笑得更加甜美,说道:"好吧,我暂且相信你,那你叫什么名字?"

"我叫唐秉礼,唐朝的唐,秉烛夜谈的秉,礼貌的礼。"

"真是好名字,是你爸爸给你起的名字吗?"

"听我妈说,是他用一双鞋子,在一个和尚那里换来的名字。"

姑娘扑哧笑了起来:"虽然听着很好笑,但给你换来的这个名字是真不错。"

"那你叫什么名字?"唐秉礼问道。

"我叫冷樱桃,寒冷的冷,樱桃的樱桃。"

"你姓冷啊,我们镇上也有姓冷的。"

"是吗?你是哪个县的?"

"涟水县。"

"那就不奇怪了,我太爷爷原来就是涟水县的,后来搬到灌南县的地界去了,说不准,一百年前,我们还是邻居呢。"

唐秉礼笑着说:"灌南县和涟水县本就紧挨着,再往前掰扯掰扯,说不定还是亲戚呢。"

冷樱桃抿嘴笑了笑,然后直接切入主题问道:"对了,你了解我的情况吗?"

唐秉礼点点头说:"知道,刘叔叔都和我说了,说你父母因为跑船去世了,我的爸爸也是掉进河里去世的。"

"你不会是因为同情我,才愿意见我的吧?"冷樱桃直直地看着唐秉礼。

唐秉礼急忙摇摇头说:"不是的,因为刘老板和我说你能满足我提出的要求,我才答应来见你的,肯定不是你所说的什么同情。"

"什么条件?"冷樱桃好奇地问道。

"呃……刘老板没和你说吗?"

"没说,他就说有个小伙子长得帅,有责任心,勤劳又能干,还有条大船。"

"那他没和你说,我有个要求吗……"

冷樱桃咬着嘴唇,皱起眉头,想了想说:"没说其他的,就说了这些。我还好奇,真有这么好的男人,怎么会没老婆呢,原来是有要求,说吧,什么要求,我倒是想听听,什么样的要求,让你娶不到老婆。"

冷樱桃这般爽直率真的性格，着实让唐秉礼放松了不少，但他又突然害怕，他怕自己说出要求后，会让冷樱桃选择离开。

"说啊！你发什么呆呢？"冷樱桃瞪大了双眼，看着唐秉礼。

唐秉礼又走了神，急忙说道："哦！是这样，我爸爸去世得早，我还有四个弟弟妹妹，我的要求，就是现在挣的钱，要尽可能保证我弟弟妹妹们的正常学习生活，直到他们成家立业。"

冷樱桃听完直接蒙了，皱着眉头看着唐秉礼，惊讶地说道："这？这不是应该的吗？"

唐秉礼也蒙了，他没想到自己会得到这样的一个答复。

"你真的这么想吗？"唐秉礼试探地问道。

冷樱桃也彻底放松了下来，她的内心也在祈祷着，她本以为唐秉礼会有什么特殊的要求，自己无法达到，一听是这样一个完全不存在的问题，便释然了起来，平和地说道："你对兄弟姐妹都能这样，那对自己的老婆，肯定会更好。如果一个人连自己年幼的弟弟妹妹们都不管不顾，再有钱，我也是看不上的。自从我的爸爸妈妈离开了我，我才明白，这世上，最重要的不是钱，而是爱你的和你爱的那些人。"

唐秉礼惊讶地看着冷樱桃，那一刻，他明白，这个女孩就是他要找的一生的伴侣。

"怎么了，我说得不对吗？"冷樱桃眨着大眼睛，好奇地看着发愣的唐秉礼。

唐秉礼缓过神来，目光坚定地看着冷樱桃说："等这趟货结束，我便回来娶你。"

这下，把冷樱桃也给愣住了，她完全没想到，第一次见面，这个男人就已经决定要娶她，她疯狂地眨了眨眼，确认自己还算清醒，不是在做梦。

"你……愿意吗？"唐秉礼追问道。

冷樱桃的嘴唇嚅动了一下，点了点头。

6

唐秉礼的船在第二天开始启航，前往苏南，这一趟带着货物往返，需要不到一个月的时间，他答应刘老板，两个月内，带人回来迎娶冷樱桃。

在去苏南的路上，唐秉礼将见冷樱桃这件事告诉了母亲王树兰，他本以为母亲会反对，但王树兰却表示出了欣慰和怜爱，她看着唐秉礼说道："人毛啊，你现在是一家之主了，你做什么样的决定，妈都不反对，只是妈妈心疼你，为这个家牺牲了太多，现如今，为了弟弟妹妹们，在婚姻上还要委曲求全。"

唐秉礼安慰道："妈，那天我和那个姑娘见面，你知道她说了什么？"

"说了什么？"王树兰问道。

唐秉礼认真地说道："那个姑娘说，人世间最重要的不是钱，而是爱你的和你爱的那些人，你和弟弟妹妹们不都是爱我的和我爱的那些人吗？"

王树兰十分惊喜地说："这女娃真是这么说的？"

唐秉礼点了点头说："是啊，所以我才决定娶她，而且，她长得也很漂亮，虽然算不上什么天仙，但从里到外透着那种最朴素最自然的美！"

王树兰欣慰地笑道："能有这样的女娃嫁到我们唐家，也算是一种福报了。"

唐秉礼接着说道："妈，既然您答应了，那我们这趟货结束，我就直接找回去的货，卸完货后，就找媒人去提亲吧，我和刘老板都说好了，提亲那天，直接把人带走，他们那边什么东西也不要。"

王树兰点点头说："这刘老板人真是不错，给你介绍了这么好的一个姑娘，对了，这姑娘叫什么名字？"

"叫冷樱桃，寒冷的冷，樱桃就是吃的那种水果。"

"姓冷啊，不会是我们镇上的吧，我记得那一带，只有我们镇上有姓冷的人家。"

"是啊，她说，她太爷爷就是涟水县人，后来搬到灌南县去生活的。"

"那好，这趟货结束，我找媒人去提亲，不过，我得和你先说说，你结完婚后的事情了。"

"什么事情啊？"

王树兰叹了口气说："等你一结婚，我和你弟弟妹妹就不能待在这条船上了。"

"为什么啊？"唐秉礼问。

"首先呢，船上地方有限，住不下这么多人。这第二呢，二毛已经十九岁了，早晚也要独自闯荡的，总不能一辈子跟着你吧。第三呢，三毛再过几年也能嫁人了，等到你们三个都安排妥当了,我就回老家,再也不上船了。你妈我啊,从拉纤到开这机动船,半辈子快过去了,也想回到岸上生活生活了。到时候,替你们带带孩子,再照顾照顾你爷爷奶奶。"

唐秉礼听罢,点了点头说:"妈,你说得对,我们这跑船的人,孩子是没办法一直带在身边的,他们要念书的,到时候还是要辛苦您帮我们兄弟姐妹带带孩子啊!"

"带孩子啊,是你妈最开心的事情,你没能上大学,我得让你的孩子考上大学,来弥补你这遗憾啊!"

"妈,念不念大学不重要的,最重要的是一家人能健健康康、开开心心的才是。"

"你说的意思,妈都明白,这能上大学当然更好了。"

"那我结婚了,您和二毛毛还有三毛毛怎么办?"

"我谋划着,你这条船虽然刚买,但借的钱也不算多,我想着,让你担保,再从信用社借点钱出来,给二毛先买条小船,我带着二毛和三毛开一条船,你和你老婆开这条大船,我们两家一起先把这两条船的债还清了。然后等二毛找到老婆了,我就带着三毛回老家,给她找婆家,这样一来,你们三个就算熬出来了,到那时候,家里也会慢慢宽裕起来的。"

唐秉礼再次点了点说:"妈,那就按照您说的来,我做担保,去借钱给二毛买船。"

此时,唐秉礼的船已经开进了长江,他看着宽阔的长江,怀着对未来的期盼,高声地吟出了一句诗:长风破浪会有时,直挂云帆济沧海。

王树兰在一旁露出了欣慰的笑容。

时光飞逝，转眼便到了唐秉礼返航的日子，货船到达淮阴市的码头卸了货，唐秉礼便开始打扫船舱以及船上的各个地方。

跑船的人以船为家，所以，跑船的男子迎娶新娘，一般都是将新娘接到船上。

船舱打扫干净后，唐秉礼前往市里的城区，找到一个可以打电话的地方，给刘老板所在的码头打了一个电话，告诉他三天后的中午，开船到他的码头迎亲。

打完电话后，唐秉礼急忙回到了船上，将自己的货船开往涟水老家的河边，这样一来就可以方便布置一下老家的婚房，以及拉上两天后迎亲的人。

唐秉礼毕竟是第一次结婚，很多事情还需要母亲来操办。回到老家后，王树兰便开始罗列结婚要办的事情，找厨师，借桌子，通知亲朋好友来参加，等等。

唐秉礼的首要任务就是去镇上买结婚用品，唐秉义和唐秉仁开始打扫房间。三弟唐秉智和二妹唐秉信都还在学校，不过，王树兰已经向学校为他们俩请了一天的假，两天后一起去灌南县接亲。

忙活了两天后，唐秉礼在老家的房子已经布置完毕，船上的房间也全部换成了新的被褥和生活用品。为了更加喜庆一点，唐秉礼特地在船头绑上了一朵大红花，显得格外耀眼。

一切准备就绪，时间来到了迎亲的早上，王树兰张罗了唐秉礼二叔一家人和他的两个舅舅全部上阵，前往灌南迎亲。

最重要的，还有一个全福奶奶（在淮阴地区，结婚办喜事，一般都会请一位儿女双全，德高望重，思路清晰并且指挥得力的中老年妇女，主持婚礼上的琐事，这样的角色叫"全福"。因为必须是女性，所以这样的人，又被称为"全福奶奶"），也要一同前往，而这个重要的任务，就交给了唐秉礼的大舅妈。

按理说，王树兰不应去接亲，但考虑到儿媳妇是个孤儿，家中无人帮衬，于是，也跟着唐秉礼一同去了船上。加上唐秉礼的四个弟弟妹妹，十多号人，就这样浩浩荡荡地，沿着盐河一路北上，向灌南县出发。

7

唐秉礼的货船在迎亲的路上。他们一大早出发，中午十一点左右，便能到达。而此时的刘老板，为了能将冷樱桃风风光光地嫁出去，请来了一支乐队和自己的一帮亲戚朋友，还有码头上的十几号工人，集体站在盐河边，等待迎亲船只的到来。

此时刘老板的码头挤满了人，送亲的队伍已经准备就绪，快到晌午的时间，一个工人看到了不远处河面上出现了一条船，船头绑着一朵大红花，于是他大叫了起来："船来了！"

刘老板立马伸头看去，正是唐秉礼家的那条大船，于是立马对着乐队说道："快！开始吧，热闹起来！"

说罢，乐队的人奏响了一阵阵欢快的乐曲。唐秉礼的船也慢慢靠近，船上迎亲的人早已经站在船头，远远地就听见了乐曲的声音，唐秉礼站在众人的前面，开始向岸上的人挥手。

此次开船的人，是唐秉礼的二弟唐秉义，他已经基本掌握了开船的技巧，这次为大哥开船迎亲的光荣使命，便交给了他。等唐秉义将船稳稳地停在码头边时，唐秉礼带头冲向了岸边，岸上的工人急忙靠拢过来，阻止迎亲的队伍。

工人和刘老板的亲朋好友们都大喊着："喜糖！喜烟！"唐秉礼的叔叔舅舅们都将准备好的东西向四周撒去。

全福奶奶带头呐喊道："今日我家外甥来娶亲，众位大哥大姐开开路，喜糖喜烟你们都拿走，祝福新郎新娘过得好！"

伴随着乐队奏响的乐曲，唐秉礼在迎亲队伍的帮助下，来到了码头边的账房。冷樱桃已经穿好红色的衣服，在屋里等待，不过，此时，一位大娘拿起板凳，坐在了门口。

大娘跷起二郎腿，一脸不好惹地说："小伙子，你知道我是谁吗？"

唐秉礼有些蒙圈，看了看刘老板，刘老板笑了笑说："船老大，你要是想娶我们家樱桃，你得过你大娘这关啊！"

唐秉礼立马心领神会，笑着说道："大娘，樱桃交给我，您放一百个心，她要是在我那受委屈了，回到您这告状了，您就是拿铁鞭子抽我，我绝不反抗一下！"

大娘笑了起来，说道："你这小伙子，嘴倒是挺会说的，我们家那位，也没和我商量，就把我们家樱桃给嫁出去了，虽然樱桃不是我的亲生女儿，但她在我这待了三年，我就像是对待我亲闺女一样对待她。你这一下子把她带走，我倒是有些舍不得了！"

唐秉礼说道："大娘，我知道您和刘老板待樱桃很好，这我永远不会忘记的！您说，您要怎么样，才能让我把樱桃接走？"

大娘满意地笑了起来，说道："听说，你是个能吃苦耐劳的好后生，那我就给你出个难题，可不能随随便便就让你把我们家樱桃给娶走了!"

唐秉礼笑着说:"您说,大娘。"

"这样吧,"大娘清了清嗓子,看着周围的人说道,"一百个俯卧撑,做完,我就放他进去,你们说,好不好?"

四周的人立马起哄道:"好!好!好!"

唐秉礼立马笑了出来,这对一个常年干活的年轻人来说,属实是小菜一碟。于是,唐秉礼放下手中的花,趴在地上做起了俯卧撑,周围的人都跟着唐秉礼的节奏,异口同声地喊道:"一、二、三、四、五……"

一百个结束后,唐秉礼用力一推地面,一下子站了起来,拍了拍手上的尘土说道:"大娘,怎么样,我做得还行吧。"

大娘笑着说:"果然是个壮实的好后生,那我今天就把樱桃交给你了。"

说罢,大娘拎起凳子站到了一旁,迎亲的队伍立马欢呼起来,簇拥着唐秉礼,冲进了房间。

此时的冷樱桃一身红装,端坐在账房里,头上戴着红色的头巾。唐秉礼走向前,单膝下跪,将手里的花递了过去,大声说道:"嫁给我吧,樱桃!"

冷樱桃接过唐秉礼手中的花,点了点头。说罢,迎亲队伍的人立马欢呼起来,乐队也在门外奏响了音乐。

按照一般流程,迎亲队伍中午要在女方家吃饭,但考虑到冷樱桃是个孤儿,便取消了这个环节,午饭就在船上简单吃了一点。

就这样,唐秉礼牵着冷樱桃,一一向刘老板和大娘道别,带着她和她的物品，来到了船上。

刘老板和大娘以及送亲的队伍，站在岸边送别，唐秉义启动货船，缓缓掉头，向涟水县的方向开去。冷樱桃站在船尾，一直向岸边挥手，直到岸上的人影彻底消失在眼前……

当天晚上，唐秉礼的婚礼顺利举办了起来，唐秉礼穿着一身中山装，拉着冷樱桃到各个餐桌上敬酒，不知不觉便喝得有些多。

酒席结束后，唐秉礼和冷樱桃被一众亲朋好友送往船上，唐秉礼和冷樱桃坐在拖拉机上，其他的人跟在后面走着。

大概走了二十分钟，便来到了盐河边，唐秉礼醉意蒙眬地背着冷樱桃上了自己的船。众人也一拥而上，开始了在船上闹洞房。

全福奶奶一声吆喝：

大红门帘落地拖，一对凤凰来做窝。
凤凰不落无宝地，千年媳妇万年婆。
大红门帘七尺长，一对金钩挂两旁。
中有游龙来戏水，来年生个状元郎。

全福奶奶话音一落，众人叫了声"好"。接下来，便是新人进洞房，各家亲戚轮流上阵，分别给这对新人出一个难题，新人能顺利过关便很好，过不了关就得给出题人两包喜烟。

率先出场的便是唐秉礼的二叔，他拿出一个用绳子吊起来的苹果，悬在唐秉礼和冷樱桃两人的中间，来回摆动，要求唐秉礼和冷樱桃不能动手,只能动嘴,在三分钟内,两个人都要咬到苹果一口,寓意平平安安。

唐秉礼和冷樱桃两人的脑袋跟着左右晃动的苹果来来回回,就是咬不到,每当要咬到的时候,二叔唐卫国一下子将苹果提了起来,让两人直接嘴对嘴碰了起来,引得众人哈哈大笑。

唐卫国掐算着时间,等时间快到了,顺利让两人吃了苹果,将这份美好的寓意送给了他们。

接下来就是唐秉礼的舅舅和姑姑们,每个人都开始出难题,有的让新郎背着新娘做俯卧撑,有的让新娘蒙上眼睛在新郎身上找东西,等等,那一晚,唐秉礼被折腾得够呛,但他的心里还是感到快乐。等众人闹完洞房散去之后,船上只剩下唐秉礼和冷樱桃二人。

此时的唐秉礼因为喝了不少的白酒,加上这一折腾,已经疲惫不堪,直接瘫倒在地板上。

冷樱桃将唐秉礼搀扶到了床上,开始给他脱鞋子、脱衣服。等外套都脱完后,冷樱桃犹豫了起来,害羞的她犹豫了一下,还是直接给唐秉礼盖上了被子。

安顿好唐秉礼后,冷樱桃也开始洗漱,卸妆、洗脸、刷牙,等洗漱完毕,冷樱桃坐到唐秉礼的身旁,却迟迟不肯上床,这是她人生中第一次和一个男人睡觉,她有些恐惧又有些期待。

就在冷樱桃的思想挣扎之际,唐秉礼忽然抓住了冷樱桃的手,睁着迷迷糊糊的双眼说道:"樱桃,从今往后,你就是我老婆了。"

冷樱桃笑了笑说:"是的,我是你老婆了。"

唐秉礼说："那你怎么还不上来陪我睡觉啊？"

冷樱桃一下子羞红了脸，支支吾吾地说："呃……我……我不是刚洗漱完，还没脱衣服呢。"

唐秉礼一听这话，立马来了兴致，直接坐了起来，双手抱住冷樱桃说道："那让我帮你脱吧。"

说罢，唐秉礼立马将冷樱桃按倒在了床上，冷樱桃有些惊慌失措，她还不知道这意味着什么，所以稍加反抗起来，然而，这样却勾起了唐秉礼内心的征服欲望，直接蛮横地扯开了冷樱桃的衣服……

8

春宵一刻值千金，唐秉礼和冷樱桃一直折腾到后半夜才睡。到了第二天早上，唐秉礼直接瘫软在床上起不来了，等王树兰带着孩子们来船上的时候，唐秉礼还在呼呼大睡。

唐秉义、唐秉仁、唐秉智、唐秉信见到冷樱桃后，齐声叫了大嫂，然后便都去看电视了，王树兰看了一眼自己的大儿子，摇了摇头，又看向正在择菜的冷樱桃问道："昨晚这是喝了多少啊，还没睡醒。"

冷樱桃满面红光地说："喝得倒也不算太多，就是太累了。"

王树兰笑眯眯地说："怎么，昨晚一夜没睡？"

冷樱桃似乎听懂了什么，羞红了脸说："妈，您这是说的什么呀。"

王树兰坐到冷樱桃的身旁说："这有啥不好意思的，我还指望你们给我生个大胖孙子呢。"

冷樱桃被说得直接没办法开口了,干脆转移话题道:"妈,今天中午我来做饭,让您尝尝我的手艺。"

王树兰看着冷樱桃手里又白又嫩的蔬菜,惊喜地说道:"是蒲菜啊,我最爱吃蒲菜了。"

冷樱桃开心地说:"是吗,妈,我也爱吃蒲菜,我最拿手的就是烧蒲菜了。"

"这可是我们淮阴地区的特产,我们跑船的人漂泊在外,想吃都吃不到。"

"是呢,我在灌南都很少见到。"

"樱桃啊,你知道吗,这蒲菜啊可是'抗金菜'。"

"'抗金菜'?"冷樱桃好奇地问道,"妈,什么是'抗金菜'啊?"

王树兰清了清嗓子说:"这'抗金菜'啊,是我们这里的一个民间故事,据说在南宋年间,金国的十万精兵攻打淮安城时,当时的巾帼女将梁红玉正好领兵镇守淮安,由于被金兵长期围困,所以导致内无粮草、外无军援,但她偶然发现自己的马在啃食一种蒲茎,这种蒲茎看起来又白又嫩,所以让手下的厨子烧出来吃,没想到鲜嫩无比,因而取蒲菜作为军中的粮食。因为有了蒲菜,解决了城里的粮食困境,所以军民同心协力,终于打败了金兵,后来啊,在淮安民间就将蒲菜称为'抗金菜'了。还有一句诗,叫'蒲菜佳肴甲天下,古今中外第一家'!"

冷樱桃听完后赞叹道:"妈,我吃了这么多年蒲菜,还第一次听说这样的故事呢,您是怎么知道这么多的呀?"

王树兰说:"我父亲是个教书先生,这些都是他讲给我听的。"

"昨晚我和秉礼的婚礼上,坐您身旁的就是秉礼的姥爷?"

"是他。"

"怪不得呢,我一看他就觉得他十分的儒雅,不过当时手忙脚乱的,我也没来得及单独拜见一下姥爷。"

"没事的,以后有的是机会,我爸这个人吧,不喜欢热闹的地方,他喜欢清静的地方,等过两天,我让秉礼带你去见见姥爷。"

"那太好了,我也想听姥爷给我讲讲故事呢。"

王树兰露出了欣慰的笑容,她心中明白,自己的这个儿媳妇没选错。

就这样,王树兰一边帮忙择菜,一边和王树兰开心地聊着,等到了炒菜的时候,王树兰特地说道:"你说你最擅长烧蒲菜了,我跟着你学学,我虽然喜欢吃这个东西,但却烧得不咋地。"

冷樱桃笑着说:"妈,刚才忘了和您说,我爷爷以前是个淮扬菜厨子,所以我小的时候,跟爷爷学过做菜,这其中我最爱吃的就是这蒲菜。"

"是吗,那你肯定会烧很多菜吧?"王树兰惊喜地说。

"虽然比不了我爷爷,但还算可以,以前在码头做饭,工人们都说我做的饭菜还不错。"

"那我大儿子以后岂不是享福了?"

"妈,您别这样说,能嫁到你们家,是我的福分。"

王树兰说:"就秉礼那倔脾气,能娶到你这样的老婆,是他的福分。行了，咱们先不说这些了，你先做菜，我给你打打下手，顺便教教我。"

"嗯。"冷樱桃转过身，开始切菜，她将蒲菜切成十厘米左右的段，然后放进锅中，倒上提前炖好的鸡汤，烧到六成熟便关火，然后再倒入大碗中。

王树兰在一旁说道："难怪我做的没那么好吃，你这直接用鸡汤来烧，自然鲜味更上一层楼啊！"

冷樱桃笑着说："妈，这还只是其中一个步骤。"

说罢，冷樱桃将锅烧热，倒入猪油，然后将蒲菜从鸡汤中捞出煸炒，随即再将鸡汤倒入，加上少许的细盐，煮到熟软，再将蒲菜和鸡汤捞出，放到碗里，放上葱姜与虾米，一起送到蒸笼里去蒸，蒸上七八分钟后，便可取出，将葱姜捡出，鸡汤倒入锅中，加入水淀粉，勾成薄芡，浇在蒲菜与虾米上。

看完这一套流程下来，王树兰惊叹道："我的个乖乖，你这烧个蒲菜，又是煮，又是炒，又是蒸的，光就是看着，都觉得好吃啊！"

冷樱桃将筷子递到王树兰的手中说："妈，您尝尝。"

王树兰拿起筷子，夹起一片蒲菜送到嘴里，那一瞬间，蒲菜的鲜嫩、鸡汤和猪油的油脂的香味，以及虾米葱姜的清香混合到了一起，一并在王树兰的口腔中爆开，冲击着王树兰的味蕾，她不禁赞叹道："樱桃啊，毫不夸张地说，你这蒲菜烧得是我吃过最好吃的蒲菜。"

冷樱桃满意地笑着说："妈，您喜欢就好，以后一有机会。我就烧给您吃。"

这时，唐秉礼闻着香味也来到了厨房，睡眼蒙眬地问道："妈，你在吃什么呢，这么香。"

王树兰又夹起一片蒲菜，直接塞到了唐秉礼的嘴里，说道："这是你媳妇烧的蒲菜。"

唐秉礼一边咀嚼着蒲菜，一边瞪大了双眼说道："妈，这蒲菜烧得也太好吃了吧。"

王树兰说："是啊，以后你可享福了，娶了这么好的媳妇。"

唐秉礼嬉笑着说："那当然了，樱桃又懂事，菜又烧得好，关键长得还漂亮！"

冷樱桃被夸得羞红了脸，急忙说道："妈，您和秉礼出去吧，我一个人在厨房就行，等菜全烧好了，你们直接吃就可以了。"

"那哪行啊？说吧，还有啥要帮忙的。"

"真不用了，妈，今天一上午，我都备好菜了，鸡肉也炖好了，马上加点蘑菇进去就行了，其他的菜，也很快的。"

唐秉礼拉着王树兰说："妈，樱桃刚进咱家门，您就让她孝敬孝敬您，您去看电视吧，我来陪樱桃，等吃完饭，我来刷碗，您啥也不用干。"

王树兰被唐秉礼推出了厨房，只好摆摆手说："好吧好吧，你们忙，我去看电视了。"

等王树兰一离开，唐秉礼就把厨房门关了起来，从身后直接抱住了冷樱桃，在她的脸蛋上亲了一口。

冷樱桃一边挣脱一边低声说道："你干吗呀，被妈看见多不好啊！"

唐秉礼嘴咧大了说："媳妇啊，娶到你，可真是我上辈子修来的福分,你看咱妈多高兴,自从咱爸走后,我都没见她这么开心过。"

冷樱桃一把挣脱唐秉礼的怀抱,说道:"那你就好好听我的,赶紧刷牙洗脸去,让我一个人在这做饭好不好?"

唐秉礼只好噘着嘴说:"那好吧,辛苦你了,等到晚上,我再伺候你!"

"滚!不害臊的!"冷樱桃低声吼道。

唐秉礼嬉笑着离开了厨房,开始了洗漱。等唐秉礼洗漱完,冷樱桃炒好的菜已经陆续端上了餐桌,有大杂烩、炖母鸡、烧蒲菜、烩豆腐、煮干丝、猪肉圆、红烧肉,还有凉菜皮蛋、花生米和拌黄瓜。

这满满的一大桌色香味俱全的饭菜,引得唐秉礼和他的弟弟妹妹们一阵阵惊叹,全都迫不及待地坐到了餐桌旁。唐秉礼高兴地拿出了一瓶酒,独自慢慢小酌了起来。

唐秉义话也不多,只顾埋头吃菜,嘴里的还没吃完就开始往嘴里塞,唐秉仁每吃一道菜都要发出一句赞叹,唐秉智和唐秉信也不知道该说些什么夸赞的话,每当唐秉仁发出赞叹,就跟着品尝然后点头附和。

就这样,在一阵阵的夸赞声中,唐秉礼一大家子吃上了冷樱桃做的第一顿饭菜,这顿饭也成了唐秉礼五个兄弟姐妹记忆最深刻的一顿饭。

9

唐秉礼和冷樱桃新婚的第三天,唐秉礼为了生计,不得不尽快按照母亲王树兰的安排，用自己的船担保从信用社借来了给二弟唐秉义买船的钱。

唐秉礼给唐秉义打造了一艘载重量为一百吨的钢铁挂机船，王树兰带着唐秉仁一起去了唐秉义的船上。而唐秉礼，则带着新婚的老婆冷樱桃，上了自己的货船。那是唐秉礼第一次离开母亲单独跑船，他的心底突然有些失落与恐惧，就像是常年在母亲庇护下的孩子，忽然要出远门那般害怕。

庆幸的是，冷樱桃是跑船人的后代，对于船上要做的事情，多少都了解一点，而且冷樱桃早已经学会了游泳。

为了能尽早还清贷款，唐秉礼和冷樱桃决定等贷款还清后再要孩子。至此，唐家的两条货船在大运河上来回穿梭，由于体量不同，唐秉礼的船主要跑苏南，而唐秉义的船主要跑苏北。偶尔，唐秉礼的船要回到苏北运货，两家的船会在大运河上对驶相遇，那个时候，一家人就会有难得相见的机会，两条船上的人都互相挥手，说上一两句问候的话，这种相遇，见面的时间只有几十秒钟。

时光荏苒，转眼便来到了1993年的冬天，那个时候，离春节还剩不到一个月，唐秉礼不想再往苏南运货，便准备在苏北运几趟短途，然后就回老家过年。

于是，在唐秉义的介绍下，唐秉礼在洪泽湖联系到了一趟货物，是从洪泽湖里装沙子，运往淮阴市区。

此时的唐秉义正好已经装满一船的沙子，在市区的码头卸货，唐秉礼便直接开着自己的空船，前往洪泽湖装货。

宽广的洪泽湖湖面上，数十条高耸的抽沙船在作业。凝眸远望,如数十条用钢铁打造的船帆,在风中岿然不动。

抽沙船,是指利用高压水枪喷射出的水柱,在河底冲起细沙,然后在吸沙泵的作用下通过管道输送,运送到一旁空载的货船上。

唐秉礼要找寻的抽沙船,便是这众多抽沙船其中的一条,他根据唐秉义给的航标位置和船号,顺利找到了联系好的抽沙船,便停靠在抽沙船出沙口的一边,等待抽沙船从湖底吸出沙子即可。

唐秉礼和抽沙船的老板寒暄了几句,便开始了抽沙,沙子从湖底被抽上来的时候,混合着大量的湖水,所以,沙子一边往船里装,船上的抽水泵就得一直往外抽水,保证船舱里只留下沙子。

由于是短途,大多数运沙的货船都会为了多赚点钱,超载一些,唐秉礼也默认了此事,让抽沙船的老板多抽了一点沙子。

装完沙子后已经是傍晚,但唐秉礼向来有熬夜开船的习惯,便决定连夜开船,驶出洪泽湖再停船休息。

唐秉礼的货船开始启航,寒冷的冬天,使得夜晚更早地降临。黑夜逐渐从四周漫上来,吞噬了唐秉礼头顶的最后一片亮白。唐秉礼的货船驶过第八处航标灯时,四面已经是一片漆黑,唯有航标灯和附近渔船的灯火还在闪烁着。

不知不觉中,风速慢慢加快,越刮越猛。坐在驾驶室的唐秉礼突然有些担心,他呼叫冷樱桃搬出两台抽水机,以防意外。

风速越来越快,激起的浪花逐渐越过船身,扑进舱内。唐秉礼对着驾驶舱外喊道:"樱桃,舱内有积水吗?"

冷樱桃急忙看看船舱内，回应道："暂时还没有。"

此时的唐秉礼明白，打进舱内的湖水要先被黄沙吸附，然后才能渗到船底。可没等湖水渗到船底，船就会因为黄沙吸水过多而下沉。

肆虐的狂风搅动着湖水，激起的水浪如同一只猛虎扑进舱内，冷樱桃被冰冷的湖水浇遍全身，棉衣湿透。她提着手电筒回到驾驶室说道："秉礼，风浪越来越大了，怎么办？"

"先别问了，回卧室把衣服换了。"唐秉礼镇定地挥手让妻子离开，可他明白，再不想办法就来不及了。

风，赶走了月亮，带来了乌云，紧随而来的便是豆粒般的雨水倾盆而下，这让唐秉礼的货船处在了风雨飘摇之中。

冷樱桃换好衣服，回到驾驶室，唐秉礼让冷樱桃掌舵，自己到船舱检查积水。船舱的积水很深，没过了唐秉礼的双膝，两台抽水机如同两张大口，朝舱外喷吐着积水。但暴雨还在下个不停，猛兽般的湖水也还在涌向船舱内。

唐秉礼回到驾驶室，开始脱衣服。冷樱桃问道："秉礼，你这是要干吗？"

唐秉礼顿了顿说："我准备将沙子铲进湖里，减少点货船的载重量。"

冷樱桃说："不行，外面冷得要命，你吃不消的。"

唐秉礼说："为了我们的船，不得不这样做了，你安心驾驶吧，没事的，毕竟超载不多，应该没问题。"

说完，唐秉礼拿上铁锹，冒着冰冷的雨水跳进舱内。冷樱桃打开照明灯，微弱的灯光缠裹着唐秉礼，扑进舱内的湖水瞬间打湿了唐秉礼身上的内衣，肆意的雨水拍打着唐秉礼的脸庞，使他不禁打了个寒战。

但唐秉礼丝毫不敢懈怠，奋力地挥动着铁锹，将一铲铲黄沙抛进湖里。灯光下，唐秉礼的身体冒着热气，湖水、黑夜、雨水，无情地吸噬着他的体力。黄沙在空中飞舞着，在灯光的照耀下，它们如此闪亮、轻盈，然而，却承载生命的重量。

有好几次，唐秉礼被扑进舱内的湖水拍打着而失去知觉，不得不扶着铁锹舒缓一下。冷樱桃在驾驶舱不停地唤他回去，可唐秉礼浑然不觉。在他的脑海中只有一个信念——无论如何，都要保住这条船。

不知过了多久，船的周身出现旋涡，冷樱桃站在驾驶室里疯狂地喊道："秉礼，不好了！船身周围已经出现旋涡了，船快沉了，怎么办哪？"

唐秉礼突然停下了手中的铁锹，绝望地望向洪泽湖的黑夜，悲哀地号了两声，像一头断了腿的雄狮一般，绝望而哀怜。

唐秉礼扔下铁锹，回到驾驶室。体力透支的唐秉礼，脸色苍白，虚弱不堪。冷樱桃抱来棉被给唐秉礼裹上，抱着他颤抖的身体不停地抹泪。

冷樱桃忽然哭了起来，说道："秉礼，我们上小船走吧，再过一会儿，船就要沉了。"

唐秉礼支起孱弱的躯体，看着冷樱桃说："樱桃，这船是我们全部的希望，一旦沉了，我们就一无所有了。"

冷樱桃抹着眼泪，点了点头，她脱掉外套说："我再去试试吧，希望能保住我们的船。"

唐秉礼一把抓住冷樱桃的手说:"没用的,你一个人也无济于事,你还是去收拾一下贵重的东西,还有钱,做最坏的打算吧,希望老天爷能可怜一下我们,让这风雨来得小一点。"

就在冷樱桃准备去卧室收拾东西时,一束强光照进了驾驶室,这强光的来源正是一条空船所发出的探照灯。在看到空船的那一刻,那束光线如同穿越时光一般照进唐秉礼的内心,他一跃而起,发出求救的信号灯。

这条空载的货船收到求救信号后,立马驶了过来,停靠在唐秉礼船的旁边。等空船停靠好后,驾驶舱走出来三个人,这三个人不是其他人,正是唐秉礼的母亲王树兰还有二弟唐秉义和大妹唐秉仁。

10

走出驾驶室的王树兰惊讶地看着唐秉礼问道:"怎么回事,大毛,你们的船是不是出啥事了?"

唐秉礼急忙喊道:"妈!快把抽水泵拿来一起抽水,我们的船超载了,船快沉了!"

唐秉仁一听这话,立马去拿抽水泵,唐秉义直接脱掉外套,跳进了唐秉礼的船舱,开始向外挖沙子。

等唐秉仁将两台抽水泵安装好后,她也脱掉了衣服,拿起铁锹,跳进了船舱里。冷樱桃看到后,抱了抱还在颤抖的唐秉礼说:"秉礼,你好好休息,我也下去帮忙。"

唐秉礼看着冷樱桃的眼睛说道:"辛苦你了!"

冷樱桃微微笑了笑，脱掉外套，穿上水靴，拿起铁锹，跳进了船舱里。

此时的王树兰也脱掉了外套，准备也去挖沙子，唐秉礼看到后，急忙喊道："妈，您就别去了吧，您的身体扛不住啊！"

王树兰回过头笑了笑说："没事的，儿子，你妈我心里有分寸，在这看着也是着急，我下去多少帮点忙，也能快点结束。"

说罢，王树兰也提着铁锹，加入了挖沙的队伍。就这样，唐秉礼坐在驾驶室里，裹着棉被，控制着两条船的行进方向，而在他的眼皮下，他最爱的几个亲人，在风雨交加的黑夜，为他的命运而拼尽全力。

半小时后，风雨逐渐小了一些，唐秉礼的货船在四台抽水泵和四个人的帮助下，终于减轻了负载，慢慢脱离了危险，为了保证唐秉礼的船顺利驶出洪泽湖，唐秉义开着空船，一路护送大哥的货船，来到了进入市区的河道口。

在护送的路上，王树兰来到了唐秉礼的船上，此时的冷樱桃在开船，唐秉礼裹着棉被，手里捧着热水。

唐秉礼看着母亲说道："妈，多亏了你们，不然今天晚上，我和樱桃，还有这条船就……"

王树兰打断道："行了，别说这些，我帮我儿子，不是应该的吗，不过，我没明白，你也开了不少年的船了，怎么还会犯这种低级错误？你作为一名船长，怎么能在风雨交加的夜晚，在洪泽湖上行船呢？"

唐秉礼苦笑了一下说："还不是因为贪心，一直以来，我没怎么吃过亏，以为偶尔多装点货，应该没啥问题，没想到就遇上

129

了风浪。"

"那你不知道听听收音机,看看今晚洪泽湖的天气情况?一般这种有大风浪的情况,洪泽湖上的货船都会停靠下来,哪有你这样,在黑夜中冒着风雨远航的。"

"我常年在苏南跑运河,对洪泽湖上的了解也不深,这才一时疏忽了。"

"希望你能吃一堑长一智,可不能再犯这样的错误,这可是要命的!"

"知道了,妈!"唐秉礼羞愧地低下了头。

冷樱桃在一旁笑着说道:"妈,您别只训秉礼啊,这件事我也有错,也没做到提醒的责任。"

王树兰说:"你才上船几年,他作为一个船长,要为这条船负责的!"

唐秉礼抬起头说:"妈,我知道错误了,您就别生气了。对了,妈,你们怎么连夜就开进洪泽湖了?"

王树兰意味深长地说:"妈呀,知道你来洪泽湖装沙子,心里总有点发慌,可能就是知道你没怎么在洪泽湖上跑船,所以有点担心,正好,二毛的货下午就卸完了,我就让二毛连夜过来,反正空载的,开得也快,要是赶上你晚上停在洪泽湖没走,正好我们也能停靠在一起,一家人聚聚。没想到,我这担心,竟然成真了。"

冷樱桃笑着说:"妈,这就是母子连心、心灵感应哪!"

王树兰笑了笑说:"现在看到你们俩没事,我也就放心了。"

唐秉礼眼睛里闪着泪花说:"妈,让您担心了。"

说罢,唐秉礼上前抱住了母亲。王树兰一把推开唐秉礼说:"行了,都是结过婚的人了,还在媳妇面前要妈抱的。"

唐秉礼说:"妈,您变了,以前我害怕的时候,您都是抱着我的。"

"行了,多大的人了,害不害臊。"王树兰佯装生气道。

唐秉礼撒娇般地说:"妈,不管多大岁数,我都是您的儿子,在您面前,我永远就是个孩子。"

王树兰起了一身的鸡皮疙瘩,说道:"行了,行了,别不害臊了。"

冷樱桃也有点头皮发麻,急忙转移话题问道:"妈,我听说三毛找到婆家了?"

"三毛毛找到婆家了?我怎么不知道。"唐秉礼问道。

冷樱桃说:"前几天在码头见面的时候,三毛和我说的。"

唐秉礼说:"这三毛毛,现在有话都不和我说了,就只和她嫂子说,你看看这小白眼狼。"

冷樱桃说:"三毛人家是女孩子,哪有女孩子和大哥说这些事情的。"

王树兰打断道:"行了,别聊这些有的没的,既然提到这事了,我就和你们说说。我给三毛找的婆家也是开船的,不过,这家还在用水泥船,而且那水泥船是他爸他妈在开。我呢,有个想法,这两年,你和二毛的欠债都还差不多了,所以,我想贴点嫁妆给三毛,再让三毛婆家那边也出点钱,两家合伙给他俩买条小点的铁皮船。"

唐秉礼说:"这没问题,关键是您给三毛找的男人怎么样。"

王树兰说:"这小伙子我见过了,长得人高马大的,是个干活的好手,人品也不错,就是家里条件有点差。"

唐秉礼说:"这不是问题,只要人靠谱就行。"

"樱桃,你说呢?"王树兰转向冷樱桃问道。

冷樱桃笑着说:"妈,这事您做主就行,我一切都听您和秉礼的。"

王树兰露出欣慰的笑容说:"我大儿子啊,真是八辈子修来的福气,娶了这么好的老婆,又能吃苦耐劳,又善解人意的。等二毛找到老婆了,我就回老家,你们给我生个大孙子,我来帮你们带孩子。"

冷樱桃笑着说:"妈,您就别夸我了,能帮三毛找个好婆家,风风光光地嫁过去,那才是最重要的。"

王树兰满意地点了点头说:"那就这样吧,我去你们卧室休息一会儿,人老了,熬不了夜了,等船到河口了,你们叫醒我,我回二毛的船上去。"

唐秉礼说:"行,妈,您小心着点,我在这陪樱桃。"

"嗯。"王树兰点了点头,离开了驾驶室。

唐秉礼站在驾驶室门外,看着母亲进了后面的房间后,才关上驾驶室的门。转身对冷樱桃说道:"樱桃,妈刚才说的话你别放在心上啊,她就是想看看你的态度。"

冷樱桃笑着说:"你想太多了,我知道你是为我着想,在我嫁进来之前,就已经答应你了,要把弟弟妹妹们扶持到成家立业,再说了,我这么喜欢三毛,为了她以后能过上好日子,帮衬一把,那还不是应该的。"

唐秉礼听完这话，走到冷樱桃的身后，一把抱住冷樱桃，弱弱地说道："有你真好。"

11

1993年的春节，唐秉仁结婚。春节过后，在两家的帮衬下，唐秉仁和她丈夫的新船也成功下河。

唐秉礼的大妹夫名叫张铁柱，有个妹妹叫张秀云，这个女子个子不高，一米六左右，长得一般，脸上有许多的麻子，但却是个精明强干、勤俭持家的女人。在他哥张铁柱和唐秉仁的婚礼上，一眼被王树兰相中，于是，王树兰决定让自己的二儿子唐秉义娶这个女子为妻。

王树兰明白自己的二儿子是个性格软弱、毫无主见的男人，需要这样一个女人来操持家务。于是，在唐秉仁结婚不久后，王树兰便同亲家商量这新的一门婚事。

亲家听说这样的好事，自然是满口答应下来，一下子解决了儿子和女儿的婚事，而且还是比较富裕的人家，他们自然是满心欢喜。张秀云知道自己的长相并不出众，听说此事后，也没有反对，倒是唐秉义，知道这个女人是个麻子脸后，直接摇起了头。

虽说唐秉义反对，但他却不敢违背母亲王树兰的意愿，唐秉义拒绝王树兰的时候，被王树兰训斥道："就你这个样子，还指望娶什么天仙？看见女人就打哆嗦，脸红得像猴屁股，一句话说不出来。之前也不是没有给你相过亲，有一个愿意跟你吗？虽说你现在有一条船，但你除了开船还会啥？联系货物你不愿意，上岸结账也不去，衣服也不洗，饭也不会做，就知道闷在船上睡觉。你这样，人家麻子脸愿意嫁给你，也是看在我和你哥给你置办的这条船的面子上！"

这一通训斥，让唐秉义彻底泄了气，更不敢说些什么，只好在母亲的安排下，和这个麻子脸女人结了婚。

唐秉义的婚礼，定在了1993年的国庆节，那一年的初夏，三弟唐秉智考上了县里最好的高中。

往后的许多年里，唐秉礼不得不赞叹母亲独到的眼光，为二弟唐秉义娶了一个精明强干的女人，唐秉义在这个女人的带领下，迅速积攒了大量的财富。

唐秉义和唐秉仁各自成家立业后，唐秉礼的负担一下子小了很多，母亲王树兰也回到了老家，专门照顾两位老人和还在上学的三弟和二妹。

1994年的仲夏，冷樱桃为老唐家生下了长房长孙。唐秉礼给自己的儿子取名为唐淮阴，他希望自己的儿子以后能走出县城，成为市区户口的人。

同一年的年末，张秀云生下一个女儿，1995年伊始，唐秉仁也生下一个儿子。王树兰一下子多出了三个孩子要带，忙得不亦乐乎。

1995年末，张秀云再次生产，又是一个女儿。连续生了两个女儿，让张秀云在婆婆王树兰的面前完全没有了底气。就这样，张秀云为了要一个儿子，几乎每年都挺着大肚子在船上干活，等妊娠期到了，便将船靠岸，在就近的医院生产，然后带回船上哺育。不可思议的是，张秀云一直在生女儿。

1996年末，当第三个女儿出生的时候，王树兰也彻底失望了，让张秀云不要再生了。而同一年，冷樱桃又生了一个男娃，那个时候，淮安县已经升级为县级市，于是，唐秉礼将自己的二儿子取名为唐淮安。

　　冷樱桃和张秀云接二连三地生孩子，虽说在船上到处跑，没人管，但到了上户口，却不得不交一笔罚款。

　　这一年，淮阴市被划分，下辖的宿迁县、沭阳县、泗阳县、泗洪县被划出，单独成立为一个地级市——宿迁市。

　　灌南县被划入连云港市，就这样，老家灌南县的冷樱桃，成了连云港市人，不过，冷樱桃已经随着丈夫唐秉礼将户口迁到了涟水县，所以，依旧是淮阴市人。

　　张秀云和他大哥的老家在沭阳县，张秀云的户口迁到了涟水县，而唐秉礼的大妹唐秉仁则变成了宿迁市户口。

　　虽然户口在变，但一家人的心并没有散，张秀云生下第三个女儿后，开始给三个女儿重新取名字，大女儿叫唐招弟，二女儿为唐盼弟，三女儿叫唐望弟。

　　孙子、孙女越来越多，王树兰有些应接不暇，虽然她要求张秀云不要再生，但内心还是希望唐秉义家能有个男娃。张秀云也深谙其中的道理，便没有停止生育，在休息了一年后，又怀上了孕。

　　这一年的夏天，唐秉礼的三弟唐秉智考上了青岛海洋大学，成了唐秉礼所在家族的第一个大学生。

　　唐秉智拿到录取通知书后，便要跟着唐秉礼来到船上，他说，要在进入大学之前，跟着大哥的船跑几趟货。唐秉礼知道后，自然是非常高兴，于是，特地装了一趟回到老家的货物，就停靠在盐河边的码头卸货，这样一来，离家也不远，卸完货后，便通知唐秉智上船。

为了让唐秉智上船不那么无聊，唐秉礼特地去了城区，买了一台彩色电视。这是唐秉礼一直想买而舍不得买的，这次正好趁着三弟考上大学，便买了下来。

十八岁的唐秉智，已然长成了大男孩，个头足有一米八，是家族里最高的，由于身体长得过快，导致身材有些瘦削。

唐秉智带着录取通知书来到了大哥的船上，此时已经是傍晚，他走到市区的码头边，看到了大哥在船上打扫卫生，便呼喊道："大哥！"

唐秉礼抬起头，看到是唐秉智，高兴地跳到岸上，去迎接唐秉智。唐秉智小跑着来到大哥的面前，掏出了自己的录取通知书说道："大哥，你猜，我学的什么专业？"

唐秉礼笑嘻嘻地说："听咱妈在电话里说，你考上的是什么青岛海洋大学，那肯定和海洋有关系啊！"

唐秉智也笑着说："是啊，大哥！所以，我报的是船舶与海洋工程专业。"

"船舶与海洋工程？"唐秉礼不解地问，"这是干什么的？"

唐秉智说："简单来说，就是造船的！"

唐秉礼万万没想到，自己小时候的梦想，竟然被唐秉智给实现了，此时此刻，唐秉礼有些激动地说："四毛毛，你可从来没开过船啊，怎么会想要去造船的？"

唐秉智说："自从咱妈回老家带我们生活，她给我讲了很多过去的事情,我听咱妈说,大哥你小时候的梦想就是当一名造船工程师,要不是为了我们兄弟姐妹,肯定就能当上了!"

唐秉礼有些不高兴地说:"那是大哥的梦想,你怎么能因为咱妈给你讲的故事,就选了你不喜欢的专业呢?"

唐秉智嬉笑着说:"大哥,你别这么严肃啊!我不是为了你,其实我自己也不知道自己喜欢什么,正好,我们家就是跑船的,又听了咱妈的故事,我就干脆选了这个专业,顺便完成一下大哥的梦想嘛!"

唐秉礼听罢,又笑着说:"没有为了我就好,这种事情,可不能儿戏!"

"我知道,大哥,其实当个造船工程师也没有什么不好,也是门很需要技术的活,我觉得,我有生之年,肯定不会失业的。"

"这倒是不假,我们国家在搞改革开放,到处都在搞建设,离不开我们这些跑船的来运输水泥啊,沙子啊,钢铁啊等等,所以,你选这个专业,我还是赞成的。"

"那我这次上船,您得教我学游泳,还有学开船,这搞船舶研究的,总不能这两个技能都不会吧!"

"这不是小事一桩,你要有天分,我一天就能教会你游泳,这可是咱爸传给我的手艺,已经教会了你二哥和大姐了。"

"那太好了,这样我进到学校,就比我的同学们更快一步了!"

唐秉礼拍了拍唐秉智的后背说:"还是咱们家四毛毛最好学,就算考上大学了,还这么刻苦,知道要快人一步!"

唐秉智笑着说:"我这不是有个好大哥嘛!"

唐秉礼拍了一下唐秉智的后脑勺说："就你嘴甜。"

唐秉智摸着后脑勺笑了起来，这时，冷樱桃站在船上喊道："秉礼，你们哥俩说啥悄悄话呢，还不上船，饭都做好了！"

唐秉礼这才意识到自己和三弟站在岸上聊了半天，急忙拉着三弟向船上走去。

12

唐秉智上船的第一件事，便是嚷着要学游泳，正好唐秉礼还在联系前往苏南的货物，于是，在等货的时间里，教自己的三弟如何学会游泳。

还是老样子，唐秉礼按照当年父亲教他游泳那样，拿出一根绳子教唐秉智学游泳。

唐秉智看到大哥手里的绳子，纳闷地问道："大哥，你拿绳子干什么？"

唐秉礼笑着说："这是咱爸当年教我学游泳的方法，前几年，你二哥和你大姐跟我上船的时候，我也是用这招教会他们俩的。"

唐秉智有些不相信地说："有这么神奇吗？一根绳子就能把人教会了？"

唐秉礼说："其实，人天生就会游泳，这根绳子只不过是个安全措施，最主要的还是看个人，只要能够沉着冷静，按照我说的来，几个小时我就能教会你。"

"真的吗？那我要做什么？"

"很简单，第一步学会憋气上浮，你先憋一口气，然后跳进水里，之后一直不能喘气，直到身体浮出水面，然后抬头换气，只要这一步学会了，游泳就学会了一半了。"

"这么简单的吗？那我岂不是一学就会了。"

"你别高兴得太早，虽然我说人天生就会游泳，但还有一点，人的本性是怕水的，很多人掉进水里就会手足无措，胡乱折腾，这不仅浪费了体力，还会导致呛水，继而让身体下沉。"

"放心吧，大哥，我对自己相当有信心，保证一次就过，一口大运河的水我都不会喝到肚子里的。"唐秉智信誓旦旦地说道。

"那行吧，看你本事了。"唐秉礼笑了笑，将绳子系到了唐秉智的身上。

唐秉智在系好绳子后，丝毫没有犹豫，便跳进了河里。唐秉礼一看这小子勇气挺大的，说不准真能一下子就学会了，但没想到，还没来得及多想，水面上就已经开始冒大泡泡了。

唐秉礼看着大泡泡越来越多，手里的绳子也在不断下滑，于是急忙开始收绳子，当唐秉礼收起绳子的时候，唐秉智也被拉出了水面，大口地喘着粗气并且大喊道："大……大哥，救命啊！"

唐秉礼大笑道："你不是一口大运河的水都不喝的吗？照你这样子，没几下，大运河的水都要被你喝干咯！"

唐秉礼一边说着，一边将唐秉智拉回到了船上。被拉到船上的唐秉智瘫坐在船边，大口喘着气说道："大哥，正如你所说，我就是那个天生怕水的人，我一头栽进水里，没想到身体不由自主地开始呼气，根本控制不住，那种恐慌仿佛来自地狱，四周是冰凉的河水，眼睛也没办法睁开，仿佛置身于无尽的黑暗之中，一群恶魔在向我扑来，那一刻……"

"行了，行了，"唐秉礼打趣道，"这学个游泳，还能说出这么多话来，不愧是我们家的第一个大学生哟，没本事就是没本事，还说得那么文绉绉的。"

"不是这样的，大哥，我是本能地害怕，我想要克服，却克服不了。"

"那跳不跳了？"

"跳！"唐秉智站起来说，"作为一个学海洋工程的人，连游泳都学不会，以后还怎么学习自己的专业呢！"

唐秉礼竖起大拇指说："好样的，不愧是我们老唐家的人。"

说罢，唐秉智捏住鼻子，再次跳进了水里，然而，这一次，水面上还是在冒大泡泡，唐秉礼只好再次将唐秉智拉了上来。唐秉智虽然没有天赋，但是毅力倒是惊人，在这样的情况下，依旧坚持再跳。

就这样，跳了五次后，唐秉智终于放弃了，他躺在船边有气无力地说道："大哥，今晚不用做我的晚饭了，我已经喝饱了。"

唐秉礼无奈地笑了笑说："看来，我们家四毛毛还真不是开船的命啊，这游泳都学不会，是真不能开船的呀。"

唐秉智叹了口气说："游泳都学不会，我以后还怎么学造船啊！"

唐秉礼安慰道："没事的，四毛毛，这学造船啊，也不一定要会游泳吧，大不了以后就搞搞理论知识，当个教授啥的，也不用风吹日晒的。从小你的身体就弱，虽然长了这么大个，但你的体重还没我重，你这样的身体，还是不要多折腾了。"

唐秉智点了点说："那就听大哥的，我以后要当教授，把我这次惨痛的经历，讲给我的学生们听！"

唐秉礼笑着说："那就不游了，去看电视吧，我刚买的彩色电视，就怕你在船上无聊呢。"

"真的？"唐秉智惊喜地说道。

"那还能有假，快去吧。"唐秉礼将唐秉智身上的绳子解开。

唐秉智毕竟还是个孩子，一听说有彩色电视，立马冲到了房间里。唐秉礼急忙打开电视，上面正在播放着《三国演义》的片头曲：

滚滚长江东逝水，浪花淘尽英雄。是非成败转头空。青山依旧在，几度夕阳红。白发渔樵江渚上，惯看秋月春风。一壶浊酒喜相逢。古今多少事，都付笑谈中……

唐秉智虽然是从第八集开始看起，但依旧看得津津有味，这虽然不是唐秉智第一次见到彩色电视，但那都是有钱同学家里才有的，偶尔会被同学喊到家里去看，而这次，是自家的彩色电视，想看多久看多久。

唐秉礼看着自己的三弟这么高兴，也从心底感到开心，于是，陪着唐秉智看起了电视剧，冷樱桃将切好的西瓜端来，也加入了其中。

随后，三个人一边吃着西瓜，一边看着电视。当第九集快要播完的时候，唐秉智忽然腹部绞痛起来，满额头都是汗珠，唐秉礼吓得急忙背着唐秉智向岸上跑去，将他送到附近的诊所。医生询问情况后，才找到原因，唐秉智可能是因为喝了太多河水，而导致的细菌感染。

在诊所里，护士给唐秉智打了点滴，这才让唐秉智的疼痛有了些缓解。

唐秉礼在照顾唐秉智之时，冷樱桃也找了过来，说是码头派人来通知去装货。唐秉礼只好借用诊所的电话打给家里，让母亲王树兰来照顾一下。

王树兰赶来后，先是将唐秉礼训斥了一番，然后便让唐秉礼赶紧回到船上去装货，别耽误了行程。

后来，因为王树兰的反对，唐秉智没能跟着唐秉礼的船远行，唐秉礼考虑到唐秉智没能学会游泳，跟船走也不安全，便同意了母亲的要求。而唐秉智也因为没能学会游泳，错过这次上船的机会，至于后来，唐秉智在大学的寒暑假期间勤工俭学，也就再没有上过唐秉礼的货船了。

13

1998年，唐秉义的老婆张秀云生下了第四个孩子，还是女娃，取名为唐来弟。同一年，张铁柱和唐秉仁也生下了一个女儿，加上之前生的男娃，儿女双全，这让唐秉仁感到前所未有的幸福，便决定不再生了。

张秀云虽然一直生不了儿子，但挣钱却是一把好手，她一边生孩子，一边指挥唐秉义跑船，并且花了一万多块钱买了一部大哥大，这对一个普通家庭来说，简直是一笔巨款。

张秀云凭借着大哥大即时通信的便利，联系上了许多码头老板，他们家的船再也不用去水上货物配载室找货源，而是自己联系货源，直接与码头老板对接。也因为张秀云家有大哥大，能随时联系上，许多码头老板也愿意找张秀云家的船运输货物。

这短短几年内，张秀云一边生着孩子，一边挣钱，不仅还清了所有债务，还换上了比唐秉礼家还要大一百吨的挂机船。

唐秉礼相当佩服张秀云的魄力和灵活的大脑，虽然他知道大哥大能给自己带来很多好处，但他需要花钱的地方太多。自己的三弟在读大学，需要生活费，二妹唐秉信也在这一年考上了北京的一所大学，也需要学费、生活费，而且自己的债务也还没有完全还清。

更重要的是，张秀云的发家，主要靠的还是她的个人能力，这是一个十分善于交际的女人，应付各色人等，都能游刃有余，在货运方面，能谈到好的价钱。而自己的二弟唐秉义，又是一个没有不良嗜好、吃苦耐劳的男人，他们在跑船的时候，可以做到二十四小时不停船，唐秉义与张秀云轮换着开，轮换着休息。唐秉义一个人每天便可开十七个小时，剩下的七小时，由张秀云替班。张秀云不开船的时候，就负责做饭、洗衣，联系货源与货主，等等。

想比较而言，唐秉礼的性格比较直爽，没有张秀云那般游刃有余的交际能力，再者，他也做不到那样拼命开船，毕竟他已经开了十多年的船，这么多年不规律的饮食、睡眠生活，已然透支了他的身体，身体状况大不如从前，而且，他不愿意让樱桃吃太多的苦，他目前的心愿，便是还清债务，供弟弟妹妹读完大学。

虽然每年唐秉义也会拿出一点钱补贴一下三弟和二妹的学习

生活,但碍于张秀云的阻拦,加之家里还有四个女儿需要抚养,也很难拿出更多的钱来补贴自己的兄弟姐妹。

总之,一切都在往好的方向发展,唐家的五兄妹,三个已经成家立业,两个考上了大学。唐秉礼对于现在的这一切,已经很满足了。

然而,天有不测风云,就在唐秉信去北京念大学后不久,唐秉礼的货船被撞,沉入了水底。

肇事的船只是条一百多吨的挂机船,当与唐秉礼的船相会时,由于方向舵失去控制,直接撞向了唐秉礼的船身,导致唐秉礼的货船被撞出一个大窟窿,继而漏水沉入水底。

所幸的是,事故发生在大运河上,没有人员伤亡。那个时候,内河的货船主都没有买保险的意识,而且肇事的船也损伤不小,所以,肇事的船最后只能掏出两万块钱来赔偿唐秉礼。

唐秉礼的沉船被打捞起来后,当作报废的船只卖给了船厂,勉强可以还清所欠的债务。至此,唐秉礼的手上,只有肇事货船赔偿的两万块钱。

一时半会儿没有船开,唐秉礼便带着冷樱桃回到了老家。母亲王树兰看到自己的大儿子带着老婆提着行李突然回来,便预感到有事发生了,上前问道:"怎么了,大毛?"

唐秉礼站在自家的门口,放下手中的行李,突然抱住了母亲,瞬间哭了起来:"妈!船沉了!"

唐秉礼一直以来作为大哥,从不敢放松,而如今,他多年的心血,一家人赖以生存的工具突然就没了,他感到了无比绝望,但他没有地方去哭诉,直到看见自己的母亲,他再也压抑不住了，失声痛哭了出来。

王树兰拍了拍唐秉礼的后背安慰道："没事的，人没事就好！"

那也是冷樱桃第一次见到自己的丈夫哭得像个孩子，她知道，自己要坚强起来，为了能让这个家重新振作起来，她忍住了泪水。

大妹唐秉仁知道大哥家的货船沉船后，第一时间带着三万块钱回到了老家，当面交给了唐秉礼。

唐秉礼看着大妹掏出来的三万块钱，立马拒绝道："三毛毛，你和铁柱刚买船不久，哪来的钱？"

唐秉仁笑着说道："大哥，这两年，我们的船贷已经还得差不多了，本来打算攒钱换大点的船，现在大哥你出了这样的事情，我就和铁柱商量，再苦个几年，迟点买大船呗。"

唐秉礼依旧不想要大妹的钱，他不想成为大家的累赘，所以拒绝道："你还是把钱拿回去吧，这毕竟是你和铁柱辛辛苦苦挣来的钱，我不想因为这事，影响你们夫妻的感情。"

唐秉仁笑着说："大哥，你想多了，铁柱也是个知恩图报的人，他听说了这个事情后，也是他第一时间让我拿钱回来的，这钱就当是你当年支持我们买船的钱，现在还给你了。"

说完，唐秉仁起身就要走，她对唐秉礼说："大哥，船上还装着货，我就是顺道回来一下，天黑前，我还得回到船上，不然就耽搁太久了。"

唐秉礼也急忙起身，问道："这么着急就要走吗，不在家吃口饭啊。"

"不了，大哥，等过年了，我们再回来聚聚，现在最重要的还是挣钱啊！"说完，唐秉仁便提着布兜走出了房门。

刚出房门，冷樱桃问道："三毛啊，你怎么要走啊，我刚从地里拔了菜回来，晚上给你做饭吃。"

唐秉仁笑吟吟地说："不了，大嫂，我赶着回船上，铁柱还在等我。"

唐秉礼也走出房间说道："那我送送你吧。"

唐秉仁摇摇头说："不用了，大哥，我刚才来的时候，村里的海琴正好要去盐河边的地里，我让她骑自行车送我一下就行了。"

"那你路上小心啊！"冷樱桃说道。

"嗯，那就这样，大哥大嫂，我现在去海琴的家里找她，你们就在家吧。"说完，唐秉仁离开了家门。

看着唐秉仁离开的背影，冷樱桃问道："三毛这么急匆匆地回一趟家，怎么饭都没吃就走了？"

唐秉礼叹了口气说："唉，还不是怕我们难受。"

"怎么了？"冷樱桃问。

"三毛毛给我们拿来了三万块钱，说是和铁柱商量好的。"

"看来，三毛是怕你过意不去，所以才急匆匆地走，显得不在乎，不让你难受啊！"

"是啊，没想到我这个做大哥的，有一天也需要自己的亲妹妹来救济。"

冷樱桃微微笑着说："这才是你的福分啊，你说，有几个做大哥的，能有这样的好妹妹。"

唐秉礼搂过冷樱桃的肩膀说:"让你跟着我,受苦了。"

冷樱桃拍打着唐秉礼的胸脯说:"就算跟着你吃糠咽菜,我都觉得幸福。"

话音刚落,王树兰带着几个孩子,忽然出现在了家门口,一脸鄙夷地看着腻歪的唐秉礼夫妇。唐秉礼吓得急忙和冷樱桃分开,结结巴巴地说道:"妈……你……你回来了。"

王树兰撇了撇嘴说:"站在大门口腻歪,害不害臊?"

唐秉礼嬉笑着,摸了摸后脑勺,急忙转移话题道:"妈,三毛毛刚才回来了,这下又刚走。"

"我知道。"王树兰领着孩子们进了房间,转过身说,"三毛打电话给我,我把你的事情告诉了她,她就和我说正好今天路过盐河边,顺道回来一趟。"

"那是您让她给我钱的?"

"我可没让,我就把你的事情告诉了她,她说今天下午回来的。"

"那您还特地带孩子们出去……"唐秉礼瞬间明白了,于是接着说道,"妈,您是不是还告诉二毛毛了?"

王树兰皱了皱眉头,冷樱桃看着这对母子聊天,感觉势头有点不对,便说去做饭了。

冷樱桃刚走开,王树兰说道:"你这做大哥的现在有困难了,我告诉他们一声怎么了,至于他们应该怎么做,我就没多嘴了。"

唐秉礼叹了口气说:"妈,没必要这样的,弟妹秀云您也不是不知道,是个能吃苦又能守财的女人,您告诉二毛毛,二毛毛就得问秀云要钱,秀云肯定不愿意拿钱的,况且她家这么多孩子要养!"

王树兰冷哼了一声说:"那我可管不着,我不否认秀云是个会过日子的女人,但也是个没心没肺的女人,生了这么多女娃,没给二毛家生一个男娃,挣这么多钱有什么用?"

"妈,您小声点,让孩子们听见不好,再说了,您这都是旧社会思想,现在生男生女都一样。"

"要是都一样,张秀云就不会一直生,说你妈老古板,其实她自己就是封建思想,她要是不生个男娃,挣再多的钱,都没用,还不都是给了外人。"

"妈,您就别说了,二毛毛性格懦弱,有这样的当家媳妇,也是个好事嘛。"

"反正我是把事情告诉他们了,他们两口子要是不给点,他们的这些女娃娃,我一个都不给带了!"

"妈,您就别说了,大不了我买条小船,慢慢开呗,反正现在用钱的地方也不是很多,我还能应付得来。"

王树兰也不再啰唆,拉着唐秉礼进了自己的房间,从一个大红箱子里翻出一个布袋子,她打开布袋子,里面显出来一沓子钱。

唐秉礼惊讶地问道:"妈,您哪来的这么多钱?"

王树兰回道:"这是你妈我这些年攒下的棺材本,一共是两万八千块钱,你都拿去。"

"妈!"唐秉礼声音有些颤抖地说,"这钱您还是留着吧,我就是去借钱,也不能用您的养老钱。"

王树兰摆摆手说:"大毛啊,你妈我还能动弹,这钱啊,放在这也没啥用,等你挺过这一关了,有钱了,再还给妈就是了,哪有儿子落难,做妈的不帮一把的。"

唐秉礼看着手里的钱,再一次落下了泪水。

14

唐秉义突然回到家的那天,是唐秉礼回到老家的第十天。那天,唐秉礼正在家里算账,他想要凑够十万块钱,再从信用社抵押,买一条一百多吨的货船。

此时,唐秉义来到自家的门口,大喊了一声:"妈,大哥,我回来了!"

唐秉礼一听是二毛的声音,立马去开门。门一开,果真是唐秉义,唐秉礼高兴地拉着二毛进门,边走边说道:"怎么突然回来了,也没打个招呼。"

唐秉义说道:"正好船到淮阴了,码头上正在卸货,我就坐车回来看看咱妈和你,还有几个娃。"

听见叫声出来的还有王树兰和冷樱桃,唐秉义挨个叫了一声:"妈,大嫂。"

说罢,将手中的东西递给王树兰说:"这是我在市区给孩子们买的零食和玩具,还有猪肉,今晚吃红烧肉啊,妈。"

冷樱桃帮忙接过猪肉说:"二毛,咱妈最近身体有些劳累,我来烧菜吧,你们正好难得聚聚,去屋里聊聊天吧。"

唐秉义憨笑着说:"那辛苦大嫂了,我正好有事情和咱妈还有大哥聊聊。"

"那好,我去做饭,你们去房间聊吧。"说罢,冷樱桃拎着猪肉去了厨房。

此时,唐秉义家的三个女娃娃全部跑了出来,异口同声地喊道:"爸爸、爸爸、爸爸。"

唐秉义挨个抱了一遍,唐秉礼家的两个男娃也跟了出来,唐秉礼对着两个儿子说道:"叫二叔。"

唐淮阴和唐淮安同时喊了声"二叔",唐秉义满脸笑容地回应着。王树兰拎起玩具和零食,拉着几个孩子说:"走,奶奶带你们去玩玩具。"

唐秉义问道:"妈,您不来吗?"

王树兰摇摇头说:"你们兄弟俩聊吧,我带带孩子。"

说罢,王树兰带着孩子们进了另一个房间,唐秉礼和唐秉义也进了房间。刚进房间,唐秉义便迫不及待地从身上的布包里掏出一大沓纸币。

唐秉礼惊讶地问道:"二毛毛,你哪来的这么多钱?"

唐秉义笑着说:"大哥,这里是十万块钱,是我赞助你买新船的钱。"

"我钱凑得差不多了,不用你的钱了,不过,你哪来这么多钱的?"

"这是我和秀云这几年挣下的全部积蓄。"

"我知道秀云是个挣钱的好手,但没想到你们能挣下这么多。"

"也是赶上好时候了,秀云联系到了泰兴那边的一家工厂,专门为长江上游各个城市提供打针用的玻璃管。我们就专门运输这个玻璃管，然后从宜宾装沙子回来，再卖掉。"

"那也不至于能挣这么多钱啊！"

"大哥，你不知道，上游的沙子有多便宜，五十块钱，就能装满一船，拉回来就能按吨来卖，二百吨的货物，直接就能卖四千块钱！而且，长江上除了葛洲坝，就没有船闸了，费用少得很。"

唐秉礼惊诧不已地说道："我们在洪泽湖抽沙子要接近一千块钱才能装满一船啊。"

唐秉义点了点头说："是这理啊，听秀云说，现在敢跑长江中上游的个体船少，所以，很少有人知道，而且，秀云联系到的这家工厂，我们就能常年开船到上游去，这样就能挣来回两趟货物的钱。"

唐秉礼夸赞道："秀云真的是挣钱的行家啊，敢冒险，能吃苦。"

唐秉义说："大哥，要不等你买了新船，和我去跑长江，我让秀云帮你问问厂里，能不能匀点货给你。虽然跑长江中间不能停，有些辛苦，但挣得也多啊！"

唐秉礼笑笑说："可千万别，毕竟去上游的货是有限的，匀货给我，秀云该不高兴了，每次装货，还要让秀云操心我装货的事情，这搁谁心里也不舒服啊。对了，你这次拿钱出来，秀云同意了吗？"

唐秉义叹了口气说："唉，没同意，是我硬拿的。"

唐秉礼一听这话，立马站了起来，将钱装进布包里说："秀云不同意，我一分钱也不会要你的，这是你和秀云辛辛苦苦挣的钱，秀云不同意，你怎么能拿给我呢，还拿这么多，这不影响你们夫妻感情吗？"

唐秉义叹了口气说："大哥，要不是你当初给我置办下那条船，哪有我今天啊，我来的时候，和秀云大吵了一架，她死活不同意，我觉得她把钱看得太重了，大哥你有困难了，我们兄弟帮一下那不是应该的吗，但那婆娘死活就是不同意，说什么一分钱也不给。我平时都让着她，钱都在她手里，我只好逼她拿钱，不拿钱就离婚！"

"你怎么能这样说话，秀云也就是说的气话，你一下子把你们家的积蓄全要拿走，秀云能不生气吗？"唐秉礼激动地说完，又皱着眉头问，"你没打秀云吧？"

唐秉义立马回道："那不敢，大哥你知道我的，我哪有那胆量。"

"那就好，那你还是把钱拿回去吧，我要是拿了这钱，就成了罪人了。"

"来的时候，我和秀云已经说过了，这十万块钱，就当是我还你的债了，你也不用还给我了，以后呢，我都听秀云的，所有钱都归她当家做主。"

"秀云答应了？"

"她不答应也得答应，反正没得选，这十万块钱，我必须拿过来。"

唐秉礼犹豫了一下，说道："那这样吧，我就拿五万，你带五万回去，我现在东拼西凑的，加上贷款，也能买条二百吨的货船。"

唐秉义说:"用不着,四毛和五毛都在念大学,需要生活费,这生活费一直以来都是你在给,我这做二哥的,基本没给过啥钱,你拿着这十万块钱,就不用贷款了,挣下的钱,就当是我给四毛和五毛的生活费了,等他们毕业了,结婚啊,买房子啊,都还需要钱,到时候,秀云肯定也不会同意拿钱的,我自然也帮不上什么忙,剩下的,就只能全靠你了,大哥!"

唐秉礼一时无语,看着布包里的钱,缓缓地说道:"唉,等到我们五兄妹都成家了,也就都散了,没办法,每个人有了小家,就顾不上什么大家了。"

唐秉义叹了口气说:"唉,大哥,都怪我没出息,跑船还得靠女人去张罗,要是秀云有大嫂的一半好,我也不至于这么难做……"

"不能这么说!"唐秉礼打断道,"秀云在我看来是很好的弟妹,不仅能挣钱,还能守财,是个好婆娘,你要好好珍惜。你说她把钱看得太重,但她不还是为了你,把钱给你了?谁挣钱都不容易,你们家又不是百万富翁,一下子拿了这么多年的积蓄出来,搁谁也要闹点脾气的。"

唐秉义恍然大悟般地说道:"还是大哥说得在理,是我没和秀云好好商量,不过,大哥你遇到这么大的坎,我必须帮你一把,秀云不知道大哥的苦,我作为二弟,知道你为这个家牺牲得太多了,如果当年你考上大学,现在说不定都坐办公室了,又舒服,挣得又多!"

唐秉礼勉强笑了笑说:"往事,就不要再提了吧。"

唐秉义看着大哥忽然伤感了起来,便不再提起此事,此时,唐秉义的小女儿跑了进来，喊着要"爸爸抱抱"，于是，唐秉义抱起自己的小女儿说道："大哥，我先带孩子们出门逛一圈，等我回来，我们喝两杯。"

唐秉礼笑着点了点头。

在二弟唐秉义和大妹唐秉仁以及母亲王树兰的帮助下，唐秉礼终于凑够了买船的资金，时间来到了1998年的立冬，唐秉礼委托造船厂打造的新船正式下水了，依旧是二百吨的钢铁挂机船，一切又都回到了当初那个样子。

15

时光飞逝，转眼间，来到了1999年的春节前的最后一个礼拜，二弟唐秉义家的货船装着一船的玻璃管远赴长江上游，一路上，他们从不敢停船，因为长江上可能会有专门抢劫的船只，趁着货船停船之际，前来抢夺财物和货物。

然而，常在河边走哪有不湿鞋，虽然唐秉义的船一刻也没有停歇，但还是被一艘强盗船给盯上了。

当唐秉义的货船连夜开到安徽省芜湖市境内时，已经是半夜十一点。唐秉义的老婆张秀云刚做好宵夜给唐秉义端到驾驶室，一艘船摸黑靠近了他们，随着船体一阵晃动，十几个蒙着面的强盗，跳上了唐秉义的货船。

带头的大哥端着一把猎枪直接顶在了唐秉义的脑门上，凶神恶煞地说道："老实点，兄弟们只为谋财，不想害命，要想活命，就什么话都别说,什么事情也别干,哥几个拿了钱,运了货物,就放你们走。"

唐秉义吓得一句话也说不出来,额头直冒冷汗。张秀云一听还要把货物抢走,扯着身旁强盗的臂膀嘶吼道:"求你了!钱都给你,货不能拿呀!"

强盗看到张秀云撒泼,直接上去就是一个巴掌,吼道:"再他妈地乱叫,老子打死你!"

唐秉义颤颤巍巍地说道:"秀云,都这个时候了,就别想这些了,听这位大哥的安排,保命要紧。"

强盗满意地冷笑了一声:"还是你家男人识大体!"

就这样,唐秉义和张秀云眼睁睁地看着自家的货物被强盗全部搬到了另一条船上,还有船上的一万多块钱现金,以及船上所有值钱的东西,全部被搬到了另一条船上,包括那一万多的大哥大。

张秀云看着眼前的画面,痛心不已,直接瘫软在地。等强盗搬空一切走后,只剩下唐秉义和张秀云孤零零地瘫坐在驾驶室。

那一年的春节,唐秉义开着空船回到了老家,唐秉礼知道自己的二弟被强盗抢劫后,感到惊诧不已,虽然他对长江上的这些事早有耳闻,但他怎么也没想到,这些强盗竟然如此猖獗,竟然能如此正大光明地实施抢劫,他也没想到,这样的灾难会落到自己二弟的头上。

为了帮助唐秉义渡过难关,唐秉礼将半年挣下的一万多块钱,以及借来的一万多,凑成了三万,给了唐秉义夫妻,让他们去还清欠工厂的货款。

唐秉义后来虽然报了警，但却于事无补，在那个没有监控的年代，也没有专门的水上公安，想要抓到这种流窜作案的强盗，根本是无从下手。

从那以后，唐秉义一家再也不敢开船出江苏省的长江沿线，和唐秉礼一样，只在江苏的运河段以及浙江的运河段跑跑短途货物。虽说没有以前挣得多，但也足以满足一家人的日常开销。

一年后，人类正式进入了新的世纪，时间来到了公元2000年。

这一年的夏天，三弟唐秉智顺利毕业，又考上了本校的研究生，继续深造。而张秀云在这一年的年底，终于生下了一个男孩，取名为唐平安。张秀云激动不已，直接让唐秉义暂停运货，要一直等到来年的春节过后再启航。

2001年的春节，是难得的一次大团圆，在张秀云的辛勤张罗下，大妹唐秉仁也带着丈夫张铁柱和他们的两个孩子，在大年三十的那天中午，回到了老家。

三弟唐秉智和二妹唐秉信也都放了寒假，只剩下唐秉礼，他为了能赶上一家人团聚，连夜开船，赶在了大年三十的上午，将自家的船，开到了老家的盐河边。

由于张秀云生了儿子，王树兰对她的态度有了很大的改观，也因此，那一年的大年三十的午饭，是难得的一家团聚，其乐融融。

张铁柱和唐秉仁吃完午饭，还要回到张铁柱的家里过除夕，所以下午便要走。唐秉礼知道他们兄弟姐妹五人聚在一起不容易，便主张照一张合照再走。一张，是全家人的合照；另一张是他们兄弟姐妹五人的合照。

当唐秉礼面对照相馆的相机,他回想起十年前他带着弟弟妹妹们去城里照相的那个遥远的下午,这转眼间,便是十年,这其中的酸甜苦辣,伴随着相机的闪光灯,凝结在了一张照片中。

2001年,对唐秉礼来说,是不平凡的一年,他的人生再次进入到跌宕的起伏中。

这一年,淮阴市正式更名为淮安市,原来的淮安县更名为楚州区,淮阴县更名为淮阴区。

唐秉礼怎么也没有想到,自己给两个儿子起的名字,小儿子的名字倒成了"大哥"。

春节结束后,唐秉礼继续前往苏南运货,他的爷爷突然因为食道癌去世,唐秉礼一时半会儿赶不上回去送葬,成了唐秉礼人生中的一大遗憾。这也是跑船人常有的遗憾,在通信技术和交通不发达的年代,很多人一直等到回老家过年,才知道自己的某个亲人去世已久。

2001年3月26日,唐秉礼从收音机里听到一个消息——南京长江第二大桥正式投入使用。

这则消息让唐秉礼有些激动,他情不自禁地对身旁的冷樱桃说道:"樱桃,我们的国家真的是越来越强大了,长江上的大桥也越来越多了,光是我们江苏境内,就已经有三座真正意义上的长江大桥了。"

冷樱桃问道:"三座?还有哪一座,我就知道有一个南京长江大桥啊,还有刚开通的这座二桥。"

"你看,平时不听新闻广播不知道了吧,这前两年,就是

1999年9月份，建成了江阴长江公路大桥，从那以后，苏北的人坐车从苏南回来，就再也不用坐轮渡了！可惜，我们一直在大运河上运货，也没机会路过看一看。"

"你倒是对大桥挺感兴趣的，你一开船的，又不能在桥上面跑，天天研究它干吗啊？"

"我不在桥上跑，但我在桥下过啊，我们跑船的，这辈子打交道最多的就是江河、船闸和大桥了，有江河的地方就有桥，桥的多少，证明了我们国家的实力……"

"行了、行了，"冷樱桃打断道，"我可不想听你讲这些大道理，我就知道老老实实开我们家的小船，不给国家添麻烦就行了。"

唐秉礼笑着说道："不给国家添麻烦，就已经是为国家的建设添砖加瓦了，你想啊，我们运的这些水泥啊，石子啊，钢材啊，不都是国家建设所需要的东西吗？"

冷樱桃说："你就别往自己的脸上贴金了，你就说，你是不是想去看大桥？"

唐秉礼一下子咧开了嘴说："还是我老婆明白我的心思啊！这也是见证历史的机会嘛，你想啊，岸上的那些人可能一辈子都没机会从江面上仰望长江大桥，就算要看，还得花钱坐游轮去看。而我们，运个货，顺道就能欣赏到大桥的壮阔，还不要钱，你看，多划算啊！"

冷樱桃撇了撇嘴说："就你最聪明，不过呢，我倒是也想跑一跑长江的航线，夏天一结束，唐淮阴就要上小学了，四毛也要读研究生，都需要花钱，还有咱妈的养老钱也没攒下还给她老人家,这样下去也不是办法,我看我们也学二毛他们,跑一跑长江上游,也能多挣几个钱。"

听到这,唐秉礼的神情忽然有些凝重起来,说道:"我就是想装一趟到南京的货物,不想去长江上游,我到现在都会想起二毛一家那次的经历,一旦真的遇上强盗,不但没挣到钱,还要搭上一船的货物啊!"

冷樱桃说:"这我知道,但我听说这两年,政府已经抓了很多长江上的江匪河霸,没以前那么危险了,现在最多也就小偷小摸的。"

唐秉礼说:"这两年是抓了不少,但我上个月还听船上的人说,有人在长江上被强盗抢劫的。一想到这些事,我就感到害怕。"

冷樱桃听到这,也犹豫了起来,叹了口气说道:"唉,那还是听你的吧。"

唐秉礼笑着点了点头说:"这就对了嘛。"

冷樱桃撇了撇嘴说:"稳稳当当的比什么都重要,既然你不愿意冒这个风险,我也同意,咱们装一趟货到南京的,不出江苏省的地界就行。"

唐秉礼答应道:"没问题。"

16

唐秉礼的货船在徐州开始卸货,那一趟货物卸完后,他直接在徐州联系到了一趟前往南京长江上游码头的货物,装的货物是煤炭。

令唐秉礼怎么也没有想到的是，这一趟货运，将是非比寻常的一趟货运。

唐秉礼从徐州装满一船的煤炭，沿着大运河一路南下，来到长江边，又沿着长江边，一路西上，来到了南京市的境内。

南京长江第二大桥要比南京长江大桥更靠近东边，进入南京境内不多久后，唐秉礼就能在驾驶室内，看到远处矗立着两个巨高无比的索塔，仿佛两个巨人，站立在水中，拉着无数根斜拉索，将桥体悬空在长江的水面上。

这是唐秉礼第一次见到如此雄壮的斜拉桥，等到逐渐靠近，唐秉礼彻底看清了这座大桥。这样的大桥有个很明显的优点，就是索塔矗立在江面的两端，在这两端中间的江面上便不再有任何的障碍物，十分方便大型船只通过，也不容易出现船只撞到桥体的情况。

南京长江第二大桥驶过后，大约十一公里处，便是南京长江大桥，欣赏完南京长江第二大桥的巍峨气势，再看看南京长江大桥，唐秉礼瞬间觉得，还是南京长江大桥更具几分中国艺术的魅力。

等过了南京长江大桥，唐秉礼的货船便来到了临近安徽省马鞍山与南京市的交界处，唐秉礼此次卸货的地点，便是在这里。

快要到达码头的时候，已经是傍晚，唐秉礼刚要向码头靠近，一艘海事巡逻艇靠了过来，直接停靠在了唐秉礼的货船边上。

唐秉礼还在开着船，一大群警察便走进了驾驶室，唐秉礼有些慌张又有些纳闷地问道："警察同志，我们的船没有违法吧！"

领队的警察敬了礼，说道："船民同志，不用害怕，我们是南京市公安局和马鞍山市公安局的联合执法大队，这次找到您，主要是想让您配合我们完成一次行动。"

唐秉礼一脸蒙地看了看身后的冷樱桃，冷樱桃也是完全蒙圈的状态，他又看向警察问道："什么行动？"

领队的警察说道："根据我们警方摸排的线报，今晚会有一艘强盗船在长江马鞍山流域作案，这群强盗几乎人手一把枪支，是目前在长江流域为数不多的持枪抢劫的团伙，所以，这次我们出动了武装特警，力求一举歼灭这伙强盗。"

唐秉礼有些害怕地问道："为什么会选中我们的船啊，我们的船不打算离开江苏的水域。"

领队的警察说："本来，我们已经联系好一艘前往上游的货船，但这位船主因为害怕，直接不来了。今晚是我们警方一举捕获这群强盗的好时机，行动是一定要展开的。你们家的货船装的是煤炭，又是个体户船，这可是强盗们最喜欢的货物。所以，我想要你们配合我们警方的这次行动，而你们的一切损失都由我们来负责，我们也会把你们的人身安全放在第一位！当然了，这也完全建立在你们同意的基础上，我们警察办案，绝不会以你们的安全为代价，你们看怎么样？"

唐秉礼犹豫了起来，这么大的阵仗，他还是第一次遇见，就在唐秉礼犹豫之际，冷樱桃开口说道："警察同志，我同意你们征用我们的船，我丈夫的弟弟曾经就被这些强盗给洗劫一空，我和我老公也恨死了这些强盗，所以，我们也希望长江上的强盗全部被抓,给我们船民一个良好的跑船环境。"

领队的警察伸出大拇指说道:"巾帼不让须眉,没想到你一个女子有这样的魄力,但不知道船老大是什么个意见?"

冷樱桃都已经放出话来,唐秉礼自然不好再拒绝退让,便也果断地点了点头说:"那就按照警察同志的要求来吧,我们也算是积极配合警察同志,为民除害了!"

领队的警察敬了个礼,说道:"我代表南京市公安局和马鞍山市公安局感谢你们的配合!"

接下来,二十多个武装警察躲进了唐秉礼货船的房间里,领队的警察换成便衣,和唐秉礼以及冷樱桃站在驾驶室里。由于还没接到线报,武装警察就一直潜伏在唐秉礼的货船上,一直快到凌晨一点,位于南京的警察终于收到了线报,目标海盗船已经出发,向长江流域开进。

当唐秉礼的货船驶入马鞍山区域内,唐秉礼瞬间便紧张了起来,四周乌黑一片,只有过往船只的信号灯以及航线上的航标信号灯在微微闪烁。

开了近一个小时后,唐秉礼的货船已经驶过了马鞍山的市区,开始向芜湖市的方向开去。

唐秉礼的心底直犯嘀咕,轻声地问道:"警察同志,他们今晚会不会没看到我们这条船,已经去抢了别的船了吧?"

领队的警察说:"不会的,我们的同事还在他们的出发地蹲守,一旦他们抢劫结束,一定会回去的。而且,我们已经暂时封锁了这段区域,两个小时内,不会有其他的个体船只进入这段流域,所以,海盗船肯定还在江面上。这样,船老大,你马上快到芜湖境内时，我们就掉头，沿着长江的另一面再开，如果还没有遇到强盗，我们就当是返程了，这次任务就算终止了。"

"好的，警察同志。"唐秉礼点了点头。

就这样，唐秉礼的货船又向前开了半个小时，在即将靠近芜湖市的水域时，在某一处航标灯处，唐秉礼顺势掉头，顺着河流向下游驶去。

当唐秉礼的货船再次驶入马鞍山的江心洲区域，一艘空船从江心洲的小河道口快速驶出，靠上了唐秉礼的重载货船，随着唐秉礼货船的轻微震荡，一大群强盗跳到了唐秉礼的货船上，迅速地向驾驶舱移动。

领队的警察立马锁紧驾驶室的门窗，掏出手枪，对着对讲机说道："各小组注意，立刻行动。"

说罢，领队的警察对唐秉礼说："船老大，不要害怕，保持稳定的航向、航速行驶就行。"

领队警察的话音刚落，驾驶室外面已经响起了枪声，这伙强盗几乎人手一把枪支，看到警察从后面的房间冲出来后，立马向他们的船上一边撤退一边开枪。

一时间，唐秉礼的驾驶室外，枪声连连，火光四射，驾驶室里领队的警察也急忙冲了出去。

唐秉礼也是被吓得直冒冷汗，冷樱桃更是直接抱着头蹲在了地上，不敢探出头去看。唐秉礼怎么也没有想到，自己的人生还会有这样的经历，简直比电视机上播放的警匪片还要精彩刺激。

这时，一颗流弹瞬间打碎了驾驶室的玻璃，唐秉礼吓得也抱住了头，蹲在了地上，但没一会儿，他又想到了领队警察的嘱咐，保证船的航向,便又微微探出头,尽可能控制着货船向前行进。

冷樱桃在一旁阻止道:"你不要命了,快蹲下啊!"

唐秉礼一边努力控制着航向,一边说道:"没事的,樱桃,我相信我们的人民警察,我必须保证我们的船不能撞到其他的东西。我不能出去帮忙,也不能给他们添乱啊!"

就这样,唐秉礼露着半个脑袋在开船,外面的交战愈演愈烈,强盗船剩下的强盗试图开船逃跑,外面的武装警察立马全部冲锋到了强盗船上,迅速控制住了强盗的船只。

至此,这伙长江水域特大抢劫团伙基本全部落网,这次行动,一名警察受伤,击毙八名强盗,剩余七名强盗被抓获。

后来,唐秉礼被南京市公安局授予见义勇为的锦旗,以及一万元的补偿及见义勇为奖金。而船上那些子弹打出的痕迹和弹坑,唐秉礼并没花钱去修补,这些,成了他后来讲述这段过往的有力证据。

第四章 钢铁单机船

1

2001年12月11日,中国正式加入世界贸易组织(WTO)。

2002年的春节,放假回来的唐秉智将这一消息告诉了唐秉礼,唐秉礼不以为然地说道:"这都是国家大事,和我们这老百姓有啥关系嘛。"

唐秉智坚定地说:"大哥,中国正式加入世界贸易组织,这就意味着,国外的货物要卖到国内来,国内的货物要卖到国外去,这大量的商品货物要运输,靠的是什么?"

"靠什么?"唐秉礼一脸疑惑地问。

唐秉智激动地说:"是船啊!"

唐秉智这么一说,唐秉礼瞬间恍然大悟,说道:"你的意思是说,让我买大一点的船,可以多赚到钱?"

"是这意思,"唐秉智兴奋地说,"我在学校了解到,现在内河个体户的船都要改成单机船了,这种船相对于挂桨机船,省时省力，动力又强，一台机器就可以推动上千吨的货船。"

唐秉礼说："你说的这种单机船，我在苏南也见过，确实厉害，一台大机器藏在船舱里，一键启动，噪声也小，不过听说挺贵的，我想着再攒两年的钱，也换这种单机船呢。"

唐秉智说："时不我待啊，大哥，趁着中国正式加入世界贸易组织这个契机，你把这条船卖了，再做点贷款，先买一条单机船来开，这样，您就成了最早吃到螃蟹的人了。"

唐秉礼思量了一番，点了点头说："那就听你一回，大哥相信你这大学生的眼光，过完年，咱们买单机船！"

这时，王树兰走了进来，问道："大毛，你说买什么？"

唐秉礼说："四毛毛说，我们国家加入了一个叫什么世界贸易组织，国内的内河运输事业要迎来大发展，所以劝我赶紧把挂机船换成单机船呢。"

王树兰一脸质疑地说："这四毛一天船都没开过，他说让你换就换啊？你这新船还没开几年，又要卖，这卖来卖去的，不亏啊。这打造新船又要时间，起码耽误个三四个月不能挣钱，再说了，这好不容易无债一身轻了，又要借钱买新船，一旦买大船，背着贷款，遇到没货装的情况，你说怎么办？又或者每次运货货船都装不满，亏不亏？你就知道换大船挣钱快，你难道不知道现在开船的越来越多，也有没货装的时候吗？"

唐秉智站起来说："妈，我们国家加入世界贸易组织了，这就意味着，我们国家生产的东西要卖到全世界去，我们也能买到全世界的东西了，而这些都离不开船的运输啊！"

"这些不都是海船的事情吗？"王树兰说。

唐秉智接着解释道:"海船太大了,一般大船只能到海边,小一点的海船也就只能进入长江,而要想把这些货物运到各个内陆城市,只能再分散到我们这些小船啊!"

王树兰说:"挂机船不也能分装货物吗,何必还要换更贵的单机船?"

唐秉智继续说道:"妈,挂机船是能分装,但挂机船不是动力有限嘛,而且挂机船迟早是要被淘汰的,就像水泥船,现在国家已经明确规定,不允许再生产使用水泥船了,因为效率低,安全系数也低。现在的挂机船也是这样,效率低、噪声大,油污污染也大,用不了几年,国家也会规定不准再使用的。再说了,只要效益好,大哥换更大的船,挣得也多,这贷款没几年就能还清的。这些,我们学校的那些专家都出过研究报告的,在苏南已经百分之七八十都是单机船了,我们现在换,还来得及,还能赶上国家的这次发展红利。"

王树兰被说得也不知道该怎么反驳,只好把冷樱桃喊了过来,冷樱桃还在厨房忙活,一边擦着手上的水,一边问道:"妈,怎么了?"

王树兰说:"四毛怂恿你老公贷款买大船,你同意吗?"

冷樱桃也不知道发生了什么,直接看向了唐秉礼,王树兰说道:"你别看他,你自己愿不愿意吧!"

冷樱桃笑着说:"妈,我都行,秉礼说买就买,反正我背了一辈子的贷款,也不差这一次了。"

"那我要是不同意呢?"王树兰说。

冷樱桃说:"那就听妈的,等过两年攒下钱了,再买也不迟嘛!"

王树兰瞬间又有了底气,说道:"你看看樱桃,说得多在理,就算买,就不能等两年攒够钱再买吗?"

唐秉礼一看气氛不对,立马起身笑着说道:"好了好了,先不说这些了,买不买的过完年再说吧,早一点迟一点的,还不都一样!樱桃,你快去做饭吧,我都饿了。"

"嗯。"冷樱桃对着王树兰说道,"妈,那我去做饭了。"

"好,我给你去烧火。"说罢,王树兰和冷樱桃去了厨房。

虽然母亲王树兰不同意买更大一点的船,但唐秉礼内心明白,自己的祖国正在快速地发展,光是从长江上大桥的数量,他就看到了这一点,而四毛唐秉智说的这个世界贸易组织,他也明白,是个契机,于是,买新船的种子,已经播种到了唐秉礼的心底。

春节过后,唐秉礼在瞒着母亲王树兰的情况下,卖掉了挂机船,倾其所有,外加上贷款,委托扬州地区的造船厂,打造了一条可以载货量为五百吨的单机货船。

单机船,顾名思义,就是只有一台机器的船,这种机器的体积较大,一般放置于船尾的底舱,连接螺旋桨。在原理上和挂桨机没有区别,但在性能上,远超挂桨机。

唐秉智不仅说服了唐秉礼换船,也说服了二哥和二嫂,二嫂张秀云是个聪明的女人,自然嗅到了其中的商机,不过,她家的挂桨机船要大些,卖掉的钱也多些,于是,在她的要求下,唐秉义打造了一条载货量为六百吨的货船。

唐秉智也没有想到,自己这个建议,将自家的大哥、二哥全都引到了正确的道路上。

2

这一年的初夏,唐秉礼和唐秉义家的两条船都顺利下河,唐秉智硕士研究生毕业并且拿到了留校任教的聘书。同年,小妹唐秉信也顺利本科毕业,正好赶上唐秉礼的新船下水,于是嚷着要跟着大哥的新船下江南,体验一下船上的生活,然后再找工作。

唐秉礼听说小妹要上船,刚开始是不同意的,毕竟船上的生活太艰苦,又是夏天,加上唐秉信从来没在船上待过,也不会游泳,跟船南下,还是不安全。但唐秉信完全不听大哥劝导,执意要上船,而且上船的第一件事,也是学游泳。

唐秉礼拗不过自己的小妹,只好答应下来。

唐秉信回到淮安市的那天中午,唐秉礼和冷樱桃正在船上准备饭菜,他们接到唐秉智的通知,会在午饭前赶到船上。

现如今,二十二岁的唐秉信,已然出落成了一个亭亭玉立的大姑娘,她穿着修身的牛仔裤、白色的短袖,扎着一个大马尾,戴着一副墨镜,拖着行李箱,朝气十足地来到了唐秉礼的船上。

唐秉礼站在岸边,看到自己的小妹这身打扮,简直不敢相信这是自己的小妹,直到唐秉信走到他的面前,摘下墨镜,唐秉礼这才确认这真的是自己的小妹唐秉信。

唐秉信摘下墨镜,笑着问道:"怎么了,大哥?不认识我了?"

唐秉礼也笑了起来:"我的妈呀,两年没见你了,没想到我们家五毛毛完全变了个人,我做大哥的都快不认识了!"

唐秉信笑嘻嘻地说:"大哥,怎么样,我这一身漂亮吧?"

"漂亮、漂亮。"唐秉礼连连点头说,"在大城市待过就是不一样,整个人的气质都变了。"

唐秉信笑着说:"大哥,你没去北京看看,那大街上的女人们,穿得可比我漂亮多了。"

唐秉礼也笑着说:"再漂亮也没我们家五毛毛漂亮,快,先上船吧,外面太阳毒得很。"

唐秉礼拿过行李箱,朝着船上走去,唐秉信急忙扶着行李箱,帮着大哥将行李箱搬到船上。

进到房间里,冷樱桃还在厨房做饭,唐秉信站在厨房门口,爽朗地喊道:"大嫂!"

冷樱桃回头一看,惊讶地说道:"呀!是五毛毛啊,真是越来越漂亮了,快坐下,让你大哥给你倒水喝,我这炒着菜呢。"

唐秉信点点头说:"嗯,辛苦你了,大嫂。"

冷樱桃笑了笑:"不辛苦,你快去坐吧,油烟呛人得很。"

唐秉信转身回到客厅,看着船上四周的摆设说道:"大哥,你的新船可真气派,我还记得看过你以前的水泥船,屋子里都挤不下五六个人,现在这船,同时坐十几个人都可以。"

唐秉礼一边倒水,一边说道:"那是,时代变了,现在的大运河上,都几乎见不到水泥船了。"

唐秉礼将倒满水的水杯放到餐桌上,拉着唐秉信坐下问道:"五毛毛,你怎么两年没回家啊?要不是咱妈说你给家里打过电话,我还以为你出什么事了。"

唐秉信捧起水杯，猛喝了一口说："没啥事，我就是趁着寒暑假，在北京给人打工呢，这叫勤工俭学。"

"大哥又不是没给你汇钱，你何必要去受那份罪呢，你有那时间，应该多学点知识，挣钱的日子还在后面呢！"

"那不一样，这么多年了，都是你和大嫂在帮助我，我那个时候就快要毕业了，应该要学会独立了，寒暑假打工，不仅可以勤工俭学，还能尽快了解这个社会，为以后融入这个社会打好基础。你看我现在，不是变得比以前开朗多了？这都是我在学校受到了同学们的影响才有的变化，还有和社会上的人接触，也让我成长了许多。"

唐秉礼笑着说："这上过大学就是不一样啊，对人的改变太大了，你现在啊，不仅变得能说会道，而且说得有板有眼的，用的词都和我们不一样。对了，我都忘了你学的什么专业，叫什么语言文学来着？"

唐秉信回答道："是汉语言文学。"

"汉语言文学？就是研究中国话的吗？"

"简单来说，是这个意思，主要就是语言和文学两个方面。"

"我都不知道，还能有这样的专业，那这个专业学出来，能做什么工作啊？"

"呃……"唐秉信想了想说，"可以当学者啊，教授啊，记者啊，作家啊，等等。"

唐秉礼说："这都可是要大学问才能干的啊，那你现在毕业了，打算做什么？"

"我打算当个作家，这次上船，我就是为了了解一下船民的

171

生活，然后把它写成小说，写给岸上的人看。"

"这个好啊，这你可以去问问咱妈，她可是新中国最后一代纤夫了，她有很多故事可以讲给你听呢。"

"这我知道，但我对船上很多的专业术语都不太懂，所以想着先到船上来体验一下，这样听咱妈讲故事，我也能听懂不是。"

"这倒也对，那你就跟着大哥的船，有什么问题尽管问。"

"嗯嗯。"唐秉信开心地点了点头。

这时，冷樱桃将做好的饭菜端了上来，说道："行了，后面的日子还长着呢，先吃饭，吃完饭，我们就启航，然后一边开船一边聊。"

唐秉信急忙站起来帮着端菜，开心地说道："听大嫂的，赶紧吃饭，我都迫不及待要看新船启航了呢。"

唐秉礼笑着说："那就听你大嫂的，先吃饭！"

唐秉信看着冷樱桃做的饭菜，感叹道："好久没吃到大嫂做的菜了，今天终于可以一饱口福了！"

冷樱桃笑着说："那你就多吃点。"

唐秉信点了点头，开始吃了起来，一边吃，一边问道："大哥，我听说你帮助警察抓了一伙强盗，你讲给我听听呗。"

冷樱桃笑着说："快别让你大哥再讲了，我耳朵都快听出老茧了，那天晚上，都是人家警察同志的事情，和他也没啥关系，他吓得差点没尿裤子。"

说罢，唐秉信哈哈大笑起来，唐秉礼气愤地说道："我和我亲妹妹说话，你别插嘴，你快去做菜吧。"

冷樱桃撇了撇嘴说："好吧，你慢慢吹，正好我也懒得听。"

说罢，冷樱桃回到了厨房，唐秉礼对着唐秉信说："唉，你大嫂这个人，一点面子都不给我，就知道损我。"

唐秉信笑着说："没有啊，我觉得你们这样拌嘴，特别有意思。"

"嘿！你这小兔崽子！"唐秉礼举起手，佯装要打。

唐秉信急忙求饶道："好了，好了，大哥，你还是快和我讲讲你的英雄事迹吧。"

于是，唐秉礼在添油加醋下，又一次讲述了那晚的经过……

3

吃完午饭后，唐秉礼的新船顺利启航，他坐在驾驶室里，摁下一个绿色的按钮，船舱里的机器便轰隆隆地响起。

唐秉信惊讶地问道："大哥，现在都不需要人工启动机器了吗？我记得以前，你们都要很费力地将每台机器摇起来，才能启动啊！"

唐秉礼笑着说："这就是科技的力量啊，像你三哥，现在在大学里面当讲师，他们天天研究的，就是造船的这些技术，说不定，这些技术就有他的一份智慧呢！"

唐秉信点了点头说："三哥确实厉害，不仅考上了研究生，还留校当了老师。"

唐秉礼一边开着船一边说道："对了，五毛毛，你怎么没想着考个研究生，也能在大学里当老师啊。"

唐秉信摇了摇头说："我们这个专业不需要那么多的学者，

而且我们这个专业就业难，竞争压力大，也没什么技术含量，就算了考上了研究生，也很难留校当老师，所以，我和大多数人一样，就选择尽早走入社会，让社会这所大学来教育我们。"

唐秉礼叹了口气说："社会算什么大学啊，我更觉得社会像一个火炉，我们老百姓在里面挣扎，通过不断奋斗，获得一丝清凉罢了。"

唐秉信惊讶地说道："呀，大哥，你说的这番话也太有哲理了吧，快，我要把它记录下来。"

说罢，唐秉信掏出笔和纸来，记下了这句话。唐秉礼在一旁看着有些好笑，说道："这有啥哲理的，只不过是跑船人的一句牢骚罢了，我们跑船的，两眼望去，面朝河水背朝天的，还面临着各种各样的风险，说真的，只要我的孩子们能在岸上有份安稳的工作，我也决不让他们再跑船了！"

唐秉信说："大哥，你这话说得就有点偏激了，社会才是人一生的大学，比什么大学都重要，没有人能避开它，这就像苏联作家马克西姆·高尔基写的那本书——《我的大学》，里面的主人公就是没有念过所谓的大学，但他却把喀山的贫民窟与码头当成了他的社会大学。"

唐秉礼笑着摆摆手说："行了，行了，我不和你说这些了，我都快听不懂你在讲什么了，要不是你大哥念过高中，你讲的这些，我真的是一个字也听不懂。你说的高尔基我倒是学过他的文章，但你说的这个什么《我的大学》，我是真没看过，就没办法和你讨论了。"

说到此处，唐秉信一下子伤感了起来，喃喃地说道："大哥，当年要不是你为了我们,你肯定能考上好的大学,随随便便就是一个科学家了,比三哥都要厉害!"

唐秉礼笑着说:"不说这些了,我能把你们四兄妹都拉扯成人,然后成家立业,我就心满意足了。"

唐秉礼话音刚落,唐秉信立马又掏出了纸笔,一边写,一边念道:"人生啊,就像这船,哪有永远的一帆风顺啊!"

写完后,唐秉信看着笔记本上的文字说道:"大哥,你虽然是个跑船的,但说的话,比大学生说的话还有水平!"

唐秉礼苦笑着说:"可能,真是社会这所大学教育了我吧,哈哈哈……"

唐秉信也跟着笑了起来,立马又在笔记本上写道:"可能,真是社会这所大学教育了我吧!"

唐秉礼看着小妹这么天真无邪,也是乐开了花,接着说道:"照你这么记录,你大哥都快成哲学家了!"

唐秉信认真地说道:"大哥,你就是生活中的哲学家!"

唐秉礼大笑着说:"快别这么说了,我可担不起这么大的名头。"

话音刚落,冷樱桃端着切好的西瓜,推门进来说道:"说什么呢,瞧把你大哥乐呵的,来,五毛毛,吃点西瓜。"

唐秉信拿起一片西瓜说道:"我说大哥是生活中的哲学家,他就笑了起来。"

冷樱桃也笑了起来:"五毛毛,你把你大哥捧得太高了,小心别摔下来!"

唐秉礼急忙终结话题道:"行了行了,不当着你大嫂的面说这些，我怕她嘲笑我。"

"哪有啊！"唐秉信一边啃着西瓜，一边说道，"我觉得大嫂是这个世界上最好的大嫂了，勤劳勇敢、善解人意，长得又漂亮，关键饭还做得好吃，大哥娶了大嫂，是我们一家人的福分。"

冷樱桃被夸得呵呵直笑，说道："五毛毛这小嘴，真是越来越甜了，难怪你大哥这么喜欢你。"

唐秉信说："哪有啊，大嫂，我说的都是实话，可没有瞎说。"

唐秉礼在一旁笑着说："我们家五毛毛，就是会夸人，对了，樱桃，今晚吃什么？"

冷樱桃说："吃饺子，上午在岸上买的猪肉还有点，正好包饺子吃。"

唐秉信高兴地说："吃饺子好啊，每次过年，我最喜欢吃大嫂包的饺子了，大嫂，我帮你包吧。"

冷樱桃笑着说："好啊，那你跟我去后面，让你大哥一人安心地开会儿船。"

"嗯！"说罢，唐秉信跳了起来，拿着纸笔，跟着冷樱桃去了驾驶室后面的房间。

唐秉礼新船的第一趟货，是前往徐州，在徐州卸完货后，唐秉礼又装一船的煤炭，从徐州运往京杭大运河的终点——杭州。

这一趟货，算是唐秉礼开船以来，最远的一趟货物，从江苏省的最北端城市，一直开到了浙江杭州，沿途经过徐州市、宿迁市、淮安市、扬州市、镇江市、常州市、无锡市、苏州市、嘉兴市、杭州市，一共十个城市。

江苏省一共有十三个城市，京杭大运河走过了八个，每一个都是运河上璀璨的明星。唐秉信也跟随这趟航行，在河面上，以另一种视角欣赏到了各个城市的风采。

唐秉礼开着船，沿着京杭大运河一路南下，这一次，他开着单机船，操作起来十分地得心应手。

当货船穿越过各个城市的城区，唐秉礼也有了别样的心情，许久以来，他都没有好好看看运河两岸的变化，这一次，他怀着一种莫名的澎湃心情，一边开着船，一边感叹着运河两岸的城市变化。

运河上的大桥越来越多，河两岸的高楼也在拔地而起，以前荒无人烟的河段，现如今也多了许多沿河的景观和住户。唐秉礼将这些变化一一讲给坐在一旁的唐秉信，唐秉礼拿着笔和纸，一边听，一边认真地记录着。

令唐秉信最难忘的运河景色，当属淮安水上交通枢纽，京杭大运河和淮河入海水道在这里实现了立体交汇。

唐秉信为了一睹水上立交的风采，特地央求大哥唐秉礼将船停靠在岸边，然后来到岸上，登上了水上交通枢纽的桥头堡。

站在淮河入海水道立交桥的桥头堡之上，极目远眺，可以清晰地看到，河道纵横，如同一张大网，河道两岸绿草如茵，淮河入海水道如同两条巨龙，护卫着水上立交。

水上立交的上河道是京杭大运河，连接着南北，运河上的船只往来如梭，浩浩荡荡。水上立交的下面是淮河的入海水道，通过大运河下的涵洞，连接了淮河的东西。

看完了淮安水上交通枢纽之后，唐秉礼带着唐秉信回到了船上，向着南方驶去。当唐秉礼的货船驶过扬州的出江口之时，已经是傍晚，唐秉礼为了安全起见，便决定停靠在长江的锚地。

唐秉信听说唐秉礼要进入锚地休息，便问道："大哥，锚地是什么意思啊？"

唐秉礼解释道："锚地啊，就相当于水上的停车场，需要休息或者检查维修的船只，可以停靠的地方。一般而言，停靠在锚地，需要船舶抛锚，这样固定船只，不让其随着水流而漂走。"

"抛锚？"唐秉信一脸疑惑地问道，"抛锚不是指汽车坏了，停在了半路上，叫抛锚吗？"

唐秉礼笑笑说："那是你们岸上人对汽车抛锚的叫法，在船上呢，抛锚是船民为了让船停下，主动实施的一种行为，就好比汽车停下要刹车一样，锚就相当于船上的刹车装置。"

"那锚是怎么把船刹住的呢？"唐秉信接着问道。

唐秉礼说："锚的一端是一种倒钩，可以陷在水底，牢牢地抓住地面；另一端用钢丝绳连接到船上，这样一来，就能把船拉住了。"

"那要启航了，怎么把锚拔出来呢？"唐秉信追问道。

唐秉礼解释说："在以前啊，就把船开到与锚所在位置垂直的地方，然后人工转动锚机，将锚拉上来，现在换了单机船了，直接用机器将船和锚拉近，然后利用锚机，将锚链提起来就行了。"

唐秉信听得云里雾里，皱着眉头，看着唐秉礼说道："我还是不明白，这是什么样的原理啊？"

唐秉礼笑了笑说："嘻，你也别再问了，我也就知道锚是这么操作的，哪知道什么原理啊，就像我会开船，但我根本不会造船啊，你要是真想知道船上的各种原理，可以问问你三哥，他就是学造船的，什么都懂。"

"嗯，那我先记下来，等我以后去找三哥，专门问问关于船上的这些事情。"

"那最好了，他现在一个人在青岛，无聊得很，总让我去他的学校坐坐，我这跑船的，全年几乎无休的，哪有空去他那坐坐啊，光是坐车换车就得十几个小时。还有啊，明天你可以看看我和你大嫂怎么起锚的，你估计就能明白个大概了。"

"嗯嗯。"唐秉信点了点头。

唐秉礼的单机船顺利停靠在了长江边上的锚地，虽然是夏季，但在长江上却感到无比地舒畅，到了晚上，凉风习习，甚至还有点冷。

那是令唐秉信最难忘的一个夜晚，她甚至套上了厚厚的外套，在船上的顶部铺开凉席，看着夜空中皎洁的月亮，吹着凉爽的江风，听着收音机里播放的歌曲——《窗外》：

今夜我又来到你的窗外

窗帘上你的影子多么可爱

悄悄地爱过你这么多年

明天我就要离开

多少回我来到你的窗外

也曾想敲敲门叫你出来

想一想你的美丽 我的平凡

一次次默默走开

……

4

唐秉信在歌声中缓缓入睡,就在唐秉信熟睡之际,她忽然被一阵急促的号笛声惊醒,她猛地坐起来,环顾四周,她看到大哥、大嫂已经站了起来,朝着号笛声的方向看去。

唐秉信也看了一眼不远处,发现长江中心的位置,有一艘船闪烁着两盏红色的灯光,唐秉信急忙问道:"大哥,发生什么事情了?"

唐秉礼说道:"好像有船失控了。"

唐秉礼的话音刚落,不远处的这艘船随即又发出了很响亮的三声汽笛声,唐秉礼喊道:"不好,是三长声,有人落水了。快!樱桃,起锚,去救人。"

冷樱桃跟着唐秉礼跳下船顶,冲向船头。唐秉信也急忙起身,跟了过去。

来到船头,唐秉礼抓起手电筒交给唐秉信说道:"五毛毛,你拿着手电筒负责灯光,我和你大嫂开始起锚。"

唐秉信接过手电筒,点了点头,她怎么也没有想到,自己会在这样的情况下,见证到起锚的经过。

这时,唐秉礼启动了锚机,利用挡杆控制机器,在机器的拉扯下,锚链将船拉到锚的位置,冷樱桃则是趴在船头的位置,查看锚被拉上来的情况。

随着机器发出咯噔、咯噔的声音后,锚已经被拉出了水面,冷樱桃喊道:"好了,上来了。"

唐秉礼听到后,立马控制挡杆,停止拉锚,然后熄火,说道:"都回驾驶室,船头危险。"

说罢,三人回到了驾驶室,唐秉礼启动机器,全速向遇险的船只驶去。二十多分钟后,唐秉礼的货船来到了遇险船只的附近,这是一艘长江上的巨轮,满载一船的货物,此时的货船正在慢慢下沉,船上还引发了船舱的大火,船上的人还在忙着为货物救火。

唐秉礼看情况不妙,立马拨亮信号灯,打开探照灯,对着喇叭喊道:"遇险船只请注意,我是苏淮货217,我是苏淮货217,看到遇险信号后,前来救援,根据我的观察,你们的货船正在缓慢下沉,请你们立刻驾驶救生艇,来到我船上避难。"

遇难船只听到了唐秉礼的呼叫,位于驾驶室的船长回应道:"苏淮货217,我是船长,我是船长,非常感谢你船能来救援,我将立刻组织船员向你船转移,请你船立刻下锚,防止发生漂移碰撞。"

唐秉礼回应道:"苏淮货217收到你的请示,我船将立刻下锚。"

说罢,唐秉礼放下扩音喇叭,向船头冲去,冷樱桃控制探照灯,为唐秉礼照亮船头。唐秉信在一旁看得手足无措,想要帮忙,却不知道该做些什么。

唐秉信忽然想起大哥说过有人落水,于是来到驾驶室外,拿起手电筒对着遇险船只附近的江面扫视了一圈,忽然发现江面上竟然漂着一个人,此人身穿救生衣,漂浮在遇险船只的下游,在奋力地游着,但由于水流急,他只能保持漂浮在原地,尽量不被水流冲走,但想要游到船只附近,却是寸步难行。

唐秉信立马将手电筒对准此人,向他挥了挥手,此人似乎看到了唐秉信所在的方向,立马向唐秉礼的货船游来。但唐秉礼的货船也是处于上游,落水的人处于下游,游了半天,还是处在原地。

眼看落水者的精力即将耗尽,唐秉信越来越着急,急忙回到驾驶室问道:"大嫂,我看到一个落水者,但他好像游不过来啊。"

冷樱桃立马将探照灯固定住,问道:"快,在哪?"

唐秉信带着冷樱桃来到驾驶室外面,对着刚才的江面照过去,冷樱桃一下子看到了落水者,随即从驾驶室里抱出一堆缆绳,然后将三根缆绳系扣到一起,继而将缆绳顺着水流,向落水者的方向漂去。

缆绳越放越长,但三根缆绳还是不够,这时,唐秉礼下完锚回到驾驶室,看到冷樱桃和唐秉信站在外面,问道:"怎么了?"

唐秉信焦急地说道:"大哥,不好了,有个落水的人,但绳子不够长,还差十几米。那个人好像快没有力气了,一点也游不到绳子那里。"

唐秉礼一听这话,立马又冲到船头,将船头的缆绳拖了过来,急忙和冷樱桃手里的缆绳连接上,然后继续放长缆绳,当手中缆绳全部放尽,还是离落水者有着一米左右的距离。

而此时的落水者像是看到了救命稻草，用尽全身的力气，奋力一游，终于逆流而上，抓住了漂在水面上的缆绳。唐秉礼一看落水者抓住了缆绳，立马往回拽。

当落水者被拉上船后，精疲力竭地躺在甲板上，大口喘着气，用微弱的声音说道："谢……谢谢你们。"

唐秉礼蹲下来，抓着落水者的手说："兄弟，先不说这些，我看你嘴唇发白，估计要失温了。"

唐秉礼抬起头对着冷樱桃说："樱桃，你快去烧水，我去把我的衣服拿出来，给他换上。"

冷樱桃听到指示后，立马去烧水，唐秉信则是帮着大哥将落水者扶进了卧室。

那一晚，遇险的长江货轮彻底沉没，货船上的所有人员全都转移到了唐秉礼的货船上，唯一的落水者也被唐秉礼、冷樱桃和唐秉信给救了上来。

虽然此次货轮失事造成了不小的财产损失，但由于唐秉礼及时地前来搭救，没有造成任何的人员伤亡。

等到水上救援船到达，所有船员被转移到了救援船上，长江货轮的船长离开之前，特地找到了唐秉礼，握着唐秉礼的手说道："感谢你和你的家人们，救了我们一船的人！"

唐秉礼笑着说："应该的，轮船之间，本就有互相救助的义务。"

船长问道："请问，你的手机号码是多少，我需要向我们所属的公司申请奖金给你们。"

唐秉礼摆摆手说："不用了，见义勇为，哪还能要钱，况且，我也没有手机,这种东西在我们这种小货船上,一般都没有的。"

船长若有所思地点了点头,说道:"那好,也没有关系,我记住你的船号了,苏淮货 217。你们这趟货要去哪里?"

"去杭州。"

"哪个码头?"

"我也不知道那个码头的名字,就是刚进大运河杭州区段的第一个码头。"

"好的,敢问贵姓?"

"免贵姓唐,唐朝的唐,秉烛夜谈的秉,礼貌的礼。"

"唐秉礼,真是个好名字,我叫王义,三横一竖王,义气的义。"

王义的话音刚落,一个人在外面喊道:"船长,就等你了,救援船要走了。"

王义微笑着再次伸出右手说:"那么,后会有期。"

唐秉礼也笑着伸出右手说:"慢走。"

看着王义船长的离去,唐秉礼对身边的妻子和五毛毛说道:"这大船的船长就是不一样,说起话来都彬彬有礼的。"

唐秉信噘着嘴说:"切,我觉得大哥才是最厉害的,他有礼貌又怎么样,还不是把这么大一条船搞沉了。"

唐秉礼立马打断道:"去!不要瞎说,这又没有碰撞,又没有搁浅的,肯定是船本身出问题了,看他这样坦然自若,应该和他的指挥也没啥关系。"

唐秉信说:"那我也觉得还是大哥厉害,毕竟还救了他们一船十几号人呢!"

冷樱桃在一旁说道:"行了,别争论了,我们还是赶紧走吧,刚才救援船上海事局的人说了,由于此处有沉船,让我们尽快离开,防止船底碰撞。"

唐秉礼一拍脑袋说:"对对对,赶紧走,此地不宜久留。"

说罢,唐秉礼又来到船头,用机器将锚拉起,然后再次向锚地驶去。等天亮后,唐秉礼的货船向着长江对面启航,路过昨晚的出事地点时,四周已经拉起了警戒的浮标,打捞船还在奋力打捞沉没的货船。

等唐秉礼开着货船进入苏南后,唐秉信又拿着笔和纸,来到了驾驶室,兴高采烈地坐到唐秉礼的身旁问道:"大哥,我来采访你一下呗,对于此次见义勇为有什么想法不?"

唐秉礼笑着说:"能有啥想法,听到求救的信号,总不能见死不救吧?"

唐秉信说:"可是,那昨天晚上,靠在锚地的船有很多,你为什么会第一时间选择开船冲过去呢?"

问到这里,唐秉礼忽然犹豫了起来,沉默了良久说道:"咱爸,还有你大嫂的父母都是因为落水而亡,我多希望,船上的船民们,每一次见到落水的船员都能救助一下,这样,这个世界上就会多几个父母,多几个儿女了……"

唐秉信默默记下了唐秉礼的话,但见到大哥陷入了悲伤的过往之中,便不再追问下去。

5

唐秉礼本以为自己这次的见义勇为就这么过去了,没想到,等到了杭州的码头后,早已经有一大群人在等他。

唐秉礼的货船是在中午到达的指定码头,离着很远,他便看见码头的岸边站着一大群人,等他刚停靠好船,这些人便一起涌上了他的货船。

这些人当中,有来自当地政府的人,有来自长江海事局的人,还有来自各个地方的记者,以及那天遇难船只所属公司的人。其中两个长江海事局的工作人员举着"见义勇为"的锦旗,送到了唐秉礼的手上。

码头所属的杭州区政府,也送来了一些礼品,表示了对唐秉礼一家的敬意,除此之外,遇难船只所属公司也派来了三人的代表团,前来表示感谢。而作为公司代表的不是其他人,正是那天遇难船只的船长——王义。

王义当着记者们的面,将一万元的奖金递到了唐秉礼的手里说道:"这是我们公司奖励给你们的,算是对你们感谢以及一些油费和时间的补偿。"

唐秉礼急忙推托道:"这可使不得,那点路程,哪能要这么多油费,再说了,我是见义勇为,又不是为了钱,我要是收了你的钱,岂不是就变味了。"

王义笑着说:"秉礼老弟,这话你说得不对,你这是见义勇为在前,接受奖励在后,这世界上,见义勇为本就应该受到奖励,况且你还是救了一船的人,这点奖励,对你所做的事情来说,一点不为过。"

这时,一旁的长江海事局的工作人员劝说道:"你就收下吧,按理说,我们长江海事局也会有一笔见义勇为的奖金,但时间仓促，上报上去，还没审批下来，所以，今天就带着锦旗过来了，等奖金批下来了，我们会第一时间通知你的。"

冷樱桃也在一旁说道："秉礼，这都是大家的一片心意，你就收下吧。"

于是，唐秉礼接受了这一份奖励，之后，所有人又一起拍了照片。拍完照片后，便是江苏和浙江两地记者的轮番采访。此时，唐秉礼的嘴边已经摆满了话筒，他面对着数个镜头，让他有些招架不住，勉强回答完几个问题后，唐秉礼立马将唐秉信拉了过来，对着各个记者说道："这是我的妹妹，叫唐秉信，是个大学生，就是她，发现了那个落水者，并且将他救了上来。"

唐秉礼这样一说，记者们立马转变了方向，将话筒对准了唐秉信，唐秉礼这才得以离开了记者的包围圈。

唐秉礼回到自己的客厅，冷樱桃正在倒水招待王义一行人，见到唐秉礼回来了，王义站起来和唐秉礼握手道："怎么，这么快就采访完了？"

唐秉礼一边笑着一边说道："哎呀，我这人，见到记者手中的那些玩意儿就紧张，都说不出话来，正好我小妹是个大学生，又是在北京大城市念的书，有见识，说起话来有水平，而且也是她率先发现的落水者，我就让她去讲了。对了，你赶紧坐下吧。"

王义坐下问道："你小妹是个大学生，怎么会在船上？这不屈才了嘛！"

"嗐，我这小妹说要当什么作家，刚毕业，就跑到船上来，说要取材，写一写船上的生活和故事。"

"那也很好啊，我们跑船的，大多文化不高，更别提会写文章的,有这样的大学生来给我们写点东西宣传宣传,也能让岸上的人知道我们船民的酸甜苦辣啊!"

"我也是这么想的啊,所以就同意让她来历练历练,说不定还真能成为像老舍那样的人民艺术家呢,哈哈。"

王义颇为震惊地问道:"秉礼老弟,你还知道老舍?看来你也有点学问啊!"

唐秉礼拿起茶杯喝了口茶说:"嗐,这算什么学问啊,就是在高中的时候,学过老舍的文章罢了,到现在只记得他是位大文学家,学的什么文章,忘得一干二净咯!"

"你是高中毕业?"

"念过高中,可惜毕业差一点。"

"高中水平,在船民中真的少见了,就算是在我们这个长江货轮上,高中毕业的都少见。你既然都念高中了,怎么还会来跑船呢?"

说到这,唐秉礼不免叹了一口气,说道:"这个说来就话长了,最主要的原因呢,就是当年我快高考了,我父亲突然离世,我们兄弟姐妹五人,我作为大哥,不得不放下学业,来承担起这个家庭的重任啊!"

王义听罢,感叹道:"秉礼老弟啊,你不仅是个见义勇为的好人,还是一个有担当的好男人啊!"

这时,冷樱桃一边看着王义写字,一边说道:"王船长,说到南京,他去年还被南京市公安局授予了'见义勇为'的锦旗呢!"

"哦?"王义立马来了兴趣,将写好的纸条交给冷樱桃后,又看着唐秉礼问道，"秉礼老弟，这是真的吗？"

冷樱桃笑着说："那还能有假，锦旗还在卧室的柜子里呢，要不我去拿给您看看？"

唐秉礼急忙劝阻道："樱桃，别拿了，这有啥好显摆的？"然后对着王义说道："别提了，那算什么见义勇为啊，就是帮警察同志开了一趟船，我啥也没干，都是警察同志们的功劳。"

唐秉礼越是这样说，王义越觉得好奇，便接着追问道："秉礼老弟，快和我讲讲。"

唐秉礼只好将那一次的经历又讲述了一遍，王义听完，立马肃然起敬，真切地说道："秉礼老弟，说句实在话，这要是换作我，给我再多的钱，我也不敢冒这个险啊，对面可是持枪的歹徒啊！"

唐秉礼说："当时我也没想这么多，我想着，不把这帮歹徒彻底清理干净，我们跑船的也永远不得安宁不是吗？"

唐秉礼的话音刚落，记者们又来到了唐秉礼的客厅，说是还要再采访一些内容，这时，王义站起来，对着记者们说："各位记者同志们，你们采访的这位见义勇为的好同志，还有他的老婆，去年还被南京市公安局授予'见义勇为'的锦旗，我看，你们可以把这件事也采访进去嘛！"

这时，其中一个来自南京的记者惊讶地说道："原来他们就是那次重大剿匪案件的见义勇为的船民啊！之前我们和公安局那边联系，说是没有手机号码，又是跑船的，飘忽不定，所以我们一直没能采访上。"

此话一出，立马引得记者们蜂拥而上，唐秉礼和冷樱桃被团团围住，要采访这对两次获得"见义勇为"称号的"传奇夫妻"。

王义在人群外大喊道："秉礼老弟，我在南京等你，时间不早了，你先忙，我走了！"

唐秉礼急忙喊道："王大哥，吃完晚饭再走啊！"

王义一边笑着，一边挥手，离开了唐秉礼的客厅。

6

随着记者的采访结束，唐秉礼一家见义勇为的事迹也被各家媒体报道了出来，唐秉礼成了船民中的典范。

不过，这些也并没有改变唐秉礼的生活，他依旧开着自家的货船，走南闯北，偶尔遇到认识的同行，也会被别人夸赞上几句，除此之外，生活依旧平淡如水。

随着盛夏的来袭，船上的气温也急剧上升。由于船体本身是钢铁，具有吸热的性质，导致船上的温度要比岸上的正常气温高出四五度。

每到这个时节，就是船民最难熬的时候，待在室外，要被太阳直射，躲在屋内，四周的钢铁如同烤箱，让人汗如雨下。唐秉信第一次在船上度过夏天，那是她从未有过的体验，坐在屋内，平心静气，也无法让自己凉爽下来，哪怕是一动不动地坐着，汗水也还是顺着脸庞往下滴。

船上的储备电量有限，电风扇也只能在入睡前使用一阵，白天的时候，唐秉礼一家大多是挤在驾驶室，那里前后左右都有窗户，开起船来还有一些夹带着水汽的微风吹在身上，倒也凉爽些。

此时唐秉礼家的货船开到了南京的码头，卸货要等到第二天，当天下午，等船停靠好后，唐秉信便喊着要学游泳。

唐秉礼笑着说："五毛毛，你还是我们兄弟姐妹中，第一个在长江里学游泳的人呢！"

唐秉信说："那才更有意义嘛！"

"不过，长江的水要比大运河的更凉爽，但是，流速也大，因为长江的水要一直流入大海的。"

"那更棒了，这样学出来的游泳，才更有实力！"

唐秉礼见说不过唐秉信，便答应了下来，随即去驾驶室里拿来了一根结实的绳子。

唐秉信看到大哥唐秉礼拿出来的绳子，不解地问道："大哥，你拿绳子干吗？"

唐秉礼笑着说："我就知道你要问这个问题，你二哥、大姐、三哥学游泳的时候，都问过这个问题，包括我当年跟咱爸学游泳的时候也问过。很简单，就是把绳子系在你身上，防止你出意外。"

唐秉信难以置信地说："原来是这样学的呀，我还以为是穿着救生衣慢慢学呢。"

唐秉礼说："那样学也可以，但激发不了人的潜能，太慢了，学几天都不一定学会，按照咱爸的这个方法，最快当天就学会了。"

"那好吧，大哥，你帮我系上吧。"说罢，唐秉信伸开了臂膀。

唐秉礼将唐秉信系好绳子后，说道："捏住鼻子，直接往下跳，记住，千万别呼吸，别像你三哥，喝了一肚子大运河水，你可别再喝一肚子长江水。"

"哈哈哈，"唐秉礼大笑着说，"大哥，我肯定一把过！"

说完，唐秉信捏着鼻子跳了下去。唐秉礼紧紧地抓住绳子，他本以为自己的这个小妹会是个天赋异禀的选手，但刚下去没几秒，水面上就开始冒泡泡。

这时，冷樱桃刚好走过来，看着水面上的泡泡，急忙说道："秉礼，你快拉呀，这五毛明显是在喝水了！别像四毛那样，喝坏肚子了。"

唐秉礼笑笑说："没事的，长江水比较干净，喝点没关系，让她说大话，还说什么一把过，不让她喝点水，不知道游泳的难。"

就在唐秉礼说话之际，唐秉信忽然冒出了水面，在水面上一边扑腾着，一边大口地喘着气。唐秉礼惊讶地说道："哟，厉害啊，在呼气的情况下竟然还能浮出水面！"

冷樱桃鄙夷地看着唐秉礼说："你看看你，人家五毛才是天赋异禀，都不需要憋气来上浮，人家直接靠自己浮上来了。"

唐秉信刚换了几口气，又将头埋进了水里，在水里胡乱折腾了起来，虽然没怎么移动，但对第一次学游泳的新手来说，能在水面上折腾不下沉，已经很厉害了。

等唐秉信第二次露出头换气时，她对着船上的唐秉礼和冷樱桃说道："怎么样，大哥大嫂，我还行吧？"

冷樱桃在一旁笑着说："何止是行啊，简直是游泳天才，你大哥还说让你多喝几口长江水呢!"

唐秉礼皱着眉头说:"别听你大嫂瞎说,我们家五毛毛当然是最棒的。"

唐秉信笑着说:"大哥,把我拉上去吧,我再跳几次。"

说罢,唐秉礼将唐秉信拉了上来,就这样,几次跳水后,唐秉信已经完全掌握了上浮的诀窍,在一口气不呼出来的情况下,再配合手脚向下推水,可以很快地浮出水面。

唐秉礼不禁感叹,当年的自己也没有立马领悟到这个诀窍啊!

当天晚上,唐秉礼和冷樱桃拿出救生圈,一起陪唐秉信在长江里玩耍了起来,一来可以降热解暑,二来就当是洗澡了。

等到第二天卸完货,船上依旧是酷热难耐,唐秉礼决定拿着见义勇为奖励的钱,上岸去买一台空调。

一直以来,船上的用电都是通过蓄电池来提供,而蓄电池只有几十伏特的电压,如果看电视,还需要变压器来调节电压。

然而,空调是大功率电器,如果要使用上空调,还要单独配备一个发电机,发电机连接船头的柴油机,用柴油机直接驱动增压供电。

等这一切配备好,唐秉礼家的空调便能使用了,那是唐秉礼第一次在船上吹到空调,关上所有的门窗后,一阵阵凉风侵袭而来,唐秉礼舒服地躺在躺椅上,美滋滋地哼起了小调。

冷樱桃和唐秉信坐在空调出风口的位置,一边看着电视,一边开始择菜,为中午的午饭做准备。

虽然有了空调,但唐秉礼并不能经常使用,因为耗电成本太大，这种柴油发电机的发电效率很低，开一天的空调，就需要消耗三十块钱的油钱，而那时候的柴油也不过两块钱一升，可见，在船上开空调的成本是巨大的。

不过，这相对于以前，能吹着空调，看着电视，简直是想也不敢想的事情。

7

转眼间，时间来到了 2003 年的春节，唐秉礼的货船顺利回到了淮安市过春节。

这一次春节过后，唐秉信结束了她的船上生涯，她打算应聘市区报社的文字记者岗位。

唐秉礼在春节前，拿到了长江海事局发放的见义勇为奖金，在二毛的怂恿下，买了一台波导按键手机。手机，在那个年代，还属于稀罕玩意儿，唐秉礼所在的村上，没几家人有手机，而唐秉礼和二毛唐秉义家都有了一部手机。

手机虽然是通信工具，但唐秉礼和唐秉义两家的孩子，一见到手机，便像是饿虎扑食那般，轮流抢着玩手机里的俄罗斯方块和 X 战机小游戏。

春节过后，唐秉礼依旧开着他的船前往南方，这些年长江上的治安一直很好，不会再遇到匪盗，为了多挣些钱，唐秉礼也开始沿着长江的中下游开始运货。

等到这一年的 7 月，唐秉礼的两个儿子也全都放了暑假。作为船民的后代，唐淮阴和唐淮安都还未曾体验过船上的生活。

1994年出生的唐淮阴今年已经九岁，弟弟唐淮安七岁，一直以来，兄弟俩都想要跟随爸爸妈妈去船上生活，但唐秉礼考虑到船上的危险性，便一直没同意。

由于和孩子们一直聚少离多，冷樱桃对两个儿子甚是想念，于是，在这一年的夏天，唐秉礼决定带两个孩子上船过暑假，体验一下船上的生活。

唐淮阴和唐淮安听闻这个消息后，也很开心，对孩子们来说，能和爸爸妈妈在一起生活，是一件再开心不过的事情了。

唐淮阴和唐淮安第一次上船，对船上的生活充满了好奇和向往。来到船上的第一天，唐淮阴便指着货船四周的轮胎问道："爸爸，为什么我们的船上四周都绑着轮胎啊？"

唐秉礼笑笑说："这个东西在我们船上叫它'皮靠把'，是为了防止船与船之间的碰撞。它起到缓冲的作用。"

冷樱桃在一旁说道："还是我们家大儿子观察仔细，我还是第一次见到有人说这是轮胎，我在船上生活了这么多年，都没发现皮靠把就是汽车的轮胎，我还以为这就是专门为船上设计的呢。"

唐淮安听到自己的大哥被夸奖，也开始发问："爸爸，那船两边凸起的铁柱是什么呀？"

唐秉礼说："那是系船柱，就是让缆绳能够绑在上面，保证船和码头或者船和船能够绑在一起，不会漂走。"

唐淮安似懂非懂地点点头，又指着锚机开始发问，就这样，两个儿子在相互较劲，不断地发问，唐秉礼瞬间头大，赶紧说自己要去检查机器，让冷樱桃带着孩子们参观货船的各个地方。

唐淮阴和唐淮安来到船上的当天下午，唐秉礼还没有接到装货的通知，他预估今天是装不了货了，于是，在下午四点后，太阳没有那么毒辣的时候，开始带自己的两个儿子学游泳，这是所有船民以及船民后代的必学课。

唐秉礼凭借着父亲留给他的技能，教会了自己的弟弟妹妹们，现如今，他要开始教自己的儿子们了。

由于玩水对小孩子有天生的吸引力，所以，当唐淮阴和唐淮安听说要学游泳时，都表现得非常开心，这就是所谓的初生牛犊不怕虎。对于游泳这件事情，越是年岁小的人，越是不怕水，越是能最快地学会游泳，反而是成年人，对大江大河充满了畏惧，不敢轻易跳水。

当然，对大江大河充满畏惧，是一种自我保护的意识，但对于学游泳的人来说，反而是一种束缚。唐淮阴作为大哥，带头先跳，虽然气势很足，但一下水，便咕嘟咕嘟喝水。唐淮安在船上嘲笑大哥，但轮到他跳的时候，也一样喝水。

唐秉礼在船上笑得合不拢嘴，说道："看来，今天晚上，不用给你们俩做晚饭了，喝水就喝饱了！"

唐淮安不服气地说："再来！"

唐秉礼夸赞道："好小子，有你爹当年的魄力，那就再跳，学不会，不吃晚饭！"

"好！"唐淮安怒吼一声，再次跳入水中，虽然这次还在冒泡，但没那么多。

一次又一次的失败后，唐淮阴和唐淮安都逐渐学会了漂浮，这是唐秉礼第一次陪孩子们这么尽情玩耍，并且教会了孩子们一项技能，这是他从未有过的体验。唐秉礼深刻地明白，陪伴孩子们成长的重要性，但由于天南海北地跑船，实在是无法做到对孩子们的陪伴，这是唐秉礼和冷樱桃一直以来的遗憾，也是船民这个行业普遍存在的现象。

时间来到7月，唐淮阴和唐淮安跟着唐秉礼和冷樱桃的船，来到了长江上，此时的长江上迎来了一场大暴雨，唐秉礼在暴雨中小心地开着船，由于是空船，唐秉礼并没有打算停靠。然而，就在他开到镇江附近之时，他在长江上接到了一个让他五雷轰顶的电话，电话那边是大妹夫张铁柱的声音，他在电话里哭喊道："大哥，我老婆没了！"

"什么！三毛毛怎么了？"唐秉礼焦急地问道。

张铁柱依旧哭喊道："大哥，秉仁她举着雨伞站在船头为我们的船探路，忽然一个闪电击中了她的雨伞，秉仁她当场就没了！"

"你现在在哪呢！"唐秉礼努力让自己镇定下来。

"在南京的医院。"

"你在医院等我，我现在过去！"

挂掉电话后，唐秉礼将货船的油门拉到底，一路向南京的方向开去。此时在后面的冷樱桃一听货船的机器声音不对劲，立马来到驾驶室，看着唐秉礼问道："怎么突然加油门了，大暴雨天的，还是慢点开啊！"

此时的唐秉礼再也压抑不住了，泪水忽然就流了出来，颤抖着嘴唇说："樱桃，三毛毛被闪电击中，去世了。"

"什么！"冷樱桃难以置信地晃了晃脑袋，"怎么回事啊？"

"刚才张铁柱来电话,说他们在医院,我现在要赶过去。"唐秉礼抹了抹脸上的泪水。

冷樱桃带着哭腔说道:"三毛毛这么好的一个人,怎么就……老天不开眼啊……"

唐淮阴和唐淮安听到自己的姑姑去世了,也纷纷痛哭了起来。

等到唐秉礼的货船赶到南京的码头,再坐车赶到医院,已经是第二天凌晨,当唐秉礼见到张铁柱的时候,唐秉仁已经躺在床上,被盖上了白布。

唐秉礼直接跪倒在唐秉仁的床边,号啕大哭起来,抑制不住的悲痛情绪,让唐秉礼直接哭晕在了床边。

人已经不在了,唐秉礼没有责怪任何人,他将唐秉仁的遗体运到了船上,将她带回了故乡。

回到老家的那一天,天气阴沉沉的,唐秉礼先回到村里,找来了一辆拖拉机,将唐秉仁的遗体拖回到了家里。王树兰看到躺在拖拉机上的唐秉仁,差点昏厥过去,扑在唐秉仁的身旁,痛哭起来。

按理说,唐秉仁的遗体应该埋葬在张铁柱的老家,但唐秉礼执意要将唐秉仁留在涟水老家的土地上。张铁柱知道自己以后还要继续生活,也还会再找一个老婆,于是便也没有反对。

唐秉仁下葬的那天,唐秉义、唐秉智和唐秉信也全都赶了回来,那一天,唐秉礼忍不住悲伤,几度哭到昏厥过去。在下葬结束后,唐秉礼瘫坐在唐秉仁的墓碑前,任由几个弟弟妹妹怎么劝也不起身。

一直等到天黑，唐秉礼仿佛回到了十三年前的那个夜晚，那是唐秉仁刚跟着唐秉礼上船的一个夜晚，唐秉仁陪着他在驾驶室开船，唐秉礼的耳边回响起了唐秉仁唱过的那首歌谣：让我们荡起双桨，小船儿推开波浪，海面倒映着美丽的白塔，四周环绕着绿树红墙……

8

唐秉仁刚下葬后的那几天，唐秉礼迟迟无法恢复状态，但生活还要继续，于是，唐秉礼拖着疲惫的身躯，带上冷樱桃继续踏上了跑船的生活。

此时，正好有一趟短途货是从市区运往盱眙县，虽然是短途，挣得不多，但唐秉礼此时的状态还不适合跑长途，于是他便答应了这趟货运，正好趁这段时间好好调整一下状态。

淮安市到达盱眙县虽然只有一百公里左右，但需要横穿半个洪泽湖，然后到达淮河与洪泽湖的交界口，进入淮河的河道，最后到达盱眙的县城。

在洪泽湖上行船，最大的风险便是天气，不管是大风大浪，还是暴雨，都会对行船造成极大的危险。吸取了上次在洪泽湖行船的教训后，唐秉礼提前查看了天气，确定没有恶劣天气后，开着满载的货船，驶入了洪泽湖。

这一次，唐秉礼的货船顺利横渡洪泽湖，进入了淮河，在盱眙县卸完货后，又在盱眙县联系到运往淮安市的石子，这一来一回，跑了两个短途，又回到了淮安市，唐秉礼觉得，这样能在家乡来回运货，随时都能回家看看，倒也是不错的选择。

唐秉仁的去世，让唐秉礼明白，在人生有限的时间里，多陪陪家里人，是多么地珍贵。

所以，在那段时间里，唐秉礼一直在淮安市和盱眙县之间运货，每隔一个月，便从市区坐车回到涟水，要不了一小时便能到家，看看孩子们和母亲。这样的生活让唐秉礼觉得幸福了不少，虽然挣的没有以前那么多，但足以支撑一家人的生活开支，每个月也还有富余，用来偿还剩余的几万元贷款。

10月1日国庆节，唐秉礼正好在市区卸完货，便打算将空船停靠在锚地，准备从市区买点礼物，然后带上冷樱桃回家过个节。

当唐秉礼停好船后，他发现停靠在自己内侧的船是自己小堂弟唐小刚家的船，唐小刚是唐秉礼二叔唐卫国家最小的儿子，由于成绩不好，初中没毕业便子承父业开起了船。唐小刚1980年出生，比唐秉礼小了十岁，但已早早结婚并生了孩子。

唐秉礼本想去唐小刚家的船上打个招呼，但发现船上的门窗紧锁，以为船上没人，便准备和冷樱桃离开。就在唐秉礼和冷樱桃刚要转身离开的时候，房间里发出了孩子的哭声，唐秉礼又急忙透过窗户向里面张望，竟然看见了唐小刚家四岁多的孩子在里面哭。

唐秉礼顾不上其他的，直接回到自己的船上，找来了铁锤，一下子锤断了铁锁，打开门进去。一进门，唐秉礼和冷樱桃便闻到了空气中弥漫着屎尿的气味。再一看自己的侄儿，正坐在屎尿的边上，抱着一个馒头在哭，而馒头上还沾染着黄色的粪便。

冷樱桃惊叫了一声，赶紧上前把孩子手里的馒头夺下来扔掉，然后想要抱起孩子，但孩子的下半身都是屎尿，冷樱桃只好赶紧将孩子的衣服脱了下来。

唐秉礼在一旁气得怒吼道："妈的，这小刚两口子呢，就把小孩子一人扔在这里。"

冷樱桃说："可能是有什么事情出去了，你赶紧打电话问问。"

唐秉礼掏出手机来，给唐小刚打电话，但一直没人接，想找唐小刚的老婆，但她也没有手机。没办法，唐秉礼只好给二叔唐卫国打了电话，唐卫国接到电话后，听到自己的孙子在"吃屎吃尿"，气得在电话那边怒骂道："这瘪犊子，不知道在忙什么。"

唐秉礼也不想听二叔在这抱怨，急忙问道："二叔，小刚的电话关机了，你知道弟妹在哪吗？"

唐卫国叹了口气说："唉，估计早被气跑了，已经不是一次两次了，小刚这混账玩意儿，每次挣点钱就停靠在锚地，跑到岸上去吃喝玩乐，等手里的钱没有了，再回到船上运一两趟货，等有点钱了，再接着去玩，根本不顾他们娘俩的死活。"

"那二叔你人呢，总得把孩子找人看一下吧。"

"我和你二娘还在开船呢，估计还要两三天才能到家，这样，秉礼，你是不是要回老家啊，你帮我把孩子带回老家，让你妈帮我照看一下，等我们的船到家了，我就去接过来。"

唐秉礼只好答应下来，刚挂了电话，唐小刚就回了电话过来，他刚要接，又犹豫了一下，顿了两三秒后，接通了电话，那边传来唐小刚的声音：

"喂，大哥吗？"

"是我，你人呢，我正好在老家呢，想找你玩玩。"

"哟？大哥怎么突然想起找我玩了？"

"这不听说你路子广，会玩，你大哥我最近心情不好，想让你带我去耍耍，你请客，我出钱！"

"哈哈哈，那太好了，大哥啊，你找我啊，那可是找对人了，这淮安市的大街小巷，我都玩了个遍，没有我不知道的地方。"

"你现在在哪呢？我去找你。"

"呃……我现在在港口路上一个棋牌室里，叫快乐棋牌，等你到了，一进门左手边第二个包间就是了。"

"那好，你在那等我。"

电话挂断之后，冷樱桃问道："你想要干吗？"

唐秉礼说："这浑小子，我要是直接叫他回来，他肯定不会回来的，我得找到他才行。"

"那你现在就去吗？"

"现在就去，带上孩子，一起去找他！"

"那行，我把孩子的衣服换了。"

说罢，冷樱桃将换下来的衣服扔进水桶里，又把地面上屎尿也收拾了，然后跟着唐秉礼向岸上出发。

港口路就在运河边上，离得不远，唐秉礼抱着孩子走了二十分钟，便到了港口路上，问了两个路边的行人后，找到了快乐棋牌室，然后推开了左手边第二个包间的门。

门打开的一瞬间，里面乌烟瘴气，四个男人在打麻将，唐小刚嘴里叼着烟，满脸笑容地看向了唐秉礼，刚喊出一声："大哥",但随即看到了唐秉礼怀里的孩子,立马面部僵硬了起来。

唐小刚结结巴巴说道:"大……大哥,你怎么把我儿子给抱过来了?"

唐秉礼冷冷地说道:"走!跟我回老家。"

唐小刚有些怯懦地说:"别了吧,大哥,我家的事情,你就别插手了。"

唐秉礼将孩子交到冷樱桃的手中,然后直接上去就是一脚,直接将唐小刚踹倒在地,唐小刚立马鬼叫了起来:"来人啊,打人啦!"

这一踹,直接把唐小刚的三个牌友吓跑了,唐秉礼对着唐小刚怒骂道:"你还有没有一点人性?你亲生儿子在家都吃屎吃尿了,你还在这玩乐呢?你还是不是人了?"

唐小刚哭号着说:"大哥,我给我儿子留了馒头和水了,还有榨菜呢。"

一听这话,唐秉礼更是怒发冲冠,痛骂道:"他才多大的孩子,你就让他吃馒头和榨菜?屎尿就不管了?你儿子的馒头都掉在屎尿上了,他还拿起来抱在手里啃呢!"

唐秉礼的话,立刻引起了棋牌室里的人的围观,唐小刚自知理亏,也不再争辩,只好灰溜溜地答应回家。

这一场闹剧,总算结束,回到老家后,唐秉礼将孩子交给了母亲王树兰照看,又逼着唐小刚去他老婆的娘家,将老婆找回来。

然而,唐小刚嘴上答应好好地去找他老婆,可随即就跑得无影无踪了,等唐卫国回来,唐小刚也没回来,再打唐小刚的电

203

话，直接关机了。

等唐卫国回来接走孩子时，唐秉礼才知道，唐小刚和他老婆结婚的时候，都没有达到领证的年纪，所以当时也没领结婚证，现在女方跑了，娘家也找不到人。

等国庆节一过，唐秉礼回到船上时，发现唐小刚的船上已经住上了一对中年夫妻，从他们口中得知，这条二百吨小船已经被唐小刚低价卖给了他们。

唐秉礼回到自家的船上，不禁感叹道："好好的日子不过，非要搞得家破人亡！"

冷樱桃在一旁笑着说："这要怪只能怪二叔自个儿，他年轻的时候也是个好吃懒做的主，这好不容易生了儿子，没好好教育，最后变得和二叔一样。你看二叔自己，这么大岁数了，儿子不争气，自己也还要挣钱，他是你的长辈，开船年限比你久，到现在呢，还在开挂机船。"

唐秉礼说："行了，咱不说别人家，咱们把自己的日子过好吧。今天下午的货物我已经联系好了，还是去盱眙装石子回来，我们直接起航吧。"

冷樱桃问道："没有顺路带到盱眙的货物吗？"

唐秉礼摇摇头说："盱眙毕竟是个县，哪有这么多需求啊，这种顺路货可遇不可求，大多数船都是空船跑过去的，虽然没那么划算，但速度快啊，只要能日夜不停地开，也还是划算的。"

说罢，唐秉礼来到驾驶室，按下了启动键，向着盱眙出发。

9

时过境迁，大妹唐秉仁逝世的悲痛慢慢在唐秉礼的心头消散，大妹夫张铁柱也在一年后又找了一个老婆，帮助他一起开船，至此，张铁柱再也没来过唐秉礼的老家。

2004年的春节，为了能让自己的孩子在县城念书，唐秉礼和唐秉义两家一起出钱，给母亲王树兰在县城买了一套一百平方无产权的自住房，让母亲带着自己的两个儿子和唐秉义家的四个女儿来到了城里念书。

由于没有城市户口，唐秉礼和唐秉义两家的孩子都只能上私立学校。上私立学校，就意味着要花不少的学费，但为了后代们的教育，唐秉礼和唐秉义两家人难得达成了一致的想法。

这也是这一代船民心中的企盼，不管男孩女孩，他们都不希望他们的后代因为没有文化知识，还要回到船上当船民，虽说跑船比很多行业挣的钱要多一些，但面临的辛劳与危险，却是成倍地增加。

这一年的9月开学季，唐秉礼家的两个男娃都顺利地办了转学手续，来到了城里念书，唐秉义家的四个女儿也陆续来了城里。唐秉义家的小儿子唐平安刚满四岁，为了减轻母亲一个人带孩子的压力，唐秉义和老婆张秀云商量，将小儿子送到了娘家寄养一阵子，等念完了幼儿园，再到县城里念书。

时间来到了2005年，这一年的上半年4月，润扬长江大桥建成，连通了镇江市与扬州市。这一年的下半年10月，南京长江第三大桥也建成通车。

得知这个消息的唐秉礼，正好在淮安卸货，为了一睹两座新桥的风采，唐秉礼决定找一趟前往长江上游的货物，这样一来，便能顺路同时欣赏到这两座长江大桥。

就在唐秉礼找到货源的当天上午，唐秉信忽然给唐秉礼打了电话，说要马上带男朋友来给他看看。

这一下子给唐秉礼整紧张了，急忙在船上卧室的衣柜里翻找着衣服。冷樱桃刚巧洗完菜回到客厅，站在卧室门口，看着唐秉礼在里面翻腾，问道："你在干吗呢？翻箱倒柜的。"

唐秉礼一边翻着一边说道："五毛毛要带男朋友上船，我得换身像样的衣服不是。"

冷樱桃一听，乐了起来："快四十岁的人了，穿什么还不都一样。"

"怎么就四十岁了？"唐秉礼回过身说，"我不是才三十五岁吗？"

"可不是奔四十了？再看你那外形，说你五十岁都有人信。"

"那不是熬夜挣钱、风吹日晒把我弄的。对了，我有一件白色的衬衫在哪呢？"

"就在衣柜最下面的布袋里，你一般也穿不着，我就收起来了。"

唐秉礼在衣柜的最下层找到了那件衬衫，拿起来抖了抖说："这五毛毛带男朋友回来给我看看，我这做大哥的，好歹也要穿得正式点，这是对人家的尊重。对了，你也打扮打扮，穿得正式点，别让人家瞧不起咱。"

冷樱桃笑着说:"五毛毛的男朋友要是看不上咱,我看这男人也不咋样,哪能就因为我们穿得不怎么样,就看不起我们呢?"

唐秉礼咂了下嘴说:"你这婆娘,怎么那么犟,我是这个意思吗?最主要的,是待客之道,穿得得体些,不也是帮五毛毛长长脸吗?"

冷樱桃嬉笑着说:"好了好了,知道了,我就这么和你一说,你还急上了。对了,他们什么时候到?"

"说是吃午饭之前到。"

"那不还要赶紧准备午饭?"

"是啊,船上也没啥吃的,你把早上蔬菜和猪肉弄了,我马上再去岸上买点卤菜,四个人应该够吃了。"

"那行,那你快点去,我先备菜。"冷樱桃说罢,就转身去了厨房,唐秉礼直接飞奔到岸上,向附近的集市上跑去。

等唐秉礼买完菜回来,再换上衣服,已经是上午十一点半了,冷樱桃也已经煮好米饭,备完菜,精心打扮了一番。

唐秉礼给唐秉信打去电话,说十分钟后到。于是,唐秉礼和冷樱桃站在船边,看着码头上是否有车进入。

唐秉礼看着手机上的时间,这十分钟忽然变得漫长起来。等时间刚过十一点四十,唐秉礼便皱着眉头说道:"这时间都到了,怎么人还没到,是不是路上出事了?"

冷樱桃鄙夷地看了一眼唐秉礼说:"你这乌鸦嘴,真能乱说,这才刚过十分钟,前后差点时间还不正常。"

冷樱桃话音刚落,码头远处的路上冒出了一辆自行车的身影。唐秉礼立马叫喊道:"樱桃,你快看,那个是不是他们?"

冷樱桃定睛一看,一个男生骑着自行车载着一个人,但那个人坐在后面,看不清到底是不是唐秉信。

"应该是吧。"冷樱桃说道。

等骑车的男生越来越近,唐秉信忽然从男生的后面探出头来,微笑着向唐秉礼和冷樱桃挥手喊道:"大哥!大嫂!"

唐秉礼和冷樱桃立马高兴地跳到岸上,向他们迎去。唐秉礼趁着这个男生还在骑车,迅速打量了一番,高高瘦瘦的,一身黑色的西装,里面穿着白色衬衫,头发修得利利索索的,戴着一副金丝眼镜,看起来简单得体,文质彬彬。

这个男生将自行车停到了码头的岸边,唐秉信也跳下了车,这个男生手提着两瓶今世缘白酒,走到了唐秉礼的面前。

唐秉礼大方地介绍道:"大哥,这是我男朋友,叫陈心锁。耳东陈,心脏的心,铁锁的锁,和我在一个单位的同事,他是电视台的播音员。"

陈心锁立马微微弯腰点头道:"大哥大嫂,你们好,让你们久等了。"

唐秉礼笑着说:"没得事,快上船吧,别在外面待着了。"

说罢,唐秉礼带着几人上了船。来到客厅后,陈心锁将两瓶今世缘白酒放到了桌子上,说道:"大哥,我也不知道您喜欢什么,听秉信说,您不爱抽烟,但偶尔会小酌几杯,又知道您是涟水县人,便带了两瓶涟水的特产酒。"

唐秉礼笑着说:"太客气了,我一般也不喝酒,遇到高兴的事情,倒是会喝上几杯,那今天你就陪我喝两杯?"

陈心锁说:"那是自然,虽然我平时也很少喝酒,但今天见了大哥大嫂,我必须陪大哥喝两盅。"

唐秉礼高兴地说:"那好,樱桃啊,你快做菜,先拍两根黄瓜端上来,我和心锁小兄弟先吃点卤菜和花生米喝起来。"

冷樱桃点点头说:"行,那你们先吃,我这就去炒菜。"

"那我去帮你打下手。"唐秉信说。

"不用,我菜都备好了,炒一炒就好,很快的。"冷樱桃说罢,进了厨房。

唐秉礼带着陈心锁和唐秉信坐下,陈心锁主动打开白酒,给唐秉礼倒上。唐秉礼举起酒杯说道:"来,先喝一口,欢迎你来我们船上做客。"

陈心锁急忙起身,压低酒杯说:"谢谢大哥,应该我敬您。"

唐秉礼压手让陈心锁坐下,说道:"别别别,不搞这一套,我呢,是个随性而为的人,不喜欢酒桌上的那一套文化,你不要拘谨,想喝就喝,不能喝了,也别为难。"

陈心锁说:"我知道了,大哥,但这第一杯,我必须敬您,我早就听秉信说,您当年为了养活四个兄弟姐妹,毅然决然地放弃了高考,就您这份勇气与担当,哪怕是一个陌生人,听了都要敬您三分,这杯酒,我干了,您随意。"

说完,陈心锁一两白酒直接下肚。唐秉礼看着年轻人这么豪爽,自然也不能落了下风,也跟着把酒杯中的酒一饮而尽。

陈心锁再次把酒倒上,吃了两口菜,再次举起酒杯说:"大哥,这第二杯,我还要再敬您,听秉信说,政府给您颁发过两次'见义勇为'的锦旗,一次是帮助警察除掉了强盗,一次是救了一船人的生命,这让我更加地佩服您!这第二杯,我再干了!"

唐秉礼看了一眼唐秉信说道:"五毛毛啊,你怎么把你大哥吹成了神仙,那次救落水者的,不是你吗?"

唐秉信夹起一粒花生米塞进嘴里说道:"那也是你及时开船去救人的嘛,我只是协助了一下。"

唐秉礼笑着说:"以后就别到处传了,也算不上什么,弄得我都不好意思了。"

说罢,唐秉礼将酒杯中的酒一饮而尽。

陈心锁再次将酒倒上,这次菜都没吃,直接就要敬第三杯:"大哥,这第三杯酒,我就敬您和大嫂,感谢您和大嫂,含辛茹苦地培养了秉信,让我得了便宜。"

冷樱桃这时刚炒好一个韭菜鸡蛋端了出来,还有拍好的黄瓜,听到陈心锁在说的后半截话,便问道:"什么如苦?你得到啥便宜了?"

此话一出,引得唐秉礼三人哈哈大笑起来。冷樱桃被笑得一头雾水,将菜放到桌子说:"这什么情况,两人这么快就喝了半瓶酒了?"

陈心锁解释道:"大嫂,没事的,今天高兴,您就让我们多喝点,等我们酒过三巡再吃菜,刚才我正要感谢你和大哥培养了秉信,不然我哪能找到这么好的女朋友。"

冷樱桃被说得心花怒放起来,笑着说道:"嗨,我当什么呢,你要敬就敬你大哥,我也不会喝酒的。"

"那不行,"陈心锁说,"大嫂,您的事情,我也听说了,您在明知道大哥家的情况下,还是毅然选择了嫁给了大哥,这份坦然与气度,是我一辈子要学习的。"

冷樱桃被夸得红了脸，咧着嘴笑道："这播音员的嘴就是会说话，我都被你说得不好意思了，那我今天就以茶代酒，好吧。"

"当然可以，重要的不是杯中酒，而是心意嘛！"陈心锁微笑着说道，"来，秉信，你也以茶代酒，我们一起敬一下大哥大嫂。"

唐秉信点了点头，端起水杯，站了起来，和陈心锁一起敬了唐秉礼和冷樱桃。

冷樱桃笑着喝了一口水，开心地转身又去炒菜了。

酒过三巡，陈心锁再次拿起酒瓶就要倒，唐秉信急忙厉声阻止道："心锁，可以了，别喝多了。"

陈心锁嬉笑着说："秉信，今天高兴，你就让我陪大哥多喝两杯，保证不喝多，最多就一瓶。"

唐秉信摇摇头说："不行，你一喝多就乱说话，今天当着大哥的面，你可不要失态。"

此时，陈心锁的酒瓶已经举到了唐秉礼的酒杯面前，显得十分尴尬，唐秉礼急忙解围道："没事，今天大哥做主，多喝一点，失态没事，你大哥我也不是那讲究的人，倒！"

陈心锁看着唐秉信，唐秉信噘着嘴，勉强点了点头说："两人最多就喝一瓶。"

"没问题，就一瓶。"说着，陈心锁给唐秉礼倒满了酒。

接下来，两人开始慢慢地喝着，不再一口闷了，冷樱桃炒的菜，也一样一样地上桌。等冷樱桃上桌吃饭，两人已经喝得迷迷糊糊，在陈心锁的吹捧下，唐秉礼开始讲起了他的"指点江山"。

冷樱桃对唐秉信苦笑了一声，说道："这就是男人，喝完酒，

211

整个淮安市都容不下他们了。"

唐秉信扑哧笑了出来。

唐秉礼和陈心锁两人喝完第一瓶，就要开第二瓶喝，冷樱桃和唐秉信极力阻止，但唐秉礼已经喝上头了，完全不顾冷樱桃的反对，摆出了一副大男子主义的模样，"呵斥"道："我是一家之主，听我的，喝！"

陈心锁也是反应迅速，没等唐秉礼说完话，已经开了第二瓶白酒，给唐秉礼倒上了。

唐秉信对着陈心锁翻了个白眼，但陈心锁死皮赖脸，嬉笑着说："今天为了大哥高兴，我舍命陪君子！"

冷樱桃叹了口气说："这下好了，整个地球都容不下他们了。"

唐秉信再次笑出了声："大嫂，大哥的脾气可真被你摸透了，哈哈哈……"

唐秉礼和陈心锁一人一瓶，喝了个天昏地暗，两人抱在一起，一直睡到了晚上。这样一来，下午装货，只能由冷樱桃和唐秉信来操作货船了。

到了晚上，货物已经装好，两人还没有醒，冷樱桃只好将船靠在岸边，等第二天再出发。

冷樱桃将货船停靠好后，便开始准备晚饭，唐秉信帮着冷樱桃一起做晚饭。等晚饭做好后，已经是晚上六点多钟，唐秉信去叫醒了两个醉汉，两人迷迷糊糊地起来吃晚饭。

冷樱桃又拿出了一瓶白酒，放到桌子上说道："继续喝啊？"

唐秉礼立马摆摆手说："算了算了，不能再喝了！"

陈心锁也尴尬地笑了笑说："对不起，大嫂，失态了，主要是今天太高兴了，就陪大哥多喝了几杯，这都怪我。"

冷樱桃听陈心锁这么一说，也就不再为难，毕竟是第一次来的客人。

吃晚饭期间，唐秉信聊起了南京长江第三大桥："大哥，你知道吗，南京长江第三大桥今天通车了。"

唐秉礼点了点头说："是啊，我下午在广播里也听到了，我们国家的实力真是越来越强了，上半年，扬州和镇江之间的润扬大桥也通车了，这算下来，光是江苏境内的长江大桥，就有六座了，这放在以前，真是想都不敢想啊！"

唐秉信说："润扬大桥啊！是不是当年王安石奉诏赴京，从镇江的京口扬舟北上，经停扬州的瓜洲时，写诗的那个地方？"

"写诗的地方？什么诗？"唐秉礼问道。

唐秉信说："就是《泊船瓜洲》：'京口瓜洲一水间，钟山只隔数重山。春风又绿江南岸，明月何时照我还？'那个时候，王安石回老家，路过扬州和镇江之间时，想到交通不便、返乡不易，便在感伤中写下了这首著名的《泊船瓜洲》。没想到，一千年后的今天，京口瓜洲之间真的架起了一座雄伟的大桥。"

陈心锁在一旁夸赞道："秉信不愧是汉语言文学毕业的，对中国古典诗词的了解真是透彻！"

唐秉礼笑着说："这《泊船瓜洲》啊，我倒是还有点印象，但我不知道竟然写的就是扬州和镇江，以后啊，每当我路过润扬大桥，也能吟诗一首了！哈哈哈……"

唐秉礼笑着笑着突然拍了一下脑门："不好！我和老板约好

213

下午装货,完了,把这事给忘了!"

冷樱桃讥讽道:"哟,看来还是没喝醉嘛,还记得装货的事情。"

唐秉礼急忙问道:"樱桃,码头老板打电话了吗?"

"打了呀。"冷樱桃说。

"那怎么说的?"唐秉礼问道。

"能怎么说,装货呗。"

"装好了?"

"好了。"

"真的?"

"要不你出去看看?"

唐秉礼立马喜笑颜开起来,说道:"还是我们家樱桃厉害,已经能够独当一面了,吃完饭,我来刷碗,向你来赔罪!"

"还有五毛毛,要不是她帮忙,我一人也不好搞呢。"冷樱桃说。

陈心锁说道:"那我陪大哥一起刷碗,算是给秉信赔罪了!"

说罢,所有人一起笑了起来,这一顿晚饭在一阵阵欢声笑语中吃完了。

等吃完饭已经是六点三十,天已经逐渐黑了下来,唐秉礼便决定将唐秉信和陈心锁两人留在船上睡觉。船上只有两个卧室,唐秉礼和陈心锁睡一起,冷樱桃带着唐秉信睡。

吃完饭,唐秉礼起身便要去刷碗,陈心锁立马站起来,将餐桌上的碗筷摞起来说:"大哥,哪能真让你刷呀,还是让我一个人来吧。"

唐秉礼笑着说："男人嘛，说到就要做到，我陪你一起刷！"

陈心锁说："那也好，难得和大哥一起刷锅洗碗，也算是一段值得怀念的时光了。"

唐秉礼乐呵呵地站了起来，带着陈心锁将使用过的锅碗瓢盆带到厨房的外面，从河里打水上来，倒进了一个大盆里，然后将锅碗瓢盆放在里面冲洗。

陈心锁看着这番操作，不解地问道："大哥，河里的水直接用不干净啊，这样刷碗，会有细菌的。"

唐秉礼说："一看你就是没在船上生活过，船上可不比岸上，有自来水可以用，在船上啊，干净的水是很宝贵的，只有你身后的那个铁桶里有，也还是从岸上挑来的自来水，一般都用来做饭和喝水，而比如洗碗啊，洗衣服啊，洗澡啊，等等，都用的是河里的水，这也是没有办法的事情嘛。再说了，不干不净，吃了没病，在很久之前，我跟着我的爸爸妈妈拉纤的那个年代，连自来水都没得吃，只能将河里的水舀上来，直接烧开了喝，倒也没什么大问题，毕竟那个时候的水还很干净，没有现在那么多的工厂。"

陈心锁听完不禁感叹道："早就听秉信说过船上生活的艰苦，今天只是来拜访一下，我便感受到了你们在船上生活是多么地不方便。"

陈心锁蹲下身子，开始刷碗，然后接着问道："大哥，你给我讲讲以前拉纤的故事呗，这个秉信还没和我讲过呢。"

唐秉礼听罢，也蹲了下来，一边刷着碗，一边回忆起了往事。房间里，冷樱桃拉着唐秉信聊起了家长里短……

等到第二天一早,吃完早饭后,唐秉礼的货船要开始启航了,陈心锁也带着唐秉信准备离开。

唐秉信和陈心锁站在岸边,向唐秉礼和冷樱桃挥手道别后,便坐上陈心锁的自行车,离开了码头。

唐秉礼看着陈心锁和唐秉信远去的背影,对身旁的冷樱桃说道:"陈心锁这小子,嘴太会说了,我感觉这个人不实在!我们家五毛毛啊,是个内心纯真的人,二十多岁了,还像个孩子一样天真,别人说什么话都容易相信。"

冷樱桃在一旁笑着说道:"那我看你还和人家聊得热火朝天的,我看昨晚你们起码聊到了半夜十二点。"

唐秉礼尴尬地笑了笑说:"人嘛,都一样,好为人师,人家愿意听,我自然就更愿意讲了。"

冷樱桃呵呵一笑说:"我看你又把你的那些'光辉事迹'夸大吹嘘了吧。"

唐秉礼尬笑着说:"行了行了,不说了,准备启航吧。"

说罢,唐秉礼前往驾驶室,冷樱桃笑着撇了撇嘴,向船头走去,将船头的缆绳解除,随着发动机的一声轰鸣,唐秉礼的货船离开了岸边,沿着京杭大运河,一路南下。

10

时间转眼来到了 2006 年的春节,这一年的春节,唐秉义的船因为延迟卸货,留在了苏南,没能赶上回来过年。唐秉礼赶在了春节前的一星期,便到达了老家。

而这一年的春节前,唐秉智突然带回来了一个女人。那一天上午,唐秉礼正在自家的门口晒太阳,忽然一辆汽车停在了他家的门前。

唐秉礼起身定睛一看,竟然是自己的三弟唐秉智,他惊讶地看着唐秉智说道:"我的个乖乖,四毛毛,你都会开车了。"

唐秉智笑着喊了一声大哥,然后跑到车的另一边,拉开车门,走下来一个衣着不凡的女人。这个女人一眼看上去便有一种气质不凡的感觉,穿着高跟鞋的个头,与唐秉礼的个头一般高,穿着一身红色的皮毛大衣,戴着白色的手套,踩着黑色的高跟鞋,还拎着一个小包。

唐秉礼从未在现实中见过这样满脸精致妆容的女人,一下子以为是来了哪位明星。

不过,这个女人倒也算客气,见到唐秉礼便用一口标准的普通话,轻声细语地叫道:"大哥好。"

唐秉礼一时手足无措,连忙点头回应道:"你好,你好。"然后看向唐秉智问道:"四毛毛,这是谁啊?"

唐秉智满面春光地说道:"大哥,这是我女朋友,名叫赵鲁宁,已经谈了两年了,今天特地在过年前来看看大哥的。"

唐秉礼一听是唐秉智的女朋友,立马说道:"原来是弟妹啊,快,请进屋里。"

说罢,唐秉智从车的后备厢里提出两盒礼物,然后拉着赵鲁宁进了客厅。还在屋里带孩子的王树兰和冷樱桃忽然看见这样一个女人走进来,都把目光投向了唐秉智。

唐秉智热情地给家里人挨个介绍道:"妈,大嫂,这是我女朋友，叫赵鲁宁。"

说完，唐秉智又对着赵鲁宁说："这是妈，那位是大嫂。"

赵鲁宁礼貌地挨个叫了一遍，王树兰一听是自己未来的儿媳妇，立马热情地上前拉着这个女人的手坐下，开始家长里短地问候起来。

唐秉礼趁机将唐秉智拉到了屋外，站在门口问道："四毛毛，你怎么带人回来也不通知一声，家里都没准备好像样的饭菜。"

唐秉智笑笑说："没事的，大哥，我女朋友人特别好，不会计较这些的，是她让我别告诉你们的，说不想让你们太折腾，也正好给你们一个惊喜嘛。"

这么一说，唐秉礼倒是释然了些，追问道："那这车，你是哪来的？"

"我女朋友家的，这次她要看看咱妈和大哥你，特地从她爸那里借过来的。"

"果不其然，我一看这女孩的气质，家庭条件感觉就不一般哪。"

"她爸是当地的一个开发商，手里特别有钱。"

唐秉礼眉头紧锁地问道："四毛毛啊，咱们家这条件，和人家没法比啊！"

唐秉智笑了笑说："大哥，你不知道，她家就她一个孩子，她爸的意思，就找一个经济条件差一点的，学历高点的，以后不管留多少钱，都是我们的。"

唐秉礼叹了口气说："四毛毛啊，你这不成了上门女婿了吗？"

"大哥啊！这都 21 世纪了，思想别那么保守嘛，我们这是各取所需。人家的经济条件这么好，长得又好看，关键是性格还不错，虽然有点任性，但人家毕竟是娇生惯养，有点任性也是能理解的嘛。"

"我想说的不是这些啊，我是怕你过得不舒服，毕竟是家庭条件差距太大，有时候人在屋檐下，不得不低头哪。"

"大哥，这你不用担心，我和鲁宁是真心相爱的，再说了，我现在想要在青岛发展下去，必须要一个依靠，鲁宁一家都是当地人，我能得到她父亲的帮助，在学校里也能争取到更大的进步。"

"算了算了，你大哥我啊，也决定不了你们的事情了，总之啊，你自己要把持住才行。"

"放心吧，大哥，我心里有分寸的。"

说罢，唐秉礼绕着汽车转了一圈，问道："四毛毛啊，你这是什么车啊？"

唐秉智说："大哥，这是德国的大众汽车，叫桑塔纳 3000。"

"这车就只要 3000 块钱？"

唐秉智扑哧笑了一声，说："大哥，人家的名字叫桑塔纳 3000，不是价格。"

"那得多少钱？"

"十几万吧，具体多少钱我也不知道。"

"我的个妈呀，十几万，就为开个车，看来你找的老婆家里是真的有钱啊！"

"是的，她家确实有钱，这还只是她家其中的一辆汽车。"说到这，唐秉智忽然有些扭捏起来，"对了，大哥，我还有个事情想和你商量。"

"什么事？"唐秉礼依旧看着车。

"就是……呃……"

"什么事情啊？这么扭扭捏捏的？"唐秉礼转过身问道。

"就是，我想和你借点钱，我想在青岛买套房子，虽然鲁宁家很有钱，但就像你说的，人在屋檐下，不得不低头，我也不想完全依赖鲁宁家里，这起码的房子，不管大小，我想先买一套，起码那是我自己的家，不用看任何人的脸色，你说是不是。"

唐秉礼意味深长地点了点头说："没错，你有这样的想法，大哥很赞同，你打算要多少？"

"青岛市区的房价要比我们这里贵，我算了下，买个小两居室的，首付要十几万，这几年我也攒了点钱，你借我十万就行。"

"十万是吧，"唐秉礼点点头说，"这钱我可以给你，也不用你还了，当年我答应过咱妈，要帮弟弟妹妹们成家立业，不过，这事我得和你嫂子说一声，毕竟这些年挣的钱也有你嫂子的汗水在里面。"

唐秉智说："那是当然的，大哥，而且，我这是借，不是要，你和大嫂把我养大，供我念书，已经付出太多了，这钱，等我以后慢慢挣到了，一定要还给你们的。"

唐秉礼摆摆手说："这个就先不谈了，钱的事情，我会替你解决的，过完这个年，我就把钱给你。"

"谢谢大哥！"唐秉智激动地说。

唐秉礼笑着说："和你亲大哥还说什么谢谢，走吧，去房间里吧,别让弟妹一人在里面太尴尬了。"

"嗯!"说罢,唐秉智跟着唐秉礼进了房间。

此时的赵鲁宁还在和王树兰闲聊,见到唐秉礼进来,赵鲁宁站起身来,礼貌性地让座。

唐秉礼急忙说道:"坐坐坐,千万别客气,这四毛毛也真是的,带客人回来,也不知道提前说一声,这家里什么都没准备。"

赵鲁宁扑哧笑了一声说:"原来,秉智的小名叫四毛毛啊!"

唐秉智说:"我小名是四毛,但只有大哥叫我四毛毛。"

唐秉礼笑着说:"是啊,是啊,我作为老大,从小就这样叫,叫习惯了。对了,弟妹,你想吃些什么,我现在去集市上买点。"

赵鲁宁说:"不用这么麻烦的,大哥,我就想吃点农村地里长出来的蔬菜,您家里有什么,我就吃什么。"

在一旁的冷樱桃说:"这样吧,我去地里摘点蔬菜,你们在这聊。"

唐秉礼说:"那也好,让孩子们和你去,帮忙拿东西。"

"我知道了。"冷樱桃说。

赵鲁宁略表歉意地说:"辛苦大嫂了。"

冷樱桃笑笑说:"没事的,正好让你尝尝我的手艺。"

唐秉智接着说道:"是啊,大嫂的手艺可好了,我也好久没吃到了,总之,辛苦大嫂了,以后我得请大嫂和大哥到我们那吃最贵的饭店。"

冷樱桃笑了笑说:"行了,行了,你们聊,我去地里了。"

说罢,冷樱桃领着孩子们离开家门,前往地里。

冷樱桃走后,赵鲁宁看着唐秉礼说道:"大哥,早就听秉智说过您的英雄事迹，说是激战强盗、勇救落水者，百闻不如一见，今天我总算能听大哥您亲口讲一讲您的故事了。"

唐秉礼被夸得有些不好意思，摆摆手说："都没什么可讲的，我吧，只是做了我该做的。"

唐秉智说："大哥，你就再讲一讲吧，顺便讲一讲船上的生活，我也想听呢。"

看着三弟和赵鲁宁期待的眼神，唐秉智只好点点头说："那行吧，我再和你们讲一讲……"

于是乎，唐秉礼再次讲起了他的"光辉事迹"，以及他在跑船时的一些见闻，等到了晌午，赵鲁宁在唐秉礼家吃了一顿午饭，午饭之后，便要回青岛去。唐秉智开车将赵鲁宁送回去，然后在春节前再坐车回来。

送别唐秉智和赵鲁宁之后，唐秉礼看了看这个女人送来的礼物，一盒人参，还有两瓶茅台酒，此时的唐秉礼内心明白，面对这样的家庭，必须要帮唐秉智在青岛买下一套自己的房子。

当天晚上睡觉之前，唐秉礼便和冷樱桃在自己的房间说起了唐秉智借钱的事情。

"借多少？"冷樱桃皱着眉头问道。

"十万！"唐秉礼再次确认道。

冷樱桃咬着嘴唇说道："这几年我们挣的钱，不是还债了，就是被孩子们给用了，还有我们也刚和二毛家合伙买了房子，也没剩下多少钱了。"

"那你现在手里有多少？"

"六七万吧。"

"那就再去借五万，凑十万给四毛毛，剩下的做日常开销，我们努努力，再挣个两三年，也就还清了，你看行不行？"

冷樱桃叹了口气说："行不行的，还不是都听你的，自从我嫁进来，这个家里就没停止过负债，这好不容易啊，把你的这些个弟弟妹妹熬到工作了，却还要……唉，不说了，我……"

说着说着，冷樱桃的眼泪簌簌地流了下来。唐秉礼赶紧上前抱住冷樱桃，在她耳边轻轻地安慰道："这些年你辛苦了，我也知道你不容易，但我们已经帮了二毛毛和三毛毛，这四毛毛来借钱买房，我做大哥的，总不能不帮吧。"

冷樱桃有些哽咽地说："我没说不帮，别说秉智了，以后秉信出嫁了，我也要给她准备好嫁妆，不能让她到了婆家，没有底气。"

唐秉礼笑着捧起冷樱桃的脸，替她擦了擦眼泪说："你可真是我的好老婆，这辈子能娶到你，是我最大的幸福！"

说罢，唐秉礼将冷樱桃搂进了怀里……

11

2008年，是极其不平凡的一年，这一年，发生了很多重大的事情，而在唐秉礼的这个家族里，也发生了很多事情，让这一年成了他人生中最重要的记忆节点。

这一年的年初五，唐秉智在青岛的新房子里结了婚。唐秉礼包了一辆大巴车，带上一大家子前往青岛参加婚礼。等到了青岛，唐秉礼带上母亲去拜访亲家，当他看到弟妹家的大别墅时，他才知道，自己的这个弟妹家是多么地有钱，光是陪嫁，便是一辆宝马汽车。

这一年的 5 月 12 日，汶川发生了里氏 8.0 级大地震，数万人在这场地震中失去了生命，看着新闻里每天报出来的死亡数据，唐秉礼总感到痛心不已。

这一年的 6 月，苏通长江大桥建成通车，是一座连接苏州与南通地界的长江大桥。唐秉礼从电视新闻里了解到，这是世界上最大的斜拉桥，就连桥塔和拉索都是世界之最。唐秉礼看着电视中巍峨高耸的苏通大桥，如同两个顶天的巨人，屹立在长江的中心，手里握着无数的绳子，拴着一条蜿蜒的巨龙。唐秉礼不禁再次感叹国家的实力越来越强大。

随后的 8 月份，中国成功举办了北京奥运会，并且以 51 枚金牌位居榜首，以及那句令唐秉礼一辈子都忘不掉的口号：同一个世界，同一个梦。

紧随其后的 9 月份，月初，北京残奥会举办成功；月底，神舟七号载人航天飞船发射成功，实现了中国历史上首次太空漫步。

这一桩桩伟大的事业在一步步地向前迈进，唐秉礼身为中国社会发展浪潮中的一员，显得是那么微不足道，但又感到了为祖国添砖加瓦的那分自豪。

然而，就在这一年的 11 月份，唐秉礼的二弟唐秉义和他的老婆张秀云突然双双去世。当唐秉礼接到这个消息的时候，他正好在淮安市，那一天是 2008 年 11 月 3 日，王树兰给唐秉礼打来了一个电话，电话那边，王树兰已经泣不成声。

唐秉礼焦急地问道："妈，你怎么了，发生什么事情了吗？"

王树兰强撑着说道："就在刚才，淮安市当地海事巡逻艇发现了一艘违章停泊的船只，他们上去检查后，发现一对夫妻晕倒在船舱里，等送到医院时，已经失去了生命体征。海事局的人拿二毛的手机给我打的电话，让我去医院认人。"

这个消息如同晴天霹雳，唐秉礼不敢相信这是真的，安慰道："妈，你先别着急，我现在就在市区附近，你告诉我是哪家医院，我先去看一眼，也有可能是海事局的人搞错了。"

王树兰说："我挂完电话就准备出发了，你要是方便就先去看看吧，希望老天保佑，是虚惊一场啊！不然他们的五个孩子可怎么办啊！"

唐秉礼说："放心吧，妈，应该不会有事的，你路上慢点，我先去医院了。"

唐秉礼说完，王树兰便挂了电话，而此时的唐秉礼心脏剧烈地跳动了起来，虽然他多么希望是海事局搞错了，但这个希望太渺茫了。

此时的冷樱桃还在做饭，唐秉礼冲着厨房大喊道："樱桃，别做饭了，快跟我出去一趟。"

冷樱桃急忙从厨房出来问道："发生什么事情了，你脸色怎么这么难看？"

唐秉礼颤抖着说："二毛毛和秀云好像出事了，刚才咱妈打电话过来，让我去医院认人。"

冷樱桃难以置信地说："真的假的，怎么可能啊！"

"先别说了，快跟我走吧！"唐秉礼说道。

冷樱桃急忙脱掉围裙，跟着唐秉礼向岸上跑去，在路边拦下了一辆出租车，向市第一人民医院驶去。

到了医院后，唐秉礼打听到了停放尸体的地方，在太平间的门口，唐秉礼看到了穿着海事局工作服的人员，急忙上前询问。海事局的工作人员在得知是出事者的亲哥哥后，便带着唐秉礼进到了停尸房。

当进入冰凉的房间后，医院的工作人员缓缓掀开了两具尸体上的白布，那一刹那，唐秉礼看到了自己的二弟唐秉义的面庞，直接瘫软在了地上。

大妹唐秉仁去世的阴霾还未完全消散，二弟唐秉义又突然离世，唐秉礼陷入了一种无法自拔的悲伤之中，所谓长兄为父，唐秉礼作为大哥，好不容易将自己的弟弟妹妹们抚养长大，却在自己之前，已经走掉了两个亲人。

为了避免唐秉礼过度悲伤，冷樱桃搀扶着他离开了停尸房，来到医院走廊的座椅上休息。冷樱桃不停地安慰唐秉礼，但唐秉礼仍旧是眼神涣散，一言不发。

这时，海事局的人过来，将事故认定书交给了冷樱桃，冷樱桃赶紧问道："同志你好，麻烦问一下，我们家二弟和弟妹是什么原因去世的？"

海事局的工作人员回答道："给你的事故认定书里有，根据我们海事工作人员的分析，你二弟他们应该是进入密闭船舱工作，导致的急性一氧化碳和急性苯中毒，具体原因等之后医院这边也会给一份死亡认定书，上面会有的。"

冷樱桃接着问道："他们怎么会同时去船舱工作呢，在印象中，二弟从来不会让弟妹干体力活的。"

海事局工作人员说："那我就不得而知了，也许是男人先下去干活，迟迟没有上来，女人下去寻找，导致了两人双双遇难，所以，这安全意识要重视起来啊，这你们跑船的应该都知道，进入密闭船舱要戴防毒面具的。"

冷樱桃点点头说："是的，可能是大意了，谢谢你的提醒，我们以后肯定会注意这些的。"

说完，海事局的工作人员便离开了，冷樱桃坐到唐秉礼的身旁，继续安抚着他。一直等到王树兰的出现，唐秉礼都未能从悲伤中振作起来，而当王树兰看到自己的大儿子如此状态，便已经明白了一切。

此时的王树兰却表现出了超凡的淡然，她先是走到自己的儿子身旁，将唐秉礼搂入怀中，轻声安慰道："没事的，妈还在，一切都会好起来的……"

唐秉礼因为过度悲伤，一度昏厥过去，一直等到第二天，他才缓过神来。唐秉礼知道，自己这个做大哥的，如果不能振作起来，这个家就会变得一团糟，于是，他开始操办起唐秉义夫妇的葬礼。

唐秉义夫妇被安葬后，又出现了一个棘手的问题，唐秉义家一共五个孩子，最大的女儿也就才十四岁，都还在念书，未来，他们的生活由谁来照顾，又成了一个麻烦的事情。

还没等唐秉礼及时和王树兰讨论这件事，张秀云的娘家人便已经找上了门，一共来了四个人，张秀云的父亲母亲，还有她的哥哥张铁柱，以及张铁柱后来娶的老婆。

张秀云的娘家人之所以来，是因为唐秉义夫妇去世后留下了一条船，这条船的贷款基本还清，如果卖掉，预计值个五十万。按照法律上的规定，唐秉义夫妇的双方父母以及他们的子女都享有第一继承人的权利。

唐秉礼知道他们的来意后，看着张铁柱无奈地笑了笑，张铁柱却一直不敢直视唐秉礼。

唐秉礼知道，分配家产这件事迟早要发生，既然来了，就叫上所有人，在家里开起了分配财产的会议。

张铁柱后来娶的老婆，一脸刻薄的长相，嗓门也大，毫无礼数，会议一开始，便先发制人，说道："首先呢，我自我介绍一下，我叫韩娟，是张铁柱的老婆。在来之前呢，我们咨询过了，这条船我们张家也有一份，还有县城里的那套小产权房，也有秀云的一部分，我也不想和你们算得太细，我们要的不多，给个三十万就行，船和房子都归你们。"

唐秉礼笑笑说："你还真是狮子大开口啊，当年秉义和秀云买船的时候，你们张家一分钱没出，五个孩子，除了唐平安请求你们帮忙照顾了几年，其他的，你们几乎没出过力，而且，唐平安放在你们那，秉义每个月也是按时把生活费给了你们二老，现在他们走了，孩子们的未来还没有着落，你们就开始来分钱了，再怎么说，秉义和秀云的孩子也是你们的外孙，你们就忍心拿孩子们的养育费吗？"

"你这话是什么意思？"韩娟打断道，"我们这是替孩子们保管这部分钱，谁知道你们家会不会拿着钱，不管孩子们了？谁不知道你们家老太太是个重男轻女的人。"

"放屁！"王树兰忽然怒骂起来，"你是哪来的混账玩意儿，在我家撒野，你算什么东西！我老唐家的骨血，我不管谁管？你们家还好意思在这觍着脸要钱？"

亲家母一看态势不对，立马解释道："亲家，别生气，我们的意思呢，拿着钱换个大点的船，以后等孩子们成家立业的，也能帮衬一把。"

王树兰冷笑道："真是可笑，我看你是想把钱留给你儿子用吧。"

亲家母说："哪里的话，那毕竟都是我们的外孙，哪能就不管不顾了。"

"那我们家也可以换大点的船，来抚养孩子们啊！"冷樱桃在一旁忽然说道。

韩娟反驳道："那还能都给你家不成？"

唐秉礼一看就要吵起来了，急忙阻止说："行了，都别争论了，说这些也没啥意义，争论是没结果的，既然你们家是来要钱的，我们就按照法律规定的来，连房子带船，差不多六十万多，按理说，亲家二老应该拿十几万，我直接给你们二十万，房子归我妈，船给孩子们，孩子们愿意跟谁，船就归谁。"

说罢，唐秉礼对着侄女和侄子说道："招弟、盼弟、望弟、来弟、平安，你们五个人，愿意让舅舅抚养你们，还是让大爷抚养你们？"

五个孩子几乎是异口同声地喊道："大爷！"

韩娟冷哼一声说："二十万就二十万，你现在给钱，我以后再也不会来你家的！"

王树兰冷笑一声说:"你最好现在就滚出去,这钱也不是给你的,是给亲家公和亲家母的。"

韩娟得意地说:"他们俩的就是我的,他们就这一个儿子,不给我给谁?铁柱来之前可就是答应我的,这钱必须给我!"

此时,一言不发的亲家公站起来说道:"行了,你快闭嘴吧,天天就知道钱钱钱!我这十万不要了,留给我的外孙们,你们在这闹吧,还不够丢人的!"

说完,亲家公直接离开了,冷樱桃笑着说:"好了,现在就剩了十万。"

韩娟气得猛拍张铁柱:"你这窝囊蛋,你倒是说句话呀!"

张铁柱自觉理亏,赶紧拉住韩娟的手,对唐秉礼说道:"大哥,不好意思了,十万就十万吧,你就当是给二老的养老钱了,毕竟他们也是失去了闺女,等你们把船卖了,告诉我一声,我自己来拿,我们就不打扰了。"

说罢,张铁柱硬拉着韩娟离开了,亲家母也紧跟着灰溜溜地离开了。

唐秉礼看着张铁柱离开的背影,想起了大妹唐秉仁,不禁眼含泪花,叹了口气。

后来,唐秉义夫妇的船被卖掉后,唐秉礼亲自上门,给张铁柱送去了二十万。那天,张铁柱的老婆正好没在家,张铁柱看着手里二十万,不解地问道:"大哥,不是说好十万的吗?"

唐秉礼笑了笑说:"我知道你过得不容易,我能帮你的自然多帮你一点,所以,你替秀云照顾好她的父母,我替秀云照顾好她的五个孩子。你叫我一声大哥,我把你当兄弟,以后各自努力,把各自的家撑起来,让一切都好起来,以后有什么困难,尽管来找我,我能帮你的,一定帮你!"

张铁柱满含热泪地说道:"谢谢大哥!"

12

唐秉礼有了唐秉义夫妇留下的钱后,并没有立马买新船,而是准备再挣个一年半载,多攒些钱后,买更大一点的船,毕竟以后唐秉义家的五个孩子,加上自家的两个孩子,要用钱的地方太多,必须买大点的船,挣更多的钱来抚养这群孩子。

在唐秉礼安排妥当家里的一切事务后,便再次启航,准备去运货挣钱。就在唐秉礼准备出发的前夕,小妹唐秉信忽然来到了唐秉礼的船上,唐秉信一见到唐秉礼便大哭了起来,哭喊道:"大哥,陈心锁背着我和其他女人约会去了,呜呜呜……"

唐秉礼一听这话,气得大骂道:"这浑小子,我就知道不是什么好人!五毛毛,你别哭,带我去找他,我不把他的腿给打断!"

冷樱桃在一旁急忙劝阻道:"你疯了,现在是法治社会,你把人打了,然后被警察抓去,这船就没人开了,七个孩子谁来养活?"

唐秉信一听这话,也停止了哭泣,抹着眼泪说道:"大哥,你别冲动,我就是太难过了,来找你和大嫂找点安慰罢了。陈心锁这个人我早就知道他不安分,但我就是一直舍不得放手,拖到今天这个地步,也是我自讨苦吃。"

唐秉礼安慰道:"唉,五毛毛啊,你就是太傻、太天真了,为了这样的男人,咱不值得为他哭,天下好男人多的是!"

唐秉信说:"我以后就找像大哥这样有担当的男人!"

冷樱桃笑着说:"嘻,别找你大哥这样,脾气倔,不好说话,和他一起生活啊,能把人气死。"

唐秉信说:"男人最重要的就是有担当,大嫂虽然嘴上这么说,可心里头还是喜欢大哥的,是不是?"

唐秉信率真的话语,直接把唐秉礼和冷樱桃弄得有些害羞了,冷樱桃急忙转移话题:"你大哥大嫂都老夫老妻了,就不聊这些了,对了,你晚上就在船上睡吧,明天一早再走。"

唐秉礼也附和道:"是啊,让你大嫂给你做好吃的,你不是一直想吃烧蒲菜的吗?"

唐秉信开心地说道:"好呀好呀,我最爱吃的就是大嫂烧的蒲菜,简直是天下第一美味。对了,大哥,我辞职了,我不想和那个男人在一个地方上班了。"

唐秉礼先是一愣,随即释然道:"不去上也罢,那你有打算接下来干什么吗?"

唐秉信说:"我打算跟着大哥的船再体验体验船上的生活,我写的小说还有一些细节需要完善一下,等我写完这个小说了,我再重新找工作。"

冷樱桃说:"那也好,先散散心,正好你在船上,我也有个伴。"

唐秉信认真地点了点头:"那太好了,我还怕你们不带我呢。"

冷樱桃笑了笑说："傻丫头，说的什么话。"

唐秉礼问道："对了，你写的小说叫什么名字？"

唐秉信说："我写的书名叫《新时代的运河儿女》。"

唐秉礼说："不错啊，我们都是新时代的运河儿女啊，大运河养育了我们，也养育了运河沿岸的人民，运河的儿女们也算是为新中国的建设，立下了汗马功劳啊！等写好了，一定给我看看。"

唐秉信开心地说："那必须的，我要让大哥做我的第一个读者，大嫂是第二个。"

冷樱桃笑着说："好的，好的，我当第二个，那你们俩先聊，我去做饭了。"

唐秉信笑着说："我还是帮大嫂一起做饭吧，我可不能在船上当个闲人。"

唐秉礼也笑着说："还是我们家五毛毛懂事，正好，你们俩去做饭，我去船舱里检查机器，明天一早，启航！"

"嗯嗯！"说罢，唐秉信跟着冷樱桃去择菜做饭了。

唐秉礼这一次联系的货运，依旧是前往南方，目的地苏州。

这一次的南下，唐秉信带上了相机，一路上，遇到的每一座桥她都拍了照片，时隔多年的南下之旅，唐秉信完全不敢相信这还是她曾经看到的那条运河。

运河上的大桥比她第一次上船南下的时候，多出了不知道多少倍，还有运河两岸的楼房也越来越多，这让唐秉信感觉到眼前一亮，作为一名记者，这还是她第一次以这样的角度，来见证城市的发展。

看到唐秉信在船头拍着照片,冷樱桃走到她的身旁,笑着问道:"五毛毛,在拍什么呢?"

唐秉信微笑着说:"大嫂,我在拍运河上的大桥,还有两岸的风光,这些可都是大运河的见证啊!"

冷樱桃说:"是啊,想起我和你大哥刚开船的时候,大运河的淮安段只有一座大桥,那个时候,江苏境内的长江上,也只有南京长江大桥这一座跨江大桥,现如今,大运河上的大桥数不胜数,光是江苏境内的跨长江大桥也有六七座了。"

唐秉信听到这里,立马放下相机,感兴趣地问道:"大嫂,你说的这些,可都是很好的素材啊,你快给我讲讲以前的大桥,长江上的和大运河上的都行。"

冷樱桃笑笑说:"这你得去问你大哥,他最爱研究大桥的事情,特别是对长江大桥情有独钟。"

唐秉信兴奋地说道:"那我去驾驶室找大哥了。"

冷樱桃笑着说:"瞧把你高兴的,你们老唐家是不是都对桥感兴趣啊!"

唐秉信说:"这对我写小说有帮助,大嫂,要不你和我一起去听大哥讲讲桥的事情,我怕大哥又添油加醋,影响我对客观事实的判断。"

冷樱桃说:"我可不去,我听你大哥吹牛就头疼,你还是饶了我吧。"

唐秉信拉着冷樱桃的手,撒娇道:"求你了,大嫂,你就陪我一起去吧,大哥有吹牛的地方,你一定要指出来。"

冷樱桃拗不过,只好答应下来。就这样,冷樱桃和唐秉信一起来到了驾驶室,听唐秉礼说起了过去那段岁月,唐秉信认真地记录着,冷樱桃在一旁不断地修正,导致唐秉礼的叙述不时地被打断,说到某些唐秉礼添油加醋太厉害的地方,冷樱桃和唐秉礼甚至争论了起来,引得唐秉信在一旁哈哈大笑。

数天后,唐秉礼的船到达了苏州,机缘巧合的是,唐秉礼的船再次停在了寒山寺的附近。站在船上的顶部,就能看见寒山寺。唐秉信兴奋地站在船顶,吟唱起了那首千古名诗——《枫桥夜泊》。

唐秉礼也来到船顶,笑着说道:"真是一首好诗啊。"

唐秉信说:"大哥,我还知道一首现代诗呢,特别浪漫,和寒山寺还有《枫桥夜泊》都有关系。"

"哦?是吗,什么诗?"唐秉礼问道。

唐秉信说:"是一名苏州女诗人写的诗,叫《寒山诗之恋》。"

唐秉礼说:"你念给我听听。"

唐秉信缓缓地吟诵道:

1986年的夜晚

我在寒山寺的运河边

遇见了他

我们聊起了《枫桥夜泊》

互相告诉了彼此的名字

虽然只有那么几分钟

我却把我那一刻的青春

留在了那个瞬间

唐秉礼听完这首诗，发起了呆，他不敢相信，这首诗竟然和自己年少时的经历那般契合。

唐秉信看着发呆的唐秉礼问道："大哥，你怎么了？"

唐秉礼缓过神来，强装镇定地问道："这首诗的作者叫什么？"

唐秉信说："好像叫苏云云。"

听到这个名字，唐秉礼瞬间回到了1986年的那个夜晚，那时的他，还是一个十六岁的少年，那一次的偶遇，以及这个诗意的名字，也早已经尘封在了他内心的最深处。

看着再次出神的唐秉礼，唐秉信疑惑地问道："大哥，你听过这首诗？"

唐秉礼叹了口气说道："没听过，但却让人身临其境！"

唐秉信笑着说："大哥，我还是第一次见你这么深情呢，一首诗都能让你如此含情脉脉，看来大哥还是有很强的文学情感的嘛！"

唐秉礼摆摆手说："你就不要恭维你大哥了，有机会给我买一本这个女诗人的书。"

唐秉信说："我就有啊，不过，这个女诗人写的诗我都不太喜欢，除了这一首。"

唐秉礼抿着嘴笑了笑说："这就够了。"

唐秉信皱着眉头，有些疑惑地问道："大哥，我怎么感觉你话里有话啊？"

唐秉礼笑着说："你别多想了，你大哥在这故作深情呢，走吧，去帮你大嫂做饭，我要去机舱里检查机器了。"

"嗯！"唐秉信点了点头。

看着唐秉信下去的背影，唐秉礼明白，这样的前尘往事，只能独自埋在心底，现在再拿出来说，已经毫无意义了。

13

唐秉礼的货船在苏州卸完货后，准备前往苏州的北部装货，那个时候，已经是 2008 年的最后一个月，唐秉礼的货船还在苏南的运河上行驶，大约晚上十一点，他接到了王树兰打来的电话，电话那边，王树兰焦急地说道："大毛啊，学校那边打来电话，小淮阴从学校宿舍三楼的地方掉下来了！"

听到这个消息后，唐秉礼的脑壳嗡嗡作响，急忙问道："妈，情况怎么样了，送医院了吗？"

王树兰说："送县医院了，还不知道情况，我马上去县医院，你要是方便，赶紧回来一趟。"

唐秉礼说："好的，妈，你别着急，我现在就找车回去。"

挂掉电话后，唐秉礼急忙将船就近靠岸行驶，在后面的冷樱桃一看不对劲，立马跑到驾驶室，看着唐秉礼问道："怎么了？"

唐秉礼说："小淮阴从楼上掉下来了，我得立马回去。"

冷樱桃难以置信地说："什么情况，怎么会从楼上掉下来？"

"具体情况我也不清楚，刚才咱妈给我打电话过来了。"

"那你打算怎么办？"

"先靠岸，我连夜拦一辆出租车回去，你先留在船上，等我消息。"

"那怎么行，我亲儿子出事了，我哪能在船上待得住。"冷樱桃急得眼泪都冒了出来。

唐秉礼叹了口气说："这里前不着村后不着店的，我估计要走上个十几公里才能拦到出租车，我怕你吃不消，到时候再累倒在半路。"

这时，唐秉信从睡梦中醒来，来到驾驶室，看到冷樱桃在抹泪，急忙问道："大哥、大嫂，发生什么事情了？"

冷樱桃哭着说道："小淮阴从学校的宿舍楼上掉下来了！"

唐秉信惊讶地说："什么情况，小淮阴怎么会从楼上掉下来呢？"

冷樱桃说："暂时还不知道具体情况，现在你大哥要赶着回去，这荒无人烟的地方，也不知道怎么办。"

唐秉信安慰道："没事的，大嫂，小淮阴这孩子福大命大，肯定没什么大问题的。"

此时，唐秉礼的货船已经靠到了岸边，他对着冷樱桃和唐秉信说道："你们两个在船上待着，我一个人先回去，等天亮了，樱桃，你和五毛毛一起把船开到最近的码头，然后等我消息。"

冷樱桃抹了抹眼泪说："那好吧，我们在船上看着船，你一路上要小心，到了一定及时给我打电话。"

唐秉礼点了点头，就带上手机和一些钱，直接跳到了岸上，头也不回地向着大路的方向跑去。

唐秉礼就这么凭借着月光，在乡村小道上一路跑着，跑了一个多小时，他终于来到了一条国道上。但国道上没有出租车，只有大货车和私家车。

唐秉礼确定了往北的方向，直接用身体拦下了一辆大货车，大货车司机紧急刹车，直接下车破口大骂起来："你他娘的不要命了？"

唐秉礼也不管货车司机说什么，直接哀求道："大哥，我儿子出事了，你行行好，带我一程，我有钱给你。"

大货车司机犹豫了一下，对着唐秉礼上下打量了一番，问道："你儿子出啥事了？"

唐秉礼说："在学校的宿舍楼上掉下来了，现在我都不知道他的生死呢！"

说着，唐秉礼的眼泪便流了下来。

货车司机瞬间心软下来，消除了疑虑，说道："快，上车吧。"

唐秉礼双手合十说道："谢谢大哥！谢谢大哥！谢谢大哥！"

唐秉礼来到车上，货车司机问道："你是回哪里？"

唐秉礼说："回苏北淮阴。"

货车司机说："我这货车是去南京的，前面还有一百公里左右，就到常州了，到了常州，我把你送到城区的附近，你到城区后，就能打到出租车，然后坐出租车回去，你看行不行？"

"那太感谢了。"唐秉礼一边说着，一边从口袋里掏出了二百块钱，塞到了货车司机的口袋里。

货车司机急忙又掏出来扔给唐秉礼说："别别别，我是顺路带你，也没耽误我啥。"

唐秉礼又将钱塞过去说："大哥，你别嫌少，这点钱，就当是买烟抽了，我走得急，也没带多少钱，还得留点钱给出租车司机。"

货车司机再次将钱塞回去，唐秉礼直接将钱塞进了副驾驶的手套箱里，货车司机没办法，便拿出一瓶水，递给唐秉礼说："来，看你满头是汗，喝口水吧。"

唐秉礼欣然接了过来，这跑了一个多小时，确实有点渴了，拧开瓶盖便大口喝了起来。

大货车行驶了一个半小时后，到达了常州的市区附近，唐秉礼与大货车司机告别，又向着市区前进。

唐秉礼在市区的大路上走了十几分钟，终于看见了一辆出租车，急忙拦了下来，但出租车司机一听要去几百公里外的城市，便拒绝了。

唐秉礼只好接着拦车，等拦到第三辆的时候，出租车司机要价两千，唐秉礼犹豫了一下，也只好答应下来，于是，他顺利地坐上车，向老家县城的县医院驶去。

等唐秉礼刚坐上出租车没多久，便接到了母亲王树兰打来的电话，说唐淮阴右腿骨折，轻度脑震荡，但基本没有生命危险。唐秉礼这才长舒一口气，给老婆冷樱桃打了个电话，报了个平安。

经过四个多小时的路程后，唐秉礼终于到达了目的地，此时已经是凌晨五点多。

唐秉礼给母亲王树兰打了电话，顺利找到了唐淮阴所在的病房，此时，唐淮阴的班主任也在医院看守，见到唐秉礼后，立马上前握手道："你好，我是唐淮阴的班主任。"

唐秉礼握着班主任的手说："哦，我知道您，您是潘长军潘老师是吧?"

潘老师点点头说:"是的,我听您母亲说,您正在来的路上,所以,我就一直在等您。"

唐秉礼深表歉意地说:"实在不好意思,给您和学校添麻烦了。"

潘长军说:"现在先不说这些,您先看看孩子,我在外面的连廊等您,和您谈谈孩子的事情。"

唐秉礼点点头,来到床边,此时唐淮阴的右脚已经打上了石膏,额头上绑着纱布。

唐秉礼坐到床边,摸着唐淮阴的手,对着坐在另一边的母亲王树兰问道:"妈,医生怎么说的?"

王树兰说:"小淮阴由于后脑摔在了地面上,所以昏迷了,医生说,二十四小时内能苏醒。"

"那腿怎么样?"唐秉礼接着问道。

"医生说,要开刀做手术,在骨头上安装钢板。"

"骨头完全断开了吗?"

"是的,CT片就在旁边的抽屉里,右腿小腿的腿骨直接断成了两截。"

唐秉礼拿起CT片看了看,不忍直视,又接着问道:"妈,小淮阴是怎么从楼上掉下来的?"

王树兰说:"听班主任说,小淮阴是为了半夜跑出去上网吧玩游戏,顺着宿舍三楼的水管想要滑下去,但是没抓住,就摔下去了。"

唐秉礼难以置信地说道:"这孩子,怎么为了上网,命都不要了!"

王树兰叹了口气说:"这网吧祸害了多少孩子啊!"

唐秉礼安慰道:"妈,你先别着急,潘老师还在门外等我,我先去找潘老师聊聊。"

王树兰点了点头,唐秉礼起身来到了病房外。潘老师正在病房外的抽烟室抽烟,唐秉礼走到抽烟室,潘老师立马递过来一根烟。平时不抽烟的唐秉礼,此时的心情也差到了极点,便接过烟来,点上了一根。

两个人在吞云吐雾之间,潘老师说道:"这个事情呢,学校那边已经调取了监控,和唐淮阴一起想要出去上网的还有另一个孩子。根据这个孩子描述,他们俩约好一起出去上网吧通宵,于是趁着宿舍楼熄灯,悄悄摸到了楼道处。唐淮阴率先去爬楼道窗户外的水管,另一个孩子在一旁协助,之后,就发生了意外。"

唐秉礼叹了口气说:"潘老师,我知道你对我说这些话的意思,我自己的儿子我了解,这浑小子从小就不爱学习,现如今到了这种局面,我不会追究学校的责任,但我有一个请求,希望学校不要开除我家唐淮阴,争取让他混个毕业吧。"

潘老师点了点头说:"你的请求,我会报告给教导处的,只要你不追究学校的责任,我想学校方面也会考虑到各方面的影响,会让孩子留下的。我作为孩子的班主任,没教育好学生,我也有责任,等唐淮阴好起来,还让他在我的班级,我尽其所能,开导开导他。"

唐秉礼激动地说道:"那太谢谢潘老师了。"

潘长军将抽完的烟扔进垃圾桶,说道:"不用谢我,这是我应该做的，没什么其他的事情，我就先回去了，再过两个小时，我就要回学校去上课了。"

唐秉礼也将手中的烟熄灭，说道："辛苦潘老师了，我送送你吧。"

潘长军伸出手，握着唐秉礼的手说："不用了，你赶了一夜的路，肯定也很疲惫了，我这就回去，你回病房照顾一下伯母吧，她也一夜没合眼了。"

唐秉礼感激地点了点头说："那您路上慢点，我就不送你了。"

潘长军也点了点头，转身离开。潘长军走后，唐秉礼在医院马路对面的宾馆开了一个房间，他让母亲王树兰先去休息，等将王树兰送到宾馆后，唐秉礼又回到病房，独自守在唐淮阴的身旁，抓着唐淮阴的手，趴在床边，迷迷糊糊地睡了过去。

在昏睡中，唐秉礼忽然被一阵抖动给惊醒，他睁开眼一看，是唐淮阴苏醒了过来，他急忙去叫医生，医生过来查看了一番后，表示属于正常的苏醒，但还要加强休息。

医生走后，唐淮阴看着自己的父亲，弱弱地说道："爸爸，我的头好疼啊。"

虽然唐淮阴犯了大错，但作为父亲的唐秉礼依旧心疼无比，他安慰道："没事的，慢慢会好起来的。"

此时的唐淮阴还不知道自己已经骨折，他只感到头疼，而他的右脚已经失去了知觉。

唐淮阴看着满眼血丝的父亲，愧疚地说道："爸爸，对不起，我犯大错了，以后，我再也不去网吧了。"

唐秉礼欣慰地看着自己的大儿子说："爸爸不会责怪你，你安心把病养好，这么些年，我和妈妈都没能陪在你身边，没能引导你走向正确的道路，是我们的错，但我们这样的家庭就这样，希望你能理解我们，也希望你能自我成长起来。不求成材，但求成人！"

唐淮阴的眼泪瞬间流了出来。唐秉礼替唐淮阴擦了擦眼泪，说道："不哭了，是爸爸妈妈对不起你。"

可能，这就是跑船人的宿命，为了挣钱，只能放弃陪伴孩子成长的机会，也缺失了对父母的照顾。

等到第二天，冷樱桃将船开到了一个码头，唐秉信负责在船上守船，冷樱桃独自上岸，坐车回到了老家，和唐秉礼轮流照顾唐淮阴。

唐淮阴的骨折手术在五天后进行，手术顺利，断开的骨头被接上，在休养了一个月后，便能下地，缓慢地行走。

而唐秉礼和冷樱桃为了一大家的生活开支，不得不再次踏上南下的行程，回到船上，继续为生活而奋斗。

14

难忘的 2008 年终于过去了，唐秉礼迎来了 2009 年，这一年的 6 月，正值苏北小麦的收获时节，此时，苏北需要将大量收割上来的小麦及时运往苏南，也因此需要大量的船只，运费也比同时的其他货运要得多。

唐秉礼也赶在了小麦的收获时节，赶到了淮安市，卸完从苏南带回来的货物后，开往另一个码头，开始装载小麦。

此时的唐秉信也跟着大哥的货船，在船上度过了近半年的时光，对船上的生活有了很深刻的体会。等这一次装完小麦，她便决定离开大哥的货船，回到老家，专心创作小说。

货船装运小麦，也是唐秉信第一次见到，等货船停靠到码头，码头上的货车便开始往货船里卸货，有卡车，也有手扶拖拉机，还有三轮车，都是淮安市附近各个县区的农民或者专业种植户送来的小麦。

运来的小麦首先要在地磅上过秤，地磅，就是一种放置在地面上，可以给汽车等大物件称重的秤。唐秉信第一次见到地磅，看到前面货车刚离开地磅，便站到了上面，唐秉礼坐在显示器前面说道："唐秉信，九十六斤。"

"讨厌，大哥。"唐秉信害羞地跳了下来。

唐秉礼笑着说："行了，别站在地磅附近，有货车来往，不安全。"

唐秉信走到唐秉礼的身旁，看着地磅的显示器问道："大哥，这地磅是怎么给汽车称重的啊？"

唐秉礼摇摇头说："这我哪里知道，一般的秤就是用标尺和砝码来称重的，这个我就不知道了。"

这时，一个穿着码头工装的大叔在一旁解释道："这地磅的原理，简单来说就是一个类似于大弹簧的弹性体，传感器通过大弹簧的受力程度，来匹配对应的重量。学术上叫称重传感器。"

唐秉信惊讶地看着这个男人问道："大叔，你怎么知道的？"

大叔尴尬地笑了笑说："我就是个地磅维修的工人，专门在此期间负责维修地磅，保证小麦及时地运到船上。对于地磅，我也只是了解一二，至于具体的工作原理，我也不太清楚。"

"原来是这样。"唐秉信笑了笑说，"那也很厉害了！"

大叔笑了笑说："这小姑娘长得水灵，嘴也甜，是船老大的什么人啊？"

唐秉礼说："师傅，这是我的小妹，都这么大了，还像个孩子似的。"

大叔说："那她有对象了吗？要不要我给介绍个俊后生？"

唐秉礼立马来了兴致，认真地问道："师傅，你说的俊后生是咱们淮安的人吗？我不想她嫁得太远。"

大叔说："不远，就是码头镇的人，是我的一个表侄，大学生毕业，在镇政府工作，长得也帅气。"

唐秉礼惊喜地说道："那太好了，我们家小妹也是大学生，之前是个记者，现在准备当个作家呢，你看……"

唐秉信的脸红了起来，假装生气道："大哥，你干吗呢，就这么想把我嫁出去吗？"

唐秉礼笑着说："你今年二十九岁，马上就三十岁了，再不嫁出去，怕是没人要了！"

唐秉信冷哼了一声说："嫁不出去就算，我自己能养活自己！"

大叔在一旁惊呼道："是吗？那不正好，我这个表侄也是二十九岁，简直是缘分啊！"

唐秉礼立马拉着大叔坐了下来，一边抽着烟，一边聊起了大叔表侄的家庭情况。

这时，第一个货车开始卸货了，唐秉信便直接回到了船上，冷樱桃此时在查看货车的卸货情况，防止货车里面夹带其他东西来冒充小麦。

唐秉信只好一个人站在甲板上,看着小麦从货车里倾泻而下,在船舱里堆成小山的形状。看着满眼的小麦,唐秉信有一种农民伯伯收获的喜悦。随着小麦越来越多,唐秉信伸手便能抓到船舱里的小麦,那温暖的感觉,让她想起儿时老家收获小麦的情景。情不自禁,唐秉信爬进了船舱里,站在了小麦堆上。

此时,一辆货车倾泻一车的小麦,导致小麦堆开始向四周下滑,唐秉信一个没站稳,倒在了小麦里,一瞬间,唐秉信随着小麦流体滚到了船舱里,只剩下半个身体在外面。唐秉信怎么用力也爬不出来,急忙大喊道:"大哥!大嫂!救命啊!"

可是,货车轰隆隆的声音掩盖了一切,等这一车货卸完,小麦已经埋到了唐秉信的胸前,货车一走,唐秉信急忙扯开嗓子喊"救命"。

冷樱桃似乎听到了唐秉信的呼救,急忙围着船舱寻找,果然发现了唐秉信,大喊道:"五毛毛,你别乱动,我递绳子给你。"

说罢,冷樱桃将缆绳扔进了船舱里,唐秉信抓住绳子,拼命往上爬,冷樱桃也在上面拼命往上拉,但怎么也拉不动。

此时,码头上另一辆货车到来,即将卸货,冷樱桃急忙将绳子绑到旁边的铁柱上,对船舱里的唐秉信说道:"五毛毛,你抓住绳子别松手,我去喊你大哥!"

唐秉信点点头,用力地抓着绳子,冷樱桃急忙跑到岸上,阻止了货车司机卸货,不远处的唐秉礼看到冷樱桃在和司机说话,预感出了什么事情,立马跑了过来。

"怎么了,樱桃?"唐秉礼问道。

冷樱桃急忙说道:"快,五毛毛掉船舱里了,你们快去把她拉上来。"

此话一出,唐秉礼和司机立马冲到了船上,大叔也闻讯跑了过来。

唐秉礼来到船舱边,看到唐秉信抓着绳子,立马喊道:"五毛毛,你把绳子扣在你的胳肢窝下面,我把你拉上来。"

唐秉信立马将绳子从自己的胳肢窝下面绕了一圈,然后系扣了起来,双手再抓着绳子,随后,甲板上的三个男人,一起用力,将唐秉信拉了上来。

死里逃生的唐秉信,瘫软在甲板上,唐秉礼责怪道:"你怎么跑船舱里去了,你好歹是个大学生,不知道小麦会把人'淹死'吗?"

唐秉信摇摇头说:"我真不知道,小麦还能把人'淹死',小麦看着这么美味,谁又能想到,它能杀人呢。"

大叔在一旁安慰道:"船老大,就别怪她了,她又不是跑船的,也不是种地的,哪知道这些。"

唐秉礼看着天真的唐秉信,既好笑,又心疼。随后,冷樱桃将唐秉信搀扶进了房间。

这次唐秉信差点出事,让唐秉礼一直心有余悸,他的二弟和大妹都因为在船上出了事故而丧命,他不想自己再失去任何一个亲人。

唐秉信也因为这次意外,对船上的生活产生了阴影,便同意了大哥的要求。

于是,等小麦装载完毕后,唐秉礼特地在码头停靠了一天,亲自将唐秉信送回了老家。

后来，在唐秉礼的坚持要求下，唐秉信终于同意去见一下地磅维修大叔家的表侄，没想到这一见，两人都很满意，不多久便处在了一起，这也了了唐秉礼的一桩心事。

时光转眼来到了2010年10月初，天气彻底凉爽了下来，这个时节正是打造新船的好节气，于是，唐秉礼终于卖掉了自己的单机船，加上手里的钱，又从银行贷了一部分款，委托造船厂打造了一条载重量为两千吨的钢铁双机船。

双机船是在单机船的基础上，又加装了一台柴油发动机，相比单机船，双机船的动力更强劲，操控也更舒畅，更重要的是，在其中一台机器出故障后，另一台机器也能照样运转，将货船推送到修理厂。

新船打造需要两个月的时间，冷樱桃回到县里，帮忙照看孩子们，唐秉礼一直住在造船厂的宿舍里，看着自家的新船一点点地被打造出来。

10月30日的下午，唐秉礼还在造船厂陪着工人师傅一起焊接船体，忽然一辆宝马汽车来到了造船厂的码头。

唐秉礼看着这辆车缓缓地停到了自己新船的面前，所有工人也看了过去。当宝马车停稳后，从车上下来唐秉智和唐秉信。

唐秉礼一看是三弟和小妹，立马喜笑颜开，向他们走去。唐秉信看到唐秉礼后，一边挥手，一边大声喊道："大哥！"

唐秉礼走到他们面前后，笑着问道："你们俩怎么来了？"

唐秉智笑着说："大哥，今天是你的四十大寿啊！我怕找不到你，特地走市区带上了五毛，让她带我来造船厂找你。"

唐秉礼说:"什么四十大寿啊,今天是我生日吗?"

唐秉信说:"大哥,今天肯定是你生日啊,而且是你四十岁的生日啊,必须庆祝一下,我们和大嫂打过电话了,家里在准备饭菜了,就等你回去吃饭了。"

唐秉礼笑着说:"嘻,都四十岁的人了,还过什么生日啊,但是,你们既然回来了,我们就回老家聚聚吧。"

唐秉智说:"那太好了,我们上车吧。"

唐秉礼说:"我去宿舍里换身衣服,你们在这等我。"

唐秉信拉着唐秉礼说:"不用换了,到家再换吧,家里衣服多着呢。"

说罢,唐秉信将唐秉礼拉进了宝马车的后座上,唐秉智也坐进了车里,发动了汽车。唐秉智开着汽车,向着老家的方向开去。

当路过"南船北马、舍舟登陆"的石碑面前时,唐秉礼想起了儿时母亲王树兰对他说过的"南船北马之地",于是指着石碑问道:"四毛毛,你知道这'南船北马、舍舟登陆'是什么意思吗?"

唐秉智看看,摇摇头说:"这我还是第一次看到这个石碑,还真不知道是什么意思,会不会是说,大哥你在南方开大船,我在北方开宝马,所以叫南船北马。"

唐秉礼一听,哈哈大笑了起来,唐秉信也被三哥的话给逗乐了,笑着说道:"三哥,你不懂能不能不要瞎说啊,你都快把我给笑岔气了,那你说,后面的'舍舟登陆'是什么意思?"

"呃……"唐秉智一边开着车,一边说道,"就是说,开船到这里的，就不要开船了，来到陆地上开宝马。"

唐秉信着实被逗得不行，笑得眼泪都出来了，说道："以前有宝马车吗？"

唐秉礼也笑着问道："五毛毛，你是学文学的，我倒是要听听你的说法。"

唐秉信说："大哥，这我当然知道，这句话是指南边来的船，到了这里，坐船的人就要舍去坐船，来到岸上，换成骑马了，可不是什么宝马车。"

唐秉智说："那还不是一个意思，以前的人骑马，现在的人开宝马，大哥你说是不是？"

唐秉礼笑了笑说："行了，行了，你就不要狡辩了，不懂就是不懂，也没啥丢人的，不过，我们家五毛毛懂得还真多。"

唐秉智不服气地说："大哥，这叫术业有专攻，我是学造船的，又不是学文学的，而且五毛毛她就在当地工作，还是记者，见多识广，自然比我了解得多。"

唐秉礼笑着说："那好，那我考你一个和船有关系的问题。"

"大哥你问。"唐秉智自信地说。

唐秉礼问道："现在呢，我正在打造双机船，也就是配备两个螺旋桨的双桨船，而我刚卖掉的单机船只有一个螺旋桨，我问你，这单机船和双机船的螺旋桨的作用原理有什么区别呢？"

唐秉智思考了一下，说道："一般来说，在船尾中心处，安装一个螺旋桨就是单桨船，在船尾左右各安装一个螺旋桨，就是双桨船，这也是目前内河航运应用最广泛的两种推进模式。这单桨船按照螺旋方式分为左旋式和右旋式，双桨船按其旋转方向分为内旋式和外旋式。这单螺旋桨船的优点就是推进效率高,其次结构简单便于维修,缺点就是单螺旋桨横向力会导致船体偏移,影响船舶航行的稳定性。而双螺旋桨船的稳定性、回转性都很好,最重要的是,应急性好,一个螺旋桨坏了,可以让另一个螺旋桨继续工作。双螺旋桨的缺点嘛,就是操控没那么好操控,再者就是结构复杂,维修成本高。"

唐秉礼听完唐秉智一番长篇回答后,情不自禁地鼓起了掌:"我的个乖乖,还得是专业大学毕业的,这把两种船讲得这么透彻,你说的这些很专业啊,优缺点分别说了一下,有许多点我都不知道,我也只是听造船的工人师傅讲了一点,一知半解罢了,但听了你的讲解后,感觉就像是在听课,有条有理的。"

唐秉智得意地说:"大哥,这都是最基础的,我还没和你讲一讲这螺旋桨的'偏心效应'啊,'兴波阻力'啊,等等,都是我们造船专业必备的知识。"

"行了,行了,"唐秉信打断道,"三哥,你就别显摆了,你说的这些我们都听不懂,这开船和造船是两码事,就像这开车和造车的,这会开车的根本不用学造车啊!"

唐秉智说:"五毛毛,这你就不讲道理了,我和大哥在讨论关于船舶的学术问题呢,不能因为你不懂,就不让我说啊。"

唐秉信噘着嘴说:"哼,大哥,咱们还是讨论文学吧,我吟首诗给你听。"

唐秉礼乐呵呵地说:"好好好,你们两个就别争了,咱们就不讨论船的事情了,听你吟诗,好不好?"

唐秉信点了点头说:"好,那我就吟一首和淮安有关系的诗,叫《淮安览古》。"

唐秉礼惊讶地说:"还有这首诗?我都没听说过,是谁写的?你说来听听。"

唐秉信说:"是明代的姚广孝。"

唐秉礼问:"姚广孝是谁?"

这时,唐秉智抢答道:"我知道,是明朝的'黑衣宰相'。"

唐秉信说:"要你说,你好好开车,不准你多嘴,我要和大哥单独讨论文学。"

唐秉智笑着说:"好好好,你和大哥聊,我就是个司机,啥也不说了,行吧。"

唐秉礼也笑着说:"好了,好了,你们俩真是的,从小闹到大的,四毛毛你都结过婚了,还和你妹妹斗嘴。五毛毛,你吟诗吧,我还真想听听这首诗,都写了我们淮安哪些好东西。"

唐秉信清了一下嗓子,深情地吟诵道:

> 襟吴带楚客多游,壮丽东南第一州。
> 屏列江山随地转,练铺淮水际天浮。
> 城头鼓动惊乌鹊,坝口帆开起白鸥。
> 胯下英雄今不见,淡烟斜日使人愁。

唐秉礼听完,连连点头,夸赞道:"这首诗写得真好,把淮安独特的地理位置与景色都描绘了出来,这胯下英雄是指韩信吗?"

唐秉信点点头说:"是啊,韩信就是淮阴人,以前还被封了淮阴侯。"

唐秉礼说:"真不错,还有其他写淮安的诗吗,我还想再听听古人们对我们家乡的描写。"

唐秉信说:"有啊,比如康熙皇帝南巡乘舟途经淮阴时,也写了一首诗,叫《晚经淮阴》:'淮水笼烟夜色横,栖鸦不定树头鸣。红灯十里帆樯满,风送前舟奏乐声。'"

唐秉礼问道:"还有吗?"

唐秉信回答道:"有!"

就这样,唐秉信连续吟诵七八首和淮安市有关的诗句,在诗歌声中,唐秉智的车开进了老家的大门。

15

唐秉礼三兄妹顺利地回到了家里,此时的王树兰和冷樱桃已经在家准备好了饭菜,唐秉礼一下车,七个孩子便全都涌了过来。

除此之外,还有一位重要的客人,便是唐秉信的男朋友,这个瘦瘦高高的小伙子,就是之前装小麦的时候,码头地磅维修工人的表侄。

此人名为冯家栋,这一次来也算是第一次正式来唐秉礼的家里,这也是唐秉礼第一次见到冯家栋,他打量了一下这个年轻人,利落的短发,干净朴素的白衬衫与西装裤,面相平和,略带紧张和羞涩。冯家栋看到唐秉礼后,尊敬地喊道:"大哥,我是秉信的男朋友。"

唐秉礼高兴地看着冯家栋说:"哦哦哦,是家栋啊,听我们家五毛毛说了你很多次了,今天终于见到了,果然是一表人才啊!"

冯家栋笑着说:"我一直要来看您,但您一直在跑船,今天听秉信说您过生日,于是便自己要求过来了,听说您没事爱喝几口,我给您带来了两箱今世缘白酒,也给伯母还有大嫂以及孩子们带了些小礼物。"

唐秉礼看着院子里堆放的礼物,笑着说:"破费了,来一趟带这么多东西,我都不好意思了。"

冯家栋说:"大哥,我第一次贸然登门拜访,多有冒昧,给大家带点心意,也是应当的。"

唐秉礼笑着说:"心意到了就行,以后可不能这么铺张!"

冯家栋开心地点了点头,随即,唐秉礼便拉着冯家栋进了堂屋。

饭桌上,蛋糕、饭菜、白酒都已经摆好,所有人入座,开始为唐秉礼庆生。唐秉智率先拿出了一部智能手机,递给唐秉礼说道:"大哥,这是我送你的生日礼物。"

唐秉礼看着智能手机说道:"哟,我正打算把手里的老古董按键手机换掉呢,没想到四毛毛就已经给我买好了,这时代在发展啊,我都快落伍了,这智能手机都出来好些年了,我都没敢买,就怕不会用。"

唐秉智说:"大哥,这您不用怕,其实很简单,按键手机有的它都有,按键手机没有的,它也有!等吃完饭,我慢慢教你,顺便给你注册一个微信,我们加个好友。"

"微信?"唐秉礼好奇地问,"微信是啥?"

唐秉智说:"就是可以发短信和打电话的软件。"

唐秉礼说:"那和按键手机不是一样的吗?"

唐秉智说:"性质不一样,微信通信是建立在互联网的基础上,以后,不管是开船还是开车,都要用到互联网的。"

唐秉礼问道:"这互联网又是啥啊?"

"呃……"唐秉智想了一下说,"就像是一张巨大的渔网,每个人都是其中的一个节点,这张网上的各个节点都可以建立联系。"

唐秉礼若有所思地点了点头,叹了口气说道:"唉,这开船的人啊,与社会脱节太厉害了,这外面的世界在发生着翻天覆地的变化,我们是跟不上节奏咯!"

这时,冯家栋忽然说道:"大哥,跟不上节奏没关系啊,只要您愿意接受新鲜事物,很快就能学会的,时代的浪潮在不断向前,但它不会抛弃浪潮下的每一个人。"

唐秉礼听完,啧啧赞叹道:"不亏是在政府单位工作的人,说起话来有板有眼,让人听着就很舒心。"

唐秉信笑着说道:"什么有板有眼的,都是官话,我看啊,就一句话,老百姓的日子越来越好了!"

冷樱桃也跟着附和道:"还是咱家五毛毛说话实在!"

唐秉礼笑着说:"行了,先不说了,等有空,我给咱妈也买一部智能手机,我们都能加个微信好友啥的。"

王树兰笑着直摆手:"还是算了吧,我都一把岁数了,那天五毛给我看她的智能手机，没几分钟，我就头晕了。"

唐秉礼说："妈，这可是时代的浪潮，你可不能落下啊！"

王树兰说："行了，今天是你过生日，就别把我带上了，孩子们都饿了，快吃饭吧。"

唐秉信急忙打住："等等，妈，我还有礼物呢！"

唐秉礼说："啥东西啊，快给我看看。"

唐秉信从一旁的包里拿出一本书来，正是唐秉礼在苏州寒山寺的时候，和唐秉信提过的那个诗人的书。

看着书本上"苏云云"三个字，唐秉礼有些触动，打开到扉页，唐秉礼看到了一个中年女人的照片，唐秉礼已经完全认不出来，而记忆中的那个少女模样，也早已经淡化。此时的唐秉礼深刻地明白，他忘不掉的，是十六岁的自己。

冷樱桃看着出神的唐秉礼，问道："五毛毛，你大哥是不是喜欢这个女诗人啊？盯着人家的照片看半天？"

唐秉信笑着说："大嫂，这个女诗人比你可差远了，况且，大哥从来没见过这个苏州的女诗人。"

唐秉礼笑着合上书本说："行了，别瞎说话，好歹我曾经也是个追梦的文艺青年，看看诗怎么了？"

唐秉礼刚说完话，从书本里掉出来一张照片，他将照片捡起来，一看，正是他们兄弟姐妹五人的第一次合照，是在1991年的春节前拍的，这转眼便是二十年了。

唐秉智并没有注意到唐秉礼在看合照，接着刚才唐秉礼的话说道："是啊，大哥要不是当年为了我们兄弟姐妹几个，放弃了读书的机会，说不定现在也是个大诗人呢！"

说到这，唐秉礼忽然又伤感了起来，坐在一旁的冷樱桃看了一眼唐秉礼手中的照片，关切地问道："怎么了，秉礼？是不是想二毛毛和三毛毛了？"

唐秉礼看着手中的照片，想起了离开人世的二毛毛和三毛毛，不自觉眼泪便流了出来，却什么也不愿意说。

王树兰急忙说道："行了，这大好的日子，你作为老大在这哭哭啼啼！五毛，快把照片和书都收起来！"

冷樱桃帮唐秉礼抹了抹眼泪说："行了，听妈的，不想这些了，咱们吃饭吧。"

说完，孩子们开动了，冯家栋主动站起来给唐秉礼和唐秉智倒酒敬酒。三个男人在几杯酒下肚过后，又开始了漫天神游，一旁的女人们，边看边笑。

生日宴结束后的第二天，唐秉礼忽然想要趁造船的这个空间，让唐秉智开车带自己去一趟南京长江大桥，他在这座桥下穿梭了二十年，却从未在桥上走一遭。

当唐秉礼将这个想法告诉唐秉智的时候，唐秉智立马表示赞同。淮安市到南京市只有三个小时的路程，上午出发，晚上天黑之前就能赶回来。

说走就走，唐秉礼喊上冷樱桃一起去，冷樱桃听了也很激动，便收拾收拾，准备出发，一旁的孩子们听了也要跟着去，但奈何轿车坐不下这么多人，只好答应孩子们下次包车去南京。

唐秉信在一旁知道后，便说道："我让冯家栋来吧，他有一个朋友，开汽车租赁的，就有那种能坐八个人的汽车，我们这里七个孩子，算上冯家栋五个大人，一共十二个人，三哥的车能坐五个人,这样一来就绰绰有余了。"

唐秉礼说:"家栋昨晚刚走,今天又要麻烦人家,况且我们这里除了你三哥,也没人会开车啊。"

唐秉信说:"没事的,今天本来就是星期日,他也没啥事,而且他也会开车,完全没问题的,他肯定很高兴和我们一起出去玩的,我这就打电话给他。"

说罢,唐秉信就拿起手机给冯家栋打了电话。唐秉信说了自己的想法后,冯家栋爽快地答应了下来,并表示立马去借车开过来。

等待了一个小时后,冯家栋开车来到了唐秉礼的老家门口,王树兰和唐秉信带着五个孩子坐到了冯家栋开来的车上,唐秉礼和唐秉智带着两个孩子坐到了宝马车上。就这样,两辆车顺利向南京出发。

在历时三个小时的路程后,唐秉礼一行人顺利来到了南京长江大桥的边上,唐秉智本想要直接开车上桥,唐秉礼急忙拦住问道:"我记得这桥是可以给行人走过去的。"

唐秉智说:"大哥,这桥全长六七多公里呢,这走过去,再走回来,得要两小时了。"

唐秉礼笑笑说:"这开车啊,十几分钟就过去了,那还有啥意义,再说了,这六七公里算啥,走过去,也算来得有意义了。"

唐秉智说:"既然大哥愿意走,我当然没问题,就怕孩子们没这个耐力。"

唐秉礼说:"两个小时,算不得辛苦,也让孩子们留下点深刻的记忆。"

唐秉智说:"那好,我找个停车场,然后走过去,不过,咱妈的身体也不知道能不能吃得消啊!"

唐秉礼说:"没事的,咱妈也开了半辈子船,肯定也想走走南京长江大桥,等会儿咱妈要是走不动了,你就在桥的另一边打个车,陪咱妈先回车里。"

"那也行。"唐秉智点了点头。

等他停好车后,唐秉礼宣布了他的步行过桥计划,得到了所有人的认同,于是,唐秉礼带领着所有人,一步一步,向大桥上走去。

唐秉礼怀着无比激动的心情,昂首阔步地在桥上走着,刚上桥没多远,便是桥头堡两边鲜艳的三面红旗雕塑。唐秉礼这么多年来,在长江中看了无数次的红旗雕塑,却还是第一次这么近距离地欣赏它。相较于在远处看它,近距离地瞻仰它,更让人心生几分敬畏。

在桥头堡边上,唐秉信掏出相机,给大哥唐秉礼单独和长江大桥来了一次合影。随后,冷樱桃拉着孩子们和唐秉礼也来了一次合影。

拍完照过后,唐秉礼一行人徒步向大桥的中央走去,他拉着冷樱桃带头先走,走得也快,凉爽的江风拂过每一个人的脸庞,让他们感觉到舒爽无比。唐秉礼和冷樱桃率先来到大桥的中央,唐秉礼趴在桥边,看着桥下的长江,宽广的江面上有着数不清的船只,这些船只在桥上看来就像是长蛇,在缓慢地游动。

唐秉礼第一次以这样的视角看待自己最熟悉的货船、长江以及大桥,这每一样东西,从不同视角去看,都让他感觉到焕然一新。

每当看到南京长江大桥的时候，唐秉礼总会想起自己的父亲，这一刻，他仿佛感受到父亲就融化在这风中，在不断地亲抚他的面庞，不自觉，他的眼泪便流了下来。

冷樱桃在一旁看到唐秉礼独自在流泪，关切地问道："怎么了，又想到咱爸了？"

唐秉礼抹了抹眼泪说："是啊，每当见到南京长江大桥，我就会想起他，我多希望能陪他看一次南京长江大桥啊！可惜，永远实现不了了。"

冷樱桃安慰道："我没见过咱爸，但我相信，他在九泉之下，一定很欣慰，也会为你感到自豪的。"

这时，孩子们和其他人都赶了上来，唐秉礼急忙擦干眼泪，笑着问道："妈，您感觉怎么样，还能走吗？"

王树兰笑着说："没有问题，我也就才六十岁，还没到老态龙钟的地步，今天说什么，我也要和你们一起在这大桥上走个来回！"

唐秉礼大笑着说："好，孩子们，奶奶都这么有毅力，你们可不能掉队啊！"

孩子们兴奋地喊道："没问题！"

等走到桥的另一边，唐秉智带着所有人找了一家饭店，大家一起吃了一顿午饭。休息了一会儿，一家人继续上路，沿着南京长江大桥的另一侧，回到桥的这一边，之后便开车回去了。

南京长江大桥一日游结束后，唐秉智便回到了青岛，唐秉信也要继续上班，而接下来的日子唐秉礼便是等待新船的下水。

随着两个月的忙碌后，唐秉礼的新船终于打造完毕，这条新船相比于以前，多了很多现代化的设备，比如GPS定位导航仪，有了这个东西后，再也不怕偏离航线，也不怕迷失方向了。

在生活上，唐秉礼的新船上多了一台冰箱，这样一来，船上也能长时间储存一些肉类和蔬菜，减少了米饭配咸菜的日子。

随着时代的发展，船民艰苦的船上生活也逐渐得到了改善，曾经在烈日炎炎下拉纤的生活一去不复返了。

为了庆祝唐秉礼的新船下水，唐秉智特地请假从青岛回来，唐秉信也带着冯家栋前来祝贺，王树兰则带着七个孩子。

一家人先是一起观看了新船下水，这条载重量为两千吨的钢铁双机船，像一只巨大的猛兽，一下子跳进了水里，激起了数米高的水花。

随后，所有人在新船上到处观赏了一番，冷樱桃在唐秉信的协助下，开始准备午饭，王树兰带着孩子们一边吹着空调，一边看着电视。

唐秉礼则带着唐秉智和冯家栋来到船舱，欣赏这艘新船的机舱。

不多久，饭菜准备完毕，唐秉礼一家人聚在一起吃了一顿团圆饭。午饭结束后，除了唐秉礼和冷樱桃，其他的人都离开新船，站到了码头上。

在大家的注视下，唐秉礼和冷樱桃启动了新船，慢慢离开了造船厂的码头。所有人都在向新船挥手，唐秉礼和冷樱桃走出驾驶室，也挥了挥手。这一次，他们带着全家人生活的希望，向未来驶去。